이상문학상 작품집

1986년도 이상문학상 작품집
제10회 대상 수상작 최일남 〈흐르는 북〉 외 5편

ⓒ 문학사상사, 1986

1986년도 제10회 이상문학상 작품집

흐르는 북 외

문학사상사

제10회 이상문학상 대상 수상작 선정 이유서

세상이 변했다. 인간은 그 위상位相마저 바꾸려 하고 있다. 컴퓨터가 두뇌를 대신하게 되고 로봇이 수족의 역할을 맡으려 한다. 고도의 산업화로서 문명이 표현될 수밖에 없을 때 인간 내면의 변혁은 불가피한 것으로 된다. 윤리가 상처를 입게 되는 것은 당연한 일이다. 그러나 인간에게 있어서 엄연한 것은 희노애락의 감정이며 생로병사生老病死하는 생리이며 어디까지나 인간적이고자 하는 희구와 동경이다. 문학은 오늘의 위상과 변혁에 다협은 할망정 수긍하지는 못한다. 반성과 항의가 문학이 스스로에게 과한 사명이며 궁극에 있어서의 인간의 승리가 문학의 신앙이기 때문이다.

최일남崔一男의 〈흐르는 북〉은 현대사회 속에서 상처받은 윤리가 비명을 울리는 정감의 기록이다. 담담한 묘사 가운데 인간으로서의 다소곳한 희구와 동경이 슬픈 빛깔로써 부각되어 있다. 이것이 바로 일체의 모순을 문학화하는 데 힘쓴 이상李箱의 문학정신과 통하는 것이라고 보고 제10회 이상문학상으로 최일남의 〈흐르는 북〉을 선정한다.

1986년 1월
이상문학상 심사위원회
김동리 · 김윤식 · 이병주 · 이어령 · 이청준

차 례

각 심사위원들의 중점적 심사평

흐르는 북

최일남

1932년 전북 전주 출생.
서울대 문리대 국문과 졸업.
1953년 《문예》에 추천 등단.
소설집 《서울 사람들》《타령》《누님의 겨울》 등.
장편소설 《거룩한 응달》《그리고 흔들리는 배》 등.
동아일보 논설위원, 한겨레신문 논설고문 역임.

흐르는 북

"나가시게요?"

일당을 주고 불러온 요리 전문의 파출부와 함께, 오렌지빛 고무장갑을 낀 채 잰걸음으로 주방 안을 헤엄쳐 다니던 며느리는, 현관 앞에서 구두를 찾고 있는 민노인 쪽을 향해 빠르지도 처지지도 않게 말했다. 비스듬히 몸만 돌렸을 뿐, 한눈팔다간 썰고 있는 전복의 두께가 들쭉날쭉하게 될까 봐, 시선을 도마 위에 못질해 두고 입만 달싹거린 셈이었다.

"응, 좀 볼일이 있어서."

칠십 노인의 해질녘 외출에 대해, 그러나 며느리 송여사는 그 이유를 묻지 않았다. 암호풀이의 명수들처럼, 아 하면 어 하는 관습에 익숙해진 터여서, 굳이 가는 데는 밝힐 것도 자상하게 수소문할 것도 없는 처지였기 때문이었다. 다만 전혀 감정의 높낮이가 개입되지 않은 예사스

런 격식을 갖추려는 가까스로의 노력이, 피차간에 잠깐 오갔다고 보면
될 일이었다.

"조금만요."

송여사는 여전히 물기 없는 건조한 어투로, 시아버지를 후딱 묶어놓
은 다음 안방으로 들어갔다. 며느리의 뜻을 아는 민노인이, 그녀의 뒷
모양을 쫓던 눈에 잔망스럽게도 웃음을 비죽이 내비치는 순간 하필이
면 파출부가 자기를 훔쳐보고 있다는 사실을 깨닫고 얼른 무심한 얼굴
로 되돌아갔을 때쯤, 송여사는 나왔다.

"이거 가지고 가세요."

고무장갑을 벗은 오른손으로, 며느리는 오천 원짜리 한 장을 건네주
었다. 그리고 민노인의 놀라움이 실린 겸사가 뒤따랐다.

"너무 많아. 아직 남은 돈도 있는데."

"많기는요. 오늘 밤은 나가 계시는 시간이 길 텐데요."

되도록 천천히 돌아오라는 당부를 그런 식으로 휘감는 걸 뻔히 알면
서도, 민노인은 예의바른 대꾸를 다시 보탰다.

"그래도 그렇지."

"아니에요. 잘 다녀오세요."

"알았다."

민노인이 주머니에 돈을 받아 넣고 현관문을 밀치고 나서자마자, 안
에서는 이내 두 개의 자물쇠를 제깍 제깍 잠그는 소리가 들렸다. 저놈
의 소리. 민노인은 어제 오늘 겪는 일이 아니면서도, 벽의 한 부분인 양
자기를 축출하고는 숨소리조차 들여보내지 않을 완강한 거부의 몸짓을
보이고 있는 쇠문을 향해, 소리없이 혀를 끌끌거렸다.

7층에서 바닥으로 내려가는 아파트의 엘리베이터를 혼자 타고 내려
가면서야, 민노인은 넉넉한 마음을 회복했다. 처음엔 혼자 타는 엘리베

이터가 어쩐지 이상한 공포감을 몰아오는 것 같아, 동행이 나타날 때까지 엉거주춤하게 기다렸었는데, 길들여지고 보면 혼자 탈 때가 차라리 속편하게도 느껴졌다. 더구나 지금 모양 알맞게 술을 마실 정도의 돈을 지닌 데다, 단골 포장마차에서 성규녀석과 만나기로 한 날이 그랬다. 마치 비밀결사를 하는 사람들의 심정이 그럴까 싶은 두근거림으로, 아침에 녀석의 방에 들어가 시간과 장소를 일러주었을 때, 그는 석류의 신맛까지를 뿜어내는 하얀 이를 쪼르르 빛내며 웃었다.

"오늘 밤 손님이 온대죠."

"그렇다나 보더라. 며칠 전부터 늬 애비가 냄새를 풍기더라구."

"할아버지. 이번엔 밖에 나가시지 말고 집에서 버텨보시지 그래요."

"싫다. 그러다가 저지난 짝 나면 어쩌게."

"잠자코 계시면 되잖아요."

"왜. 나하고 따로 만나는 게 싫으냐."

"무슨 말씀을요. 좋다마다요. 다만 이런 일이 있을 때마다, 할아버지께서 따돌림을 당하는 것이 언짢다 이 말입니다."

"천만에다. 방구석에 처박혀 술에 젖은 혀꼬부라진 소리나, 돼지 멱 따는 노래를 듣고 있느니보다야 훨씬 낫지. 밤외출을 해도 좋은 당당한 명분이 생긴 데다, 늬 에미가 군자금도 다수 쥐어줄 것이고. 흐흐."

"히히히. 아무튼 좋습니다. 마침 오늘은 강의가 8교시에도 있거든요. 끝나는 대로 곧바로 달려갈게요. '중역의자'로 가신댔죠? 그렇잖아도 할아버지께 드릴 말씀이 있습니다."

"그래?"

고2짜리 손녀 수경이가 들어오지 않았다면 조부와 손자의 애기는 조금 더 이어질지 모를 일이었지만, 고것이 킁킁 코를 돌려대며 무언가를 수소문하는 표정으로 방 안의 두 사람을 살피는 기색이어서, 민노인은 익숙하게 근엄함을 되찾고는 자기 거처로 돌아왔다. 등 뒤에선 오뉘의 말소리가 들렸다.

"또 무슨 비밀협상야?"

"요게, 어따 대고 함부로 지껄여."

"나도 다 안다구. 할아버지허구 데이트 약속했지? 못 말려. 잘 어울리는 한쌍이겠다."

"히히. 데이트라. 너 말로는 소설도 쓰겠다. 하지만 넘겨짚지 마."

엘리베이터를 내린 민노인이 아파트의 출입구를 나오며 얼핏 쳐다본 하늘엔, 계란 반숙을 닮은 해가 아직 걸려 있었다. 초여름, 한낮의 시퍼런 기세에 비해서는 많이 퇴색하고 기가 죽어 있었을망정, 그렇다고 쉽게 물러가지는 않겠다는 오기로 붉은 빛마저 머금고 있었다. 그 하늘에서 내려온 눈에 무언가가 걸리적거리는 듯하여 방향을 돌리려는 사이, 잔뜩 때가 낀 것 같은, 아니면 가래가 묻어 있는 게 분명한 소리가 먼저 귀에 꽂혔다.

"영감님. 다 저녁 때 어딜 가십니까?"

아파트 경비원이었다. 본래 구부정한 어깨를 한껏 오그라뜨린 자세로 턱짓을 해오는 그에게, 민노인은 전에 없이 미움을 뿌렸다. 시건방진 녀석. 때때로 자신의 말동무가 되어주는 게 고마워서, 요새는 제 여편네의 월경이 그치는 바람에, 그나마 세상 사는 맛이 반감되었다는 등의 쓰잘 데 없는 푸념도 들어주고, 더러는 소주 한 병에 쥐포 쪼가리 따위를 앵겼더니, 요게 나를 막보고 덤비려 든다는 생각을 다시 한 번 굳혔다.

앞으로는 이것들하고도 거리를 두어야겠다는 의지를 가다듬은 탓에 자연히 입을 단단히 악문 때문이었을까. 던진 인사의 밑천만 날린 꼴이 되어 다소 머쓱해하는 경비원을 남겨두고 걸으며, 민노인은 비로소 시

장기를 의식했다. 집 안에 있는 동안 맡은 음식 냄새가, 공복을 더 재촉했다는 걸 뒤늦게 깨달으며 말이다. 그러나 지금부터 가질 자기 시간의 즐거움이, 빈 배를 어떤 쾌적함으로 채워가고도 있었다. 당초에는 집안에 낯선 손님이 올 때마다 자리를 비워주었으면 하는 기미를 보이던 아들 내외에게 증오를 보내기도 했다. 싸가지 없는 것들이라고 맞대놓고 욕을 퍼붓는 경우도 적지 않았다. 민노인의 억하심정이, 손님 오는 날의 외출을 통해 나름대로의 기쁨과 일종의 해방감을 확인하는 것으로 바뀐 건, 그러니까 그날 밤의 사건 이후로 보는 게 옳았다. 아마 그날의 초청객들은 고급관리인 아들의 고향 친구들이 주축을 이룬 모양이었다. 민노인에게는 도무지 기억의 가닥조차 거머잡을 수 없는 안면들이었으나, 그중의 몇몇 친구는 일부러 자기 방에까지 찾아와 인사를 했다. 아버지, 저 모르시겠습니까. 경식입니다. 아버님 댁에 닭서리 하러 들어갔다가 들켜가지고, 하마터면 뼈도 못추릴 뻔한 경식이입니다. 아버지. 저는요, 아버지 북솜씨에 반해가지고 정읍까지 쫓아갔다가, 삼촌의 먹살에 끌려 되돌아온 춘식입니다. 어른 앞에서 아명을 들먹여서 죄송하오나, 어릴 때는 동춘이라고 불렀지요. 이제 아시겠습니까. 민노인은 그들이 이제는 밥술이나 먹는 처지여서, 깜냥대로 어린 시절에 매끈매끈한 기름을 처바르려 하고, 그런 심사가 발동하여, 친구 아버지마저도 자기네 기억의 징검다리로 삼으려는 건 모르지는 않았다. 더구나 자신은 북에 미쳐, 고향에 있는 기간보다는 타향을 허위적거린 동안이 길었으므로, 느닷없는 자책감에도 사로잡히면서 대강은 아는 척을 해주었다. 그러기로 마음만 먹는다면야 누구 못지않게 능란한 연기력을 갖춘 터여서 어색하지 않게 응대해 주었다. 오오라. 인제야 생각난다. 네가 장난꾸러기 동춘이녀석이구나 식으로. 그러면서 속으로는 스스로를 비웃었다. 어려서 장난꾸러기 아닌 놈이 어디 있겠느냐는, 너무나 상투

적이고 속 들여다보이게 과장된 농담의 난비[亂飛] 앞에서, 잠시 민노인의 가슴엔 빈 바람이 스치기도 하였다. 이 눈치 저 눈치 다 때려잡을 줄 아는 그들은 하지만 되도록 즐거운 경험을 나누어 가지려고만 애쓰는 것인지, 그 말을 듣고도 허허로운 웃음을 높게 날렸다. 일이 터진 건 그 다음이었다. 어쩌면 더불어 늙어간다는 표현이 걸맞을지도 모르겠고 그만큼 세상 물때[垢]가 끼었다면 낀 중늙은이로서의 그들은, 허물없는 친구 집 술상을 받고는 어림없는 논다니 기질을 마구 터뜨렸다. 다른 자리에서라면 앞뒤를 가리고, 말과 행동에 한 자락씩 비닐 차일이라도 치면서, 마지막 예의는 끝끝내 움켜쥐고 있었을지 모를 터인데도, 그날 밤은 안 그랬다. 다짜고짜 서로 부자지 튕기며 놀던 어릴 적 행실들을 까먹으며, 전혀 우습지 않은 소리에도 이놈 저놈이 날개를 달아 붕붕 웃음다발을 엮어나갔다. 방 안에서 무료하게 담배만 축내고 있는 민노인의 귀에 그것은 의미없는 잡음으로도 들리고, 퀴퀴하면서도 척 척 가슴속에 철썩이는 고향의 뜻을 새겨주기도 했다. 엉뚱하게 일찍 간 마누라 생각이 오락가락한 것도 그때였다. 그들은 그러기로 작정이라도 한 양, 자기들의 동질성을 되일으키는 화제만을 말꼬리 이어가기 시합하듯, 고리[環]를 이루며 뱅뱅 몰아갔다. 돼지, 오줌통, 누룽지, 깨곰보, 죽사발 등속의 옛날 별명들을 끌어내어 공을 주고받듯이 희롱하는가 하면, 지금은 쉰 살 고개를 바라보며 온몸의 기름이 밭았을 마을 처녀들의 이름을 하나하나 주워섬기면서, 희나리에 불을 당기는, 아니면 헛구역질을 해대는 사람들의 허망한 몸짓으로, 데굴데굴 한 세월 밖으로만 굴러갔다. 호경이, 고것을 비오는 날 싸릿고개에서 만났을 때 작살을 냈어야 했다든가, 진달래를 따먹다가 몰래 훔쳐본 아홉 살짜리 정란이의 오줌보가 훗날 생각해 보니 영락없는 멍게 속살의 아름다움이었다는 등, 가당찮은 후회와 필요 이상의 미화로 얼버무려졌다. 그러고는 홍건한 노래판으로, 느끼한 감정들은 오름세를 향해 치달았다. 그때였다. 차례가 되어 시답잖은 노래를 마친 녀석 하나가 갑자기 긴급 동의라는 걸 내놓았다. 우리끼리만 어울릴 게 아니라 기왕이면 대찬이 부친을 모시고 북소리를 들으면 어떻겠느냐는 제의였다. 이미 손님이 아니라 술꾼이 되어버린 작자들이 그걸 마다할 리 없었다. 그런 좌석이 갖기 마련인 변화에의 욕구도 곁들여진 탓이었겠지, 그들은 모두 박수를 치고 옳소 소리까지 내지른 끝에, 두 녀석이 사자使者의 자격으로 민노인에게 달려왔다. 집주인과 송여사가 펄펄 뛰며 말렸으나 소용이 없었다. 아버지는 북을 놓은 지 오래이며, 이제는 그런 기력도 없다면서 제지했는데도 그들은 막무가내였다. 민노인도 물론 거절했다. 북채 잡은지가 하도 오래되어 제대로 장단을 맞출 수 없을 뿐만 아니라, 자네들 노는 데 훼방만 놓는 꼴이라고 고사했다. 그래도 그들은 듣지 않았다. 나중에는, 저엉 그러시다면 나오셔서 저희들이 올리는 술이라도 한잔 받으시라고, 우리가 이대로 돌아가면, 어르신네께서 얼마나 섭섭해하시겠느냐는 간청으로 태도를 바꾸었다. 민노인도 딴은 그렇겠다 싶었고, 그것마저 사양하는 건 도리가 아니라고 믿어 마지못해 몸을 일으켰다. 서너 잔 받아 마신 후 자리를 피할 요량이었다. 하지만 이 잔 저 잔 받아 마시는 사이, 민노인의 가슴은 서서히 덥혀지고 부풀어갔다. 마침 북으로 기우는 마음에 불을 붙이는 말도 연거푸 뒤따랐다. 오늘 밤 아버님의 명고名鼓 소리를 듣지 않고는, 이 집 대문을 나서지 않겠노라고 같잖은 생떼를 쓰는 녀석도 있었으며, 세상 사람들의 눈이 삐었거나 귀에 땜질을 해도 분수가 있지, 대찬이 아버님 같은 분이 어째서 인간문화재에 끼지 않았는지 알 수 없다고, 엉뚱한 투정을 부리는 친구도 생겼다. 시키지도 않았는데, 민노인의 방에서 누군가가 북을 들고 나온건 그럴 무렵이었다. 어쩌면 꾀죄죄하다고밖에는 표현할 길이 없는 그

북 앞에서 손님들은 잠시 숨을 죽이는 낌새였다. 결코 존경이 실린 눈빛은 아닐지라도, 한 사람의 생애가 그 북에 요약되어 있다는 걸 실측實測하는 한편으로, 각자가 어린 시절에 겪은, 북가락에 미친 대찬이 아버지와 자기네들의 들은 풍월을 새김질하고 있는지도 모를 일이었다. 여간해서는 북채를 잡으려 하지 않는 민노인의 결단을 쏘삭거릴 심산이었는지, 또는 어정쩡한 분위기를 해까닥 흩뜨려놓으려는 심보였는지, 그러자 춘식이라고 자기를 소개했던 친구가 민노인의 망설임에 쐐기를 박았다. 아버님, 일고수 이명창이라고 하지 않았습니까. 명창의 발가락 근처에도 가지 못한 놈이 감히 명창 흉내를 내서 죄송합니다만, 제가 단가 하나 부르겠습니다. 북은 소리꾼이 있어야 울리는 거니까, 천하의 일고수를 위해 똥명창이 말 울음소리라도 내겠다 이겁니다. 그 말이 끝나자, 그는 앉은 자세로 어깨를 좌우로 흔들며, "아서라 세상사"로 시작되는 〈편시춘片時春〉을 줄줄 뽑았다. 민노인이 북채를 쥐고 뚝 딱 장단을 맞춘 건, 노래가 두 대목쯤으로 옮겨간 때였다. 민노인이 성규에게 자랑해 마지않던 탱자나무 북채를 쥐기 전, 언뜻 살핀 아들의 표정은 형편없이 이그러져 있었으나, 이제는 그걸 개의할 처지가 못 되었다. 참으로 오랜만에 북을 끼어보는 맛에 없던 힘이 새록새록 솟아나, 어제의 자기를 내팽개치는 기분으로 빠져들어 갔다. 춘식이의 소리는 다시 〈만고강산〉으로 건너 뛰었고, 뚝 딱 둥 둥의 북장단 사이로는 제멋대로의 추임새가 끼어들었다. 모두들 헤어지는 마당에서, 반드시 인사치레만은 아닌 것 같은 그들의 좋은 밤을 보냈다는 말을 듣고, 민노인도 모처럼의 농담을 날렸다. 춘식이 이 사람아. 자네는 일고수 이명창만 알았지 암고수 숫명창이란 소리는 못 들었구만. 소리와 북은 공생공사共生共死이면서도 상생상극相生相克인 거여. 소리가 신통찮으면 북도 그 정도로밖에는 소리를 못 낸다 이 말이지. 자네 때문에 내 북만

망쳤네. 그러자 춘식이는 머리를 긁적이었다. 그러길래 제가 애당초 토를 달지 않았습니까. 실토하자면 제가 소리를 한 건, 명고 소리를 끌어내리려는 수작이었지요, 히히. 그는 한낱 장난꾸러기의 입장으로 되돌아가, 그걸 즐거워하고 있는 모양이었다.

정작 문제가 터진 건 손님들이 돌아가고 난 후였다. 아들은 민노인을 하얗게 질린 얼굴로 다잡았다. 아버지는 왜 제 체면을 판판이 우그러뜨리냐는 게 항변의 줄거리였다. 그 녀석들은 아버지의 북소리를 꼭 듣고 싶어서 청한 것이 아니라, 그 북을 통해 자기의 면목이나 위치를 빈정대기 위해서 그러는 것임을 왜 모르느냐고, 민노인의 괜찮은 기분을 구석으로 떠밀어 조각을 내었다. 아들 옆에서 입을 꼭 다물고 있는 며느리는, 차라리 더 많은 힐난을 내쏘고 있음을 민노인은 모르지 않았다. 아들 내외는 요컨대 아버지가 그냥 보통 노인네로 머물러 있기를 바랐다.

아버지의 북이 상징하는 아버지의 허랑방탕한 한평생이, 일단은 세련된 입신立身으로 평가되는 아들의 내력에 중요한 흠으로 작용한다는 점에서도 그랬다. 하라는 공부는 작파하고 북을 메고 떠돌아다니며 아내와 자식을 모른 체한 민익태, 한때는 아편쟁이로 세상을 구른 민익태, 그러면서도 북을 놓지 않는 그와 아들의 단절은, 따라서 오래 지속될 수밖에 없었다. 더구나 시아버지의 그런 생애와 전적으로 무관한 며느리가, 떼어버릴 수도 없는 인연으로 맺어지고는 있을지언정, 자기를 올곧게만은 대할 수 없는 형편임을 민노인은 이해하고 있었다. 심지어 다 늦게 아들네 집을 찾아온 영감을 대하던 마누라의 눈에도, 당장은 증오가 앞섰으니까 더 할 말이 없다. 그래도 할망구가 살아 있던 시절은, 미움과 연민을 골고루 섞어가면서도 어지간히 바람막이 구실을 해주어 견디기가 쉬웠는데, 외톨이로 남으면서는 운신하기가 수월찮았다. 그러나 아들이 결정적으로 자기의 날씬한 생활 속에서 아버지를 격리시키고자 하는 까닭은 부담의 차원보다는 아버지를 접함으로써 새삼스럽게 확인하게 되는 자신의 고통과 낭떠러지의 세월을 떠올리기 때문이 아닌가 하였다. 언젠가 아들은 일부러 마신 듯한 술에 몸을 가누지 못하며, 민노인에게 포악스럽게 퍼부은 적이 있었다. 앞뒤가 잘 이어지지 않으면서도, 토악질하듯 내뱉는 그의 토막말에는, 누르고 다져온, 비수를 머금은 원망이 차곡차곡 담겨 있었다. 아버지, 왜 돌아오셨습니까. 제가 어머니와 양키 담배를 골라낸 꿀꿀이죽으로 주린 배를 채우고 있을 때, 아버지는 어디서 무얼 하셨습니까. 모리배들의 술자리에서 북 쳐주고 받은 돈으로 기생 무릎을 베고 있었습니까. 어머니가 콩나물을 길러 번 돈으로, 그리고 제가 신문배달을 해서 얻은 돈으로 겨우 겨우 학교를 다니고 있을 때, 아버지는 또 어디서 무얼 하시고 계셨습니까. 시골의 삼류극장에서 소리꾼들의 장단을 맞추고 있었습니까. 좋습니다. 다 좋습니다. 아버지가 돈을 못 번다 한들 또는 수족을 못 써 자리보전을 하고 있다 한들, 저는 상관하지 않았을 것입니다. 할아버지께서 남겨주신 재산을 아버지 말씀대로 예술을 한답시고 다 날린 것도 따지지 않겠습니다. 다만 아버지는 우리와 함께 있었으면 됐던 겁니다. 그런데 이게 뭡니까. 아버지 자신도 피눈물나는 고생이 있었을 테고, 그만큼 할 말도 많으실 줄 압니다. 그럼에도 불구하고, 아버지의 마지막 염치가 우리 모자 앞에 나타나는 걸 주저하게 만들었을 것이라는 점도 이해합니다. 그렇다면, 아버지는 끝끝내 제 앞에 현신하지 말아야 옳았습니다. 그래가지고, 막말로 어느날 아버지가 돌아가셨다는 소식을 듣고서야, 어머니는 가슴을 쥐어뜯고 저는 땅을 치며, 왜 아버지는 우리를 찾지 않아 이런 비극을 겪게 하는가 하는 후회와 원망으로 몸부림치도록 만들어야 했습니다. 그런데 아버지는 마침내 나타나셨습니다. 그랬으면 너에게 효도할 기회를 주지 않았느냐고 말씀하시고 싶겠지요. 아닙니다. 그건 안 됩니다. 아니 노력을 해도 잘 안 됩니다. 홍, 그러면 또 말씀하시고 싶겠지요. 내 존재가 네 출세를 위해서는 여러 가지로 걸리적거리기 때문이 아니냐고. 맞습니다. 부인하지 않습니다. 제 출신을 아는 사람들 중에는 한량 광대라고는 해도, 필경은 떠돌이 광대에 불과한 민익태 자식치고는 꽤 올라갔다고, 경멸인지 칭찬인지 모를 소리를 하고 다니는 작자도 있습니다. 그것 저것을 모르고, 자수성가한 노력파라며 괄목상대해 주는 사람도 물론 많구요. 그러니까 너는 그와 같은 평판을 유지해 가고자 뿌리를 감추려는 거냐고 또 말씀하시겠지요. 그 짐작도 맞습니다. 민주주의네 평등주의네 하지만, 우리 사회는 오히려 가면 갈수록 가문을 캐는 우스운 풍토니까요. 하지만 분명히 말씀드려서, 제가 아버지와 거리를 두려 하고 계면쩍게 여기는 건, 반드시 그런 이유에서만은 아닙니다. 제 아내가 제 입장보다 한술 더 뜨는 것은, 여자에게 있을 수 있는 심리적 허영이라 치고, 제가 아버지를 마음 깊숙이 받아들일 수 없는 건 바로 저 북 때문입니다.

아들의 긴 푸념과 부대끼는 감정을 목격하고 난 민노인이 이 대목에서 감당하기 힘든, 모락모락 피어오르는 분노와 허망함을 가까스로 다스리며 "내가 죄인이여"를 되뇐 끝에, 제의했었다. 그러면 저 북을 없애면 될 것 아니냐고. 전혀 마음에도 없는 소리였다. 그런데 아들의 대답은 뜻밖이었다. 아닙니다. 북은 그대로 두어야 합니다. 저 북이 아버지와 제가 얼마만큼 저 자신을 지탱할 수 있는가를 가늠해 보기 위해서도 북은 제자리에 있어야 합니다. 잔인하게 들리실지 모르나, 북을 없앤 이후의 아버지가 허깨비로 사신다 한들, 저에게는 큰 문제가 아닙니다. 오직 부탁드리고 싶은 건, 아버지가 제 앞에서 다시 말하면 우리 가족의 면전에서는 북장이가 아니라는 사실을 알아주셨으면 하는 겁니다. 그냥 아버지로 남아 있으면 됩니다. 그래가지고, 어느 날인가는 어렸을 적의 제가, 너무나 허기져 눈앞이 가물가물한 가운데서도, 그렇게 간절하게 휘어잡으려고 애썼던 아버지의 모습을 되찾게 해주시기 바랍니다. 지금은 아닙니다. 설혹 그런 날이 영영 오지 않는대도 도리없는 일이구요. 그때부터였을 것이다. 민노인은 집안에 손님을 모시기로 한 날이면, 슬그머니 자리를 떴다. 다시는 북채을 쥐는 '사건' 이 나지 않겠지만, 혹시를 몰라서였고, 아들 내외나 자신도 그런 내력에 길들여져 갔다. 민노인으로서는 되레 그게 홀가분하기도 했고.

　포장마차 '중역의자' 는 조금 이른 시간이어서 그런지, 텅 비어 있었다. 성규도 아직 보이지 않았다. 민노인이 사장이라고 부르는 주인은 그릇을 챙기다 말고 아는 체를 했다.

　"회장님 오랜만에 뵙습니다. 그 사이 미양微恙에라도 걸리셨습니까?"

　자기 말대로라면, 훈장질을 하다 그럴 만한 사정이 있어 목이 잘렸다는 그는 앞치마에 손을 닦으며 말보다 웃음을 앞세웠다. 쉰은 넘어 뵈는데도 당자는 아직 사십줄이라고 우기며, 파직된 후, 안 해본 사업이 없었다고 언제나 화제가 걸판졌다.

　"문자 모르는 놈은 서러워서 못살겠군. 누가 훈장 출신 아니랄까 봐 그러우. 김사장은 그게 탈야. 사람은 처지가 바뀌면 말도 달라져야 한다구."

　"누가 아니랍니까. 민회장님같이 허물없는 분에게나 던지는 문자지요."

　주인은 물어보지도 않고 소주병과 안주 한 접시를 민노인 앞으로 밀어놓았다.

　"회장을 너무 무시하는군. 홍합 몇 점으로 어떻게 소주 한 병을 다 비우나. 조금 있으면 약속한 술친구 한 사람이 더 올 건데."

"그래요오? 손자 청년. 그 젊은이도 요새는 코빼기도 볼 수 없더군요."

"손자가 되었건 맹자가 되었건, 오늘은 안주 한 접시 더 놓으시오. 돼지갈비를 굽는 게 좋겠소."

"그러지요. 우리야 다다익선으로 많이 팔면 되니까."

민노인이 술을 두 잔쯤 비웠을 무렵 성규는 포장을 들치고 들어섰다.

"아저씨. 항상 느끼는 건데요. 옥호屋號가 중역의자일 바엔 나무 걸상 대신 안락의자를 갖다 놓으면 좋지 않을까요. 서민 대중들에게 중역이 된 기분을 충족시켜 줄 뿐만 아니라, 장안의 화제가 될 겁니다. 버스를 내려 걸어오는 동안, 섬광처럼 떠오른 아이디어라구요."

녀석은 민노인에게 일별을 던지고는 자리에 앉기도 전에 한바탕 너스레를 폈다.

"충고는 고마운데 그 생각은 나로서는 구문舊聞이야. 처음엔 나도 고물 소파나 회전의자를 마련할까도 했지. 허나 수지타산이 안 맞아."

"왜요?"

"우선 포장마차의 기본 개념인 기동성을 살리는 데 불편하기 짝이 없고, 손님들의 출입이 신속해야 하는데, 푹신한 맛에 일단 앉았다 하면 엿가락처럼 떠날 줄을 모를 것 아닌가베."

"대신 매상이 오를 것 아닙니까."

"그렇지 않아요. 이 장사는, 택시 기사들이 기본 요금에 다소의 우수리가 붙는 거리를 좋아하는 이치와 비슷하거든. 손님의 회전이 빠른 쪽이, 죽치고 앉아 시간을 이죽거리느니보다 장사로서는 훨씬 낫지."

"딴은 그렇기도 하네요."

민노인은 잔소리 말고 술이나 마시라는 시늉의, 조금은 거친 손놀림으로 성규의 잔에 소주를 콸콸 부었다. 누가 보면 할아버지가 손자의 잔에 술을 따르는 모양이 이상스럽게 비칠지도 모를 일이었으나, 두 사람의, 적어도 이 포장마차 속의 관계는 그렇지가 않았다. 처음엔 두 손으로 잔을 공손히 감싸쥐고 몸을 돌려 단숨에 잔을 비우던 요즈음은 자기 친구와의 술자리 못지않게 예사로운 몸짓으로 잔을 받고 건네었다. 민노인이 그렇게 습관을 들였기 때문이었다. 이 녀석아, 그렇게 거북해할 양이면, 나나 너나 무슨 술맛이 나겠느냐, 노소동락이란 말도 있는데 할애비와 손자가 술잔을 주거니 받거니 하는 것도 신시대의 풍류라면 풍류 아니겠느냐며 성규를 편하게 해주었다. 그러면서 그게 예술가를 할애비로 둔 덕이라고 어설픈 희롱으로 성규를 웃겼다. 민노인은 성규를 무척 좋아했다. 그렇다고 손자가 자기의 평생을 제대로 양해하거나 자기 마음속으로 기꺼이 뛰어들어 올 것을 기대하지는 않았다. 그러기에는, 피차가 제 것 외에, 당장의 생활이 그걸 방해하고 있음을 모르지도 않았다. 다만 누가 자기 옆에 있어 얘기를 들어주는 것만으로도 고마운 형편이었는데, 그런 의미에서 성규는 아주 적격이었다. 할아버지한테서는 이조시대의 노인네에게서나 맡을 수 있음 직한 조선간장의 퀴퀴한 냄새가 난다고 톡톡쏘기는 할망정, 이쁘기야 수경이란 년이 나았다. 그러다가도 마음이 내키면 할아버지는 왜 오빠만 예뻐하느냐며 알록달록한 사탕 한 움큼으로 아양을 질질 흘릴 때의 수경이는 마치 자기 같은 시들은 호박덩굴의 끄트머리에 매달린, 앙증맞은 애호박의 싱싱함으로 비쳤다. 그것은 그년 말대로, 조선간장의 갈색과 찝찝함으로만 도배질한 자기 생애의 종장終章을, 어떤 때는 흐뭇하게 어떤 때는 또 한번의 진한 뉘우침으로도 연결시켰다. 그러나 성규는 이쁘다는 것의 다른 측면을 깨우치게 해주었다. 자기 얘기의 청중 자리를 잘 지켜주는 것만도 다행스러운데, 그 알량한 얘기를 차곡차곡 쟁이려고, 어린 녀석이 노상 마음을 비워두는 게 기특했다. 민노인이 허튼 소리를 하다가도, 이래서는 안 되지 하고 스스로 제동을 거는 것도, 성규가 자기에게 쉽사리 빨려드는 데 대한 두려움의 확인에 다름 아니었다. 녀석이 탈춤반에 들어간 것도, 알고 보면 민노인의 영향으로 돌리는 며느리의 흰눈질에 접한 다음부터는 더욱 그랬다. 그래도 민노인은 몸에 붙은 끼를 버리기가 힘들었다. 술이 어지간히 들어가면, 왕년의 고향 사람들 손가락질쯤 발길에 툭툭 채이는 돌멩이쯤으로 여기고, 이리저리 싸다니면서 겪은 행적들을 솔솔 풀어먹었다.

"너 지난번에 만난다던 처녀허고는 그 뒤 어떻게 됐냐."

한동안은 입을 봉하고 부지런히 잔만 비우던 민노인이, 웬만큼 술배가 채워졌다 싶자 먼저 운을 뗐다.

"걔 말이죠. 그저 그래요."

"그게 무슨 뜻이냐. 포기했다는 말로 들린다."

"포기라기보다도, 그동안 제가 딴 일로 바빴거든요."

"그 처녀에 대한 생각을 아주 버린 건 아니란 말이지."

"그런 셈이에요."

"젊은 녀석이 어찌 그리 대답이 시원찮으냐."

"제가 어쨌게요."

"아니면 아니다. 기면 기다. 사내대장부가 맺고 끊는 데가 있어야지."

"에이. 할아버지두. 그 전이나 지금이나 그냥 친구로 지낼 뿐인데요 뭐."

"임마."

"네."

"내가 지난번에 일러준 말 잊지 않았지. 북을 치면서 소리하는 사람에게 책잡히지 않고 일고수 소리를 들으랴거든, 상대가 아무리 명창이라도 내 무르팍 밑에 그 소리를 꽉 잡아 넣어야 한다고."

"와아. 할아버지의 인생철학 제1조 또 나왔다."

"이 녀석아. 허풍 그만 떨고 잘 들어둬. 그 이치야말로 세상만사에 다 통하느니라. 남녀관계도 마찬가지야. 네가 듣기에, 그럼 할아버지는 그 이치에 얼마나 충실했소 이러고 싶겠지. 허나, 나는 바담 풍 할지언정 너는 바람 풍 하라는 게 웃사람의 심사인 게야."

"오늘은 할아버지가 재미없는 얘기만 하신다."

"고리타분하다 이 말이지."

"그게 아니라요. 이치라는 것에 대해서는, 학교나 집안에서 너무 많이 들었다 이거지요."

"그럼 날더러 실지문제를 가르치라 이거냐. 시대도 다르거니와, 그런 건 네가 내 선생뻘인데."

민노인은 언제나 그랬지만, 손자와의 이런 자잘고롬한 티격태격이 괜찮아, 일부러 성규의 화를 돋우는 식으로 몰고 가는 수도 있었다. 꽤 능글맞은 녀석은, 그래도 이리저리 빠져나가되, 할아버지의 아픈 구석을 한 번도 건드리지 않았다. 아버지와 할아버지의 갈등을 속속들이 알고 있으면서도, 한가운데로 덤벼들지는 않고, 끝내 국외자로 맴돌면서도 민노인의 숨은 후견인 노릇을 제법 잘 해내는, 나이에 걸맞지 않는 지혜도 갖고 있었다.

"그건 그렇구요. 할아버지."

두 번째 손님 셋이, 한꺼번에 포장을 제치고 들어오는 걸 곁눈질로 맞으며 성규는 말소리를 낮췄다.

"부탁이 있어요."

"뭔데."

민노인은 덤덤하게 받았다.

"다음 주 토요일 오후, 우리 서클 아이들이 봉산 탈춤 발표회를 갖기로 했거든요. 학교 축제의 하나에요."

"그런데?"

민노인의 물음에는, 그것과 나와 무슨 상관이냐는 뜻이 포함되어 있었다.

"할아버지께서 북장단을 맡아주셨으면 하구요."

"뭐라구? 그건 나와 번짓수가 달라. 해본 적도 없구."

"한두 번만 맞춰보시면 될 건데요."

"연습까지 하고? 아서라. 더구나 늬 애비가 알면 큰일난다."

"염려 마세요. 저하고 비밀만 지키면 되잖아요. 애들한테도 다 말해놨구, 지도교수의 허락도 받았다구요."

"임마. 그건 너희들끼리 해도 되잖아. 나까지 끌어내지 않아도."

"누가 그걸 모르나요. 자리를 더 좀 빛내 보자 이겁니다."

"나는 무대나 안방에만 앉아봤지, 넓은 마당에서는 북을 쳐본 경험도 없어."

"그게 그거 아닙니까. 말을 안 꺼냈다면 몰라도, 이제 와서 제 체면도 좀 봐주셔야죠."

"이 녀석들 보게. 애비는 애비대로 내 북 때문에 체면이 깎인다는 판에, 자식은 또 북으로 체면을 세워달라니 무슨 조화 속인지 어지럽다."

"아버지와 저와는 생각이 다르니까요."

"그 말도 못 알아듣겠다."

"설명하자면 길구요. 이번 일은 꼭 좀 해주셔야겠습니다. 이런 말씀 드리기는 뭣하지만, 제 딴에는 모처럼 할아버지께서 신바람 내실 기회를 드리자는 의미도 있습니다."

"얼씨구. 이 녀석 봐라."

일단 손자에게 타박을 덮어씌우기는 했을망정, 성규가 말하는 신바람이라는 말이 민노인의 가슴 복판을 쿡 찌르고 달아났다. 꼭 신명이 솟구쳐서만 북 앞에 앉는 건 아니었다. 뱃가죽 속에 꽉 쩔어 있는 북가락이 마침내는 신바람을 일으키는 것인지, 신바람이 예상되는 자리를 얻기만 하면, 드디어 북가락이 저절로 곬을 타고 흐르는 것인지는 자신도 분명치가 않았다. 어느 쪽이 선후라기보다는, 대강은 두 가지가 앞서거니 뒤서거니 찾아오는 것인데, 북만 잡으면 없던 힘이 느닷없이 뼈마디를 간질이는 형태로 나타나는 건 사실이었다. 그렇다 치더라도, 북이 주역도 아닌 생소한 장소에 나간다는 게 꺼림칙했으며, 아이들 노는데 늙은이가 흰쌀의 뉘처럼 섞인다는 것도 좋은 모양이 아닐 것 같았다. 이런 망설임을 훤히 꿰뚫어보듯, 성규는 슬슬 민노인을 구슬렀다. 실실 웃으며.

"단역이라고 생각하시면 안 돼요. 물론 춤이 주이기는 하지만, 할아버지 말씀대로 그 녀석들의 춤을 할아버지의 무릎 밑에 꽉 잡아 넣으면 판이 더욱 어울릴 것 아닙니까."

"너 나를 무시했다."

"무슨 말씀이신지 안다구요. 하지만 할아버지의 예술을 모독할 생각은 없습니다. 연출자로서의 제 욕심입니다."

"네가 연출자냐?"

"히히. 부끄럽습니다. 목중의 하나로 나가기도 하구요."

"북만 가지고 장단을 맞추는 건 아니잖니."

"물론이지요. 북 말고도, 장구, 꽹과리, 피리 등 여섯 가지 악기가 동원되지만요, 할아버지가 떡 버티고 앉아, 노상 말씀하시는 강약 약강의 뜻을 잘 터득한 북으로, 그것들을 끌고 가면서 휘어잡을 수도 있습니다."

"나는 남의 북으로는 못 친다."

민노인은 어느새 성규의 설득에 기울어지고 있는 자신을 발견하곤 이게 아닌데 싶었다. 성규는 그 틈새로 재빨리 비집고 들어왔다. 집 안에 있는 북을 밖으로 내가는 것도 쉬운 일이 아니라는, 민노인의 걱정을 곧 간파한 것이다.

"염려 마세요. 제가 누구의 눈에도 띄지 않도록, 감쪽같이 학교로 모셔다 놓겠습니다."

"글쎄다. 잘하는 짓인지 못하는 일인지 모르겠다."

"전 할아버지의 그런 태도가 싫습니다. 사람마다 할 일이 있고, 할아버지의 할 일은 북을 치는 겁니다. 저는 할아버지의 표정인 북이 울릴 자리를 찾지 못하고, 방 안에서 곰팡이가 슬어가는 걸 볼 때마다 안타깝기 짝이 없다구요. 아시겠어요?"

금방 히히 웃던 것과는 달리, 성규의 눈빛에 차가운 광채가 일었다. 술기운으로 벌겋게 달아오른 볼에는 신선한 취기가 번져 있었다. 민노인은 녀석의 이깨를, 당장은 별반 의미가 곁들여 있지 않은 손바닥으로 툭 쳤다.

포장마차에 다녀온 이튿날 오후, 동네 영감들과 실없는 잡담을 나누고 돌아온 민노인은, 자기 방 옷장 위에 비닐로 싸 얹어두었던 북이 없어진 걸 알았다. 언제 어떻게 가지고 나갔는지 짐작이 가지 않았으나 그렇다고 낭패스러운 기분이 들지 않는 것도 이상하다면 이상했다. 무슨 일이고 간에, 일단 마음을 정하면 제깍제깍 해내는 젊은 놈들의 당돌한 실천력을 어쩌면 부럽게도 느꼈다. 그런 데다 성규는 자기를 다그치는 시간도 빨랐다. 도무지 벙벙한 생각을 이렇게 저렇게 되작거릴 여유마저 주지 않았다. 그 다음 날 아침엔, 학교에서 만나자고 제멋대로 통고를 해온 것이다.

"이건 교통비에요. 진행비라는 게 쬐끔 있거든요. 어렵게 여기지 마시고 바람쐬는 셈 치고 한번 들러주세요. 저희들은 매일 손을 맞추어

보지만, 할아버지는 그러실 필요도 없겠고, 분위기나 익혀주시면 족하겠죠."

성규는 천 원짜리 지폐 몇 장을 쥐어주었다.

"아니다. 아무리 그렇다 해도 연습 없이는 무대에 서는 법이 아녀. 하물며 내가 북을 멀리한 지가 얼만데."

"같이 해주시면 더욱 좋구요. 참 제가 어저께 북 내갔습니다."

"안다."

"그럼 이따 뵙기로 해요. 애들이 영광이래요. 히히."

돌아서는 손자의 등 뒤에서, 민노인은 날렵한 숫사슴의 냄새를 맡았다.

물어물어 처음 가본 손자의 대학은 민노인에게 우선 크고 넓은 것의 시원함을 댓바람에 안겨주었다. 거기에는 또, 좁은 구석을 맴도는 데만 익숙해진 자를 한꺼번에 위압하고 겁먹게 하는 바람이 불고도 있었다. 그런 세계와는 등지고 살아온 민노인에게는 한결 그랬다. 서너 명의 친구들과 함께 미리 교문 근처에서 기다리고 있던 성규는 민노인을 보자 손을 번쩍 들어 보였다. 그의 친구들은 한꺼번에 꾸뻑 절을 하더니 와주셔서 고맙습니다를 합창했다. 영광이라고 말하는 녀석도 있었다. 연습장이라는 운동장 한구석에는 더 많은 연회 출연자들이 제각각의 몸놀림으로 움직이고 있었다. 그들은 성규를 통해 얘기를 들었는지 하던 것을 멈추고 일제히 인사를 했다. 여학생도 적지 않은 수였다. 조금 떨어진 곳에 가서 성규로부터 대충의 줄거리에 대해 설명을 듣고, 종이에 따로 적은 과장科場을 훑어본 민노인은 자기 역할이 결코 쉬운 일이 아님을 알았다. 성규의 어거지 성화에 밀려온 꼴이기는 해도 가볍게 떠맡고 나선 데 대해 조금은 후회도 되었다. 북을 끼고 둥둥 치면서는 더 그랬다. 그런 한편으로 멀리 내던져 여간해서는 만나지 못할 것으로 여겼던 자기 체온이 듬뿍 스민 옷을 다시 걸쳐입는 순간의 감동을 맛보기도 했다. 낯선 장면과 마주쳐 다소 어리벙벙하지 않은 건 아니었으나 빽빽 소리를 질러대며 팔과 다리를 흥겹게 올리고 내려놓는 아이들과 따지고 보면 북가락의 이웃동네인 꽹과리나 피리 소리에 섞여 팔에 힘을 모아 북을 두드리는 동안, 그런 무색함은 서서히 사라져갔다. 그래서였을 것이다. 민노인은 하루 연습만으로는 실력이 부쳐 안 되겠다며 며칠 더 나올 것을 자청했고, 그러자 아이들은 환영의 박수를 쳤다. 연습이 끝나고 막걸리집으로 옮겨갔을 때도, 아이들은 민노인을 에워싸고 역시 성규 할아버지의 북소리는 우리 같은 졸개들이 도저히 흉내 낼 수 없는 명인의 경지라고 추켜올렸다. 그것이 입에 발린 칭찬일지라도, 민노인으로서는 듣기 싫지가 않았다. 잊어버렸던 세월을 되일으켜 주는 말이기도 했다.

"애들아. 꺼져가는 떠돌이 북장이 어지럽다. 너무 비행기 태우지 말아라."

민노인의 겸사에도 아이들은 수그러들지 않았다.

"아닙니다. 벌써 폼이 다른 걸요."

"맞아요. 우리가 칠 때는 죽어 있던 북소리가, 꽹과리보다 더 크게 들리더라니까요."

"성규, 이번에 참 욕보았다."

난데없이 성규의 노력을 평가하는 녀석도 있었다. 민노인은 뜻밖의 장소에서 의외의 술친구들과 어울린 자신의 마음이 외견과는 달리 퍽 편안하다는 느낌도 곱씹었다. 옛날에는 없었던 노인과 젊은이들의 이런 식 담합談合이 어디에 연유하고 있는가를 딱히 짚어볼 수는 없었으되.

두어 번의 연습에 더 참가한 뒤, 본 공연이 열리던 날 새벽에 민노인은 성규에게 일렀다.

"아무리 단역이라고는 해도, 아무 옷이나 걸치고는 못 나간다. 모시

두루마기를 입지 않고는 북채를 잡을 수 없어."

"물론이지요. 할아버지 옷장에서 꺼내놓으세요. 제가 따로 가지고 갈
게요."

"두 시부터라고 했지?"

"네."

"이따 만나자."

일찍 점심을 먹고, 여느 날의 걸음걸이로 집을 나선 민노인은 나이에
어울리지 않는 설레임으로 흔들렸다. 아직은 눈치를 채지 못한 아들 내
외에 대한 심리적 부담보다는 자기가 맡은 일 때문이었다. 수십 명의 아
이들이 어우러져 돌아가는 춤판에 영감쟁이 하나가 낀다는 사실이 새삼
스럽게 어색하기도 하고 모처럼의 북가락이 그런 모양으로밖에는 선보
일 수 없다는 데 대한 엷은 적막감도 씻어내기 힘들었다. 그러나 젊은
훈김들이 뿜어내는 학교 마당에 서자, 그런 머뭇거림은 가당찮은 것으
로 치부되었다. 시간이 되어 옷을 갈아입고 아이들 속에 섞여 원진圓陣
을 이루고 있는 구경꾼들을 대하자, 그런 생각들은 어디론지 녹아 내렸
다. 그 구경꾼들의 눈이 자기에게 쏠리는 것도 자신이 거쳐온 어느 날의
한 대목으로 치면 그만이었다. 노장老長이 나오고 취발이가 등장하는가
하면, 목중들이 춤을 추며 걸쭉한 음담패설 등을 쏟아놓을 때마다 관중
들은 까르르 까르르 웃었다. 민노인의 북은 요긴한 대목에서 둥둥 울렸
다. 째지는 소리를 내는 꽹과리며 장구에 파묻혀 제값을 하지는 못해도,
민노인에게는 전혀 괘념할 일이 아니었다. 그전에도 그랬던 것처럼, 공
연 전에 마신 술기운도 가세하여, 탈바가지들의 손끝과 발목에 한 치의
오차도 없이 그의 북소리는 턱 턱 꽂혔다. 그새 입에서는 얼씨구! 소리
도 적시에 흘러나왔다. 아무 생각도 없었다. 가락과 소리와 그것을 전체
적으로 휩싸는 달작지근한 장단에 자신을 내맡기고만 있었다.

그날 밤, 민노인은 근래에 흔치 않은 노곤함으로 깊은 잠을 잤다. 춤판이 끝나고 아이들과 어울려 조금 과음한 까닭도 있을 것이었다. 더 많이는 오랜만에 돌아온 자기 몫을 제대로 해냈다는 느긋함이 꿈도 없는 잠을 거쳐 상큼한 아침을 맞게 했을 것으로 믿었는데 그런 흐뭇함은 오래 가지 않았다. 다 저녁때가 되어 외출에서 돌아온 며느리는 집 안에 들어서자마자 성규를 찾았고, 그가 안 보이자 민노인의 방문을 밀쳤다.

　"아버님. 어저께 성규 학교에 가셨어요?"

　예사로운 말씨와는 달리, 굳어 있는 표정 위로는 낭패의 그늘이 좍 깔려 있었다. 금방 대답을 못하고 엉거주춤한 형세로 며느리를 올려다보는 민노인의 면전에서 송여사의 한숨 섞인 물음이 또 떨어졌다.

　"북을 치셨다면서요."

　"그랬다. 잘못했니?"

　우선은 죄인 다루듯 하는 며느리의 힐문에 부아가 꾸역꾸역 치솟고, 소문이 빠르기도 하다는 놀라움이 그 뒤에 일었다.

　"아이들 노는 데 구경 가시는 것까지는 몰라도, 걔들과 같이 어울려서 북 치고 장구 치는 게 나이 자신 어른이 할 일인가요?"

　"하면 어때서. 성규가 지성으로 청하길래 응한 것뿐이고, 나는 원래 그런 사람 아니니. 이번에도 내가 늬들 체면 깎았냐."

　"아시니 다행이네요."

　송여사는 후닥닥 문을 닫고 나갔다. 일은 그것으로 끝나지 않았다. 며느리는 퇴근한 남편을 붙들고, 밖에 나갔다가 성규와 같은 과 학생인 진숙이 어머니한테서 들었다는 얘기를 전했다. 진숙이 어머니는 민노인이 가면극에 나왔더라는 귀띔에 잇대어, 성규 어머니는 그렇게 멋있는 시아버지를 두셔서 참 좋겠다며 빈정거리더라는 말도 덧붙였다. 그런데 이상스럽게도 아들은 민노인에겐 아무런 내색을 하지 않았다. 그냥 덤덤한 낯빛이다가 식구들이 저녁을 마친 후에야 돌아온 성규를 사정없이 몰아붙였다.

"너더러 누가 그런 짓 하랬어."

현관에서 신발을 벗고 한 발자국 내딛는 순간, 노기를 한꺼번에 모은 호령이 그를 사로잡았다. 영문을 몰라 아버지와 어머니 쪽으로 눈알을 번갈아 돌리는 성규를 향해, 이번에는 어머니가 차디차게 말했다.

"잘하는 일이다. 할아버지를 끌어내지 않으면 늬네들 춤판은 성사가 안 되니?"

나는 또 뭐라고 하는 식의 가벼운 대응이 성규의 안면에 퍼지면서 입으로는 씩 웃음을 흘렸다.

"너 날 놀리는 거니?"

첫마디와 달리 착 가라앉은 아버지의 음성에는 분에 떠는 사람에게 일쑤 있음 직한, 삭지 않은 가래가 조금 끓었다. 정색을 하고 쳐드는 성규의 눈빛에도 서리가 내린 인상이었다.

"무슨 말씀이세요?"

"지금 웃었잖아."

"웃은 게 잘못이라면 사과할게요. 할아버지를 그런 자리에 모신 건, 그러나 사과할 것이 못 됩니다."

"할아버지까지 동원한 게 잘한 짓이니?"

"동원이란 말이 싫습니다. 누가 누구를 동원한단 말입니까. 또 그 일이 어째서 잘하고 잘못하고로 구별돼야 하는지, 저는 통 이해를 할 수가 없습니다. 그건 잘하고 잘못하고의 인식에서는 벗어나는 일입니다. 누군가가 어떤 일에 합당한 재능을 갖고 있을 때, 한쪽은 그걸 표현할 기회를 주어야 마땅하며, 한쪽은 기꺼이 그 기회에 편승해서, 일이 잘

되면 그보다 좋은 일이 어디 있습니까."

"너 이제 보니 참 똑똑하구나. 그래서, 일이 잘 됐니?"

"대성공이었습니다."

"할아버지는 기꺼이 응하지 않았을 게다. 네가 유혹했어."

"결과는 마찬가지에요. 저는 그날 할아버지에게서 그걸 확인했습니다."

"너는 할아버지와 나와의 관계에 대해, 특히 내가 취하고 있는 입장에 대단히 불만이지?"

"그럴 것도 없습니다. 아버지의 할아버지에 대한 처지를 이해하면서도 그 논리를 그대로 저와 연결시키고 싶지도 않고, 그럴 필요도 없다고 생각하는 편이에요."

"기특하구나. 그러니까 너만이라도 할아버지에게 화해의 제스처를 보이겠다는 거냐 뭐냐. 지금까지의 네 행동을 보면 그런 추측을 가능케 하더라만."

"그것도 맞지 않는 말이에요. 도대체 할아버지와 저와는 갈등이 있었어야 말이죠. 처음부터 갈등이 없었는데 화해의 제스처를 보이고 말고가 어디 있습니까. 할아버지와의 갈등이 있었다면, 그건 아버지의 몫이지 저와는 상관이 없는 겁니다. 오히려 전 세대끼리의 갈등이 다음 세대에서 쾌적한 만남으로 이어진다면, 그건 환영할 만한 일이고, 그게 또 역사의 의미 아니겠습니까?"

"뭐야. 이놈의 자식. 네가 나를 훈계하는 거얏!"

말이 떨어지기 무섭게, 아버지의 손바닥이 성규의 볼때기를 후려쳤다. 옆에 있던 어머니의 쇳소리가 그의 뺨에 달라붙었다.

"또박또박 말대답하는 것 좀 봐."

"아버지의 마음을 모르는 게 아니에요. 그렇다고 아버지의 생각 속으로만 저를 챙겨 넣으려고 하지 마세요."

성규는 얻어맞은 자리를 어루만지지도 않고, 되레 풀죽은 목소리가 되었다.

"네가 알긴 뭘 알아. 네가 내 속을 어떻게 알아."

"그런 말씀은 이제 그만 좀 하셨으면 해요. 안팎에서 듣는 그 말에 물릴 지경이거든요. 너는 아직 모른다. 너도 내 나이가 되어봐라…… 고깝게 듣지 마세요. 그때 가서 그 뜻을 알지언정, 지금부터 제 사고와 행동을 포기하고 싶지는 않습니다. 그런 뜻에서 제가 할아버지를 우리 모임에 초청한 사실을 후회하지 않을 뿐더러, 옳았다고 생각합니다. 아버지가 할아버지를 심리적으로 격리시키려 하고, 또 한편으로는 이해하려는 모순을 저도 이해합니다. 노상 이기적인 현실에의 집착이 그걸 누르는 데 대한, 어쩔 수 없는 생활인의 감각까지도 저는 알고 있습니다. 그러나 역설적이고 건방지게 들릴지 모르지만, 제 나이는 또 할아버지의 생애를 이해합니다. 북으로 상징되는 할아버지의 삶을 놓고, 아버지와 제가 감정적으로 갈라서는 걸 비극의 차원에서 파악할 것도 아니라고 봅니다. 할아버지가 자신의 광대 기질에 철저하여 가족을 버린 건 비난받아야 할 일이나, 예술의 이름으로는 용서받을 수 있습니다."

"그래서? 할아버지가 나름대로의 예술을 완성했니?"

아버지의 입가에 냉소가 머물렀다.

"그건 인식하기 나름입니다. 다만 할아버지에게서 북을 뺏는 건 할아버지의 한恨을 배가시키고, 생의 마지막 의지를 짓밟는 것에 다름 아니라는 생각만은 갖고 있습니다."

방 안의 민노인이 천천히 응접실로 나온 건 그때였다. 자기 때문에 성규가 궁지에 몰려 있는 걸 보고만 있을 수 없어서였는데, 아들은 집 안의 분란을 더 키우고 싶지 않았든지, 민노인 쪽엔 시선을 돌리지도 않은 채 성규에게만 소리를 꽥 질렀다.

"건방 그만 떨고 어서 가서 잠이나 자. 다시 그런 짓을 했다간 이 정도로 끝나지 않을 줄 알아."

제 방으로 돌아가던 성규는 민노인과 눈이 마주치자 재빠른 웃음을 보냈다. 음모꾼끼리의 신호 같았다.

정작 일이 크게 터진 건 그런 일이 있은 지 일주일쯤 후였다.

저녁 준비를 하다 말고, 성규의 친구로 짐작되는 학생의 전화를 받은 송여사는 대뜸 신음으로도 착각할 만한 의미불명의 소리를 지르더니 이내 펄쩍펄쩍 뛰었다.

"뭐라구? 우리 성규가 데모하다 잡혀갔다구. 언제 어디서. 지금 어딨어? 이 일을 어쩌지. 이 일을 어떡한다지."

송여사는 곧바로 남편에게 전화를 걸었고, 만날 장소를 약속하고는 허둥지둥 밖으로 뛰쳐나갔다. 황급히 서두르다 지갑을 안 가지고 갔기 때문에 다시 되돌아왔을 때, 민노인과 수경이가 자세히 말 좀 해보라고 매달리는데도, 누구 신경질만 돋우느냐는 투의 외마디 말을 남기고 사납게 문을 닫았다.

"난들 아니. 가봐야지."

며느리의 자기를 쳐다보던 눈이 사뭇 비뚤어져 있었다고 느낀 민노인의 가슴에도 갑자기 구멍이 뚫리는 걸 의식했다.

아들 내외는 밤늦도록 돌아오지 않았다. 전화도 걸려오지 않았다. 민노인은 수경이를 시켜, 아들이 먹다 남은 양주를 찾아 안주도 없이 조금씩 조금씩 홀짝거렸다. 얼마나 지났을까, 취기가 야금야금 전신으로 번지자, 민노인은 극히 자연스럽게 북을 껴안고 북채를 잡았다. 뚝 딱 둥 둥. 둥둥둥 뚝딱. 북소리를 듣고 들어온 수경이는, 북 한 번 할아버지의 눈 한 번씩을 교대로 쳐다보고는 그전 모양 궁상맞다는 타박을 하

지 않았다. 오히려 다소곳이 민노인 옆으로 다가앉으며 엉뚱깽뚱한 질
문을 했다.

"할아버지 이 북으로 팝송 반주를 하면 어떻게 될까요."

"수경아. 늬 오래비가 붙들려간 게, 나나 이 북과도 관계가 있겠지."

둥 둥 둥 딱 뚝.

"무슨 상관이 있겠어요. 아니에요. 그보다도 궁금한 게 있어요. 오빠
와 저와는 네 살 터울이거든요. 그런데 오빠는 할아버지의 북소리에 푹
빠져 있고, 솔직히 저는 잡음으로만 들려요. 그 차이는 무엇일까요."

"아무래도 그 녀석이 내 역마살을 닮은 것 같아. 역마살과 데모는 어
떻게 다를까."

딱 둥둥 뚝.

"할아버지. 지금 무슨 말씀을 하고 계세요. 제 말은 들은 둥 만 둥 하
구요."

손녀의 새살거림을 한옆으로 제쳐놓으며, 민노인은 눈을 지그시 감
고 더 크게 북을 두드렸다.

콩 한 줌 먹고

　기쁨으로 시작한 일도 아니었고, 슬픔으로 무거운 발걸음을 뗀 것도 아니었다. 들뜬 상태에서 들어선 문도 아니었으며, 어떤 억울함으로 툇마루를 올라선 것도 아니었다. '다만 문학이 거기 있어' 멋모르고 덤벼든 꼴에 다름 아니었다. 아니다. 생피 흘리는 단련과 어두운 땅끝을 헤매는 무수한 인고忍苦의 세월을 거친 끝에, 비로소 '산이 거기 있으니까'를 겸손하게 흘리던 어느 알피니스트의 말을 표절하는 짓거리에서도 드러나듯, 내 문학의 단서端緖는 포즈와 흉내뿐이었다. 없는 재주를 마른 걸레를 쥐어짜는 형식으로 비틀어대었고, 오척단구의 기력을 온몸으로 쏟아 부었을망정, 노상 빈 하늘을 바라보는 픽픽 바람 새는 가슴만이 확실하게도 내 것이었다.

　따라서 수상은 반갑다. 남에게 피해를 주지 않았다는 전제를 달아놓고. 노상 자기 학대와도 이어지는 위선을 떨던 자의 느닷없는 경망스러움이 아니다. 젊지도 아주 늙지도 않은 주제에, 형편없이 비실대기만 하던 조랑말에게, 상은 콩 한 줌의 적절한 효과를 가져다주었다는 점에서 그렇다. 그게 아니라면, 서 발 막대 휘둘러야 거미줄만 걷히던 적빈赤貧의 살림살이에, 한 바리의 먹이와 땔감이 들어왔다고 과장할 수도 있다.

　콩과 시량柴糧은 곧 바닥나고, 돌아서면 또다시 허망함을 확인하게 될 것도 안다. 차라리 그런 켯속에는 이골이 나 있다. 그러나 이런 저런

'시간의 계기契機'를 빌미 삼아 일어서고 시작하고 싶다. 내가 사랑하는 또 하나의 직업인, 신문기자를 통해 몸에 밴 '마감 시간'이 빤히 보이기는 하나, 곧잘 위로를 곁들인 속임수의 기능을 해온 것으로 여겼던 '시작이 반이다'를 마지막으로 믿어보고자 한다.

물론 이 상을 받은 싱싱한 선주자先走者들의 대열에 '늙은 초립동이'로 낀 어색함도 있다. 허나, 문학은 본시 밥그릇 수로만 따지지 않는, 노소동락의 엄격한 너그러움의 동네였음을 기억한다. 잘 뛰어보라고, 내 발에 운동화를 신겨준 심사위원들에게 감사한다.

최 일 남

잠든 도시와 산하山河

이 동 하

1942년 경북 경산 출생.
서라벌예대 · 건국대 대학원 졸업.
1966년 《서울신문》 신춘문예 당선 등단.
소설집 《장난감 도시》《바람의 집》《저문 골짜기》 등.
장편소설 《우울한 귀향》《도시의 늪》《숲에는 새가 없다》 등.
한국소설문학상, 한국창작문학상, 한국문학작가상,
현대문학상, 오영수문학상 수상.

잠든 도시와 산하山河
─폭력 연구

그 화물열차는 어둠 속에 기다랗게 엎디어 있었다. 사람의 모습은 눈에 띄지 않았다. 화물 전용의 터미널은 텅 빈 채 여기저기 야적해 둔 짐들만 검은 키를 드러내고 있었다. 밤바람이 몹시 찼다. 게다가 물안개가 짙게 묻어오는 중이었다.

그는 역 구내를 대각선으로 무찔러 갔다. 큰 키와 꺼부정한 허리 때문에 꽤나 어설퍼 보이는, 경둥거리는 걸음걸이였다. 어지럽게 뻗어나간 수십 가닥의 레일들을 타넘어 그는 화물열차 쪽으로 다가갔다. 꼬리를 물고 줄줄이 늘어서 있는 차량들. 그 검고 투박하고 차가운 동체들······ 늘 대하는 것이면서도, 그것이 지닌 어떤 강렬한 인상이 그의 의식을 잠시 압도하였다. 안개 탓이리라. 화물열차의 그 견고한 몸뚱어리는 물기를 흠뻑 머금은 채로 차갑게 번들거렸다. 그는 고개를 빼고 앞쪽을 내다보았다. 안개 때문에 머리 부분이 잘 보이지 않았다. 그는 목을 움츠렸다. 비록 어둠과 안개 속에 그 흉물스러운 대가리를 감추기는 했어도 그것은 영락없는, 한 마리 거대한 갑충을 연상케 하였다. 딱딱한, 홈집투성이의 마디들과, 수도 없이 많은 잘디잔 발들을 가진 그 벌레는 지금 차디찬 잠 속에 있었다. 그러나 곧 꿈틀하고 깨어나리라. 그러고는 돌연, 한 마리 야행성동물처럼 표변하여 무섭게 포효하고 신음하면서, 잠든 도시들과 산하를 가르며 미친 듯이 치달리기 시작할 것이었다. 주검 같은 정지 앞에서도 그는, 팽팽한 긴장감을 느낄 수 있었다.

그는, 방한복 호주머니 깊숙이 찔러넣은 채이던 팔을 뽑아 시계를 들여다보았다. 좁은 문자판 위에서, 길고 짧은 두 마리 형광벌레들이 한군데로 고물고물 엉겼다가 조금씩 떨어져 나앉는 중이었다. 차는 00시 08분에 출발할 것이었다.

그는, 열차의 후미에 붙어 있는 짐칸 세 개의 보안상태를 대충 점검하였다. 이상異常무無였다. 회사 전용의 그 화물차량들은 다른 어떤 것들보다 더 튼튼한 문짝에다 쇠불알 같은, 크고 묵중한 자물통들이 물려 있었다. 그는 고리의 봉인을 들여다보았다. 봉합한 한지韓紙가 흠씬 젖어 있었다. 이 상태라면 봉인은 하나마나다, 라고 그는 생각하였다. 그 작은 종이띠들은 멀지 않아 흔적없이 떨어져 나가버릴 것이다. 하지만 그는 신경쓰지 않았다. 어차피 형식적인 것에 지나지 않을 터였다.

세 개의 전용차량 중 가운데 칸의 봉인을 떼고 자물쇠를 풀었다. 그런 다음 그 무겁고 투박한 문짝을 조금 열어젖혔다. 사람 하나 간신히 기어들 만한 틈을 만든 그는 먼저, 메고 있는 비닐 백을 안으로 던져 넣은 다음, 차에 오르기 전 마지막으로 다시 한 번 앞쪽을 기웃해 보았다. 안개 때문에 시계視界가 더 닫혀 있었다. 자정을 넘어선, 텅 빈 역 구내 여기저기에 밝혀진 외등 불빛들이 스무 길 물속처럼 아득하였다. 그 어둠과 안개의 성벽 저 너머 플랫폼의 앞쪽에서 꿈꾸듯 몽롱한 불빛 몇 가닥이 기다랗게 흔들리고 이제 막 선잠에서 깬 듯한 사내의 목소리가 무어라고 두어 번 외쳐댔다.

그는 그 긴 키를 이용하여 쉽게 차에 기어올랐다. 바깥보다 안의 어둠이 더 짙었다. 이번에는 안에서 문짝을 단단히 걸어 잠근 그는 벽에 등을 기댄 채 한동안을 꼼짝도 않고 서 있었다. 예외없이 가슴이 옥죄어들었다. 폐엽이 오그라붙는 듯한 동통이 한순간 그의 심장부를 꿰뚫었다. 하지만 항용 그래왔듯이 이번 역시 그는 잘 참아냈다. 비록 꺼부정한 허리가 한풀 더 꺾어지고, 모든 관절들이 메마른 소리들을 내질렀을망정, 그는 다시 기력을 되찾을 수 있었다.

그새 눈이 어둠에 익었다. 장방형의 내부공간을 가득 채운 화물상자들이 어렴풋하게 윤곽을 드러냈다. 네 벽과 천정을 빈틈없이 메운, 상하좌우 동형의, 질서정연한 적재였다. 오직 호송인을 위한 최소한의 공간만을 한쪽 구석에다 남겨두었을 뿐이었다. 아기는 잠들어 있소, 요람을 조심스럽게 다루시오. 이 애가 깨는 날이면 세상이 온통 시끄러울 거요…… 화물의 적재상태를 둘러보며 그는 머리를 끄덕였다. 아무렴!

바닥은 얼음판 못지않게 냉기를 뿜어내고 있었다. 그는 바닥에 굴러 있는 한 다발의 마분지 박스들을 펼쳐 자리를 골랐다. 다소나마 냉기를 차단해 주리라고 기대하면서. 그런 다음 가방 안에서 낡은 군용모포를 꺼내어 그 위에 깔았다. 그런대로 혼자서 웅크리고 드러누울 만한 자리가 만들어졌다. 이제부터 최소한 다섯 시간 이상을 그 옹색한 공간에서 버텨내야만 한다. 그는 홀쭉해진 가방을 옆구리에 괴고 잔뜩 움츠린 채 모로 드러누웠다. 섣달 밤 기온은 차다. 게다가 때로는 시속 1백 킬로 이상의 속도로 치달릴 차 안이 아닌가. 앞으로 서너 시간 동안 수은주는 계속 곤두박질하리라. 나이를 먹을수록 피는 식는가 보다. 낡고 때에 절은 방한복 한 벌로 밤 추위를 버텨내기가 점점 더 힘겨워지고 있다. 밤 사이 수은주가 급강하하면서 맞바람이라도 몰아치는 날이면 뼛속까지 얼어드는 추위 때문에 겨울 강아지처럼 온 밤내 낑낑거려야 되었다. 그런 날 밤이면 자신의 주검이 보였다. 내벽을 허옇게 뒤덮어오는, 성에의 그 찬 빛 속에, 마치 한 마리 잘 냉동된 고기처럼.

비스듬히 드러누운 채로 그는 담배를 꺼내 물었다. 부패할 염려는 없을 게다, 라고 그는 생각하였다. 설사, 달리는 이 쇠의 방 안에서 어느 순간에 이승을 하직한다고 해도, 그리고 저 천리 밖의 종점에 이르도록 나의 주검이 발견되지 않는다고 해도, 그다지 고약스러운 사태가 발생하지는 않으리라. 화물 하역작업을 하다가 그들은 그것을 발견하게 될 것이다. 잠시 소란, 그러나 처리는 간단하다. 화물 틈서리에 박힌 채로 빳빳하게 얼어 죽은 쥐새끼 한 마리를 집어내듯, 이놈의 모포로 둘둘 말아서 하역해 버리고 나면 뒤가 깨끗할 터이므로…… 그는 성냥갑을 엎질렀다. 엔간히 추운 밤이 될 듯싶었다. 성냥개비를 집는 손가락이 벌써 둔해져 있었다. 어둠에 잠긴 겨울 들판을 떠올리고 그는 으스스 몸을 떨었다. 그 불안감을 내쫓는 일이기나 하듯 성냥알을 드윽 그어 막 불을 일으키는 순간, 그는 갑작스러운 충격을 받았다. 어딘가 꽤나 아득한 곳에서부터 커다란 쇳덩이들끼리 서로 맞부딪치는 소리가 연쇄적으로, 그리고 점점 크게 다가오더니 순식간에 그가 탄 짐칸도 덜컹하고 움직였던 것이다. 거의 반사적으로 그는 시간을 확인하였다. 00시 08분, 예정된 시간이다. 그가 탄 화물열차는 기적소리 한번 울리는 법 없이, 이미 자정을 넘어선, 어둠과 외등 빛과 짙은 안개뿐, 텅 빈 플랫폼을 천천히 미끄러져 나가기 시작하였다. 전장 4백여 킬로의, 밤의 긴 여정을 스타트한 것이다. 첫 모금의 연기를 그는 깊이 빨았다. 냉기가 섬뜩하니 폐부에 들어와 박혔다.

잠든 도시의 심장부로부터 야음을 타고 음험하게, 그 길고 검은 쇠의

꼬리를 뽑아낸 화물열차는 어느새, 혼곤히 잠들어 있는 산하를 가르고 있었다. 쇠바퀴소리가 넓은 들판으로 거침없이 달아나는 것을 그는 느낄 수 있었다. 눈을 감고도 그는 통과지역을 대충 짐작할 수 있었다. 무섭게 빨라진 리듬을 타고 바닥이 요람처럼 쾌적하게 흔들렸다. 단지, 따스함·부드러움 대신 냉기와 거칠음이 유감일 뿐, 하지만 이미 그런 것을 가릴 나이도 처지도 아니다. 남루한 생애처럼, 거친 잠에도 그는 길들여져 있었다.

그 긴 허리와 팔다리들을 잔뜩 구겨 넣고, 목과 가슴을 한껏 움츠린 채로 그는 담배 한 개비를 필터만 남기고 다 태웠다. 군불을 지핀 만큼 어딘가 따뜻해져 오는 기분이 들었다. 벌써 의식의 한편이 스멀스멀 무너져가고 있음을 느꼈다.

문득, 그는 뭔가 쑥스러움 같은 감정을 맛보았다. 그 모호한 감정은 어쩌면 저 유폐감에 대한 기억 때문인지 모른다. 장방형의, 그 견고한 쇠의 방에 갇힐 때마다 거의 매번 가슴을 온통 짜부라뜨리곤 하는 저 고통…… 이젠 익숙해져도 좋으련만 도무지 그렇지 못한 게 쑥스럽다. 혹은 쉰줄의 나이에 턱없이 아득한 향수 같은 것이 얼핏 떠올랐기 때문인지도 모른다. 잠시 귓불을 살짝 붉히기까지 한 그는 곧 꽁초를 눌러 끄고 나서 입이 찢어지게 하품을 토하였다. 우선 잠을 좀 자두자, 라고 그는 작정하였다. 그러고도 이가 갈리도록 외롭고 긴 시간이 남을 것이었다.

그가 잠을 깬 것은 고작 한 시간쯤 뒤였다. 실인즉 추위 때문에 거의 한숨도 잠을 이루지 못했었다. 꽤나 고생스러운 밤이 될 조짐이었다. 심란스레 그는 일어나 앉았다. 어깻죽지가 무지근하게 걸리고 아렸다. 너무 웅크리고 있었던 모양이다. 웬만하면 제 가랑이 사이에 주둥이를 쑤셔박은 채 자기 체온으로 잠드는 개처럼 잠시 잠에 떨어졌을 법도 하건만, 사방에서 옥죄어드는 추위가 워낙 대단하였다. 빙판 위에 삿자리를 깔고 드러누운 기분이었다. 그나마 선잠을 깨고 보니 마구 떨리기 시작하면서 삭신이 죄 아근바근하였다.

그는 유일한 휴대품인, 주인 못지않게 후줄근하고 낡은 비닐가방을 끌어당겼다. 그것은 볼품없이 납작하게 짜부라져 있었다. 그는 지퍼를 열고 손을 집어넣었다. 먼저 집혀 나온 건 라면봉지였다. 그 다음, 이홉들이 소주 한 병이 떨리는 손끝에 달랑 집혀 나왔다. 갑자기 그는 성급해졌다. 이빨로 병뚜껑을 따기가 무섭게 연거푸 벌컥벌컥 들이켰다. 마치 청량음료나 되는 듯이. 바닥에 병을 내려놓았을 때 내용물은 이미 반 넘게 비어 있었다. 비로소 뜨거운 숨을 길게 뱉고 난 그는, 라면 한 조각을 떼어 우적우적 씹었다.

콩 튀듯 하던 바퀴소리가 느슨해지고 있었다. 차의 주행속도가 조금씩 떨어지고 있는 증거였다. 화물열차가 정거할, 중간역 중의 하나가 가까워오고 있는 모양이었다. 술병을 집어든 그는 다시 벌컥벌컥 들이켜기 시작하였다. 시간이 좀 더 걸렸을 뿐 단숨에 바닥까지 말끔히 비워버렸다. 라면 한 조각을 입 속에다 털어 넣은 그는 빈 병을 호주머니에다 담고 느슨하게 일어섰다. 모든 관절들이 낡은 목조계단처럼 삐걱거리는 소리들을 내질렀다.

차가 멎었다. 그는 힘겹게 문을 따고 플랫폼으로 내려섰다. 바람은 없었다. 그러나 수은주는 계속 떨어지고 있음이 분명하였다. 뺨에 와 닿는 안개가 얼음조각으로 비비대듯 차갑고, 차의 동체 아랫부분은 이미 성에가 허옇게 뒤덮고 있는 중이었다. 무릎을 심하게 떨면서 그는 한참을 우두커니 서 있었다.

맨 처음 그가 한 짓은 쓰레기통을 찾아 빈 술병을 버린 일이었다. 자리에 남겨두어서 이로울 게 없다. 그들은 지적하리라. 근무 중에 술이라니! 아무렴, 근무 중에 술은 곤란하다. 그는 머리통을 몇 번 주억거리고 나서 천천히 돌아섰다. 하지만 말이다, 라고 그의 안에서 누군가가 투덜댔다. 술 없이 어떻게 견디란 말인가? 그게 도대체 가당키나 한 노릇인지 그들더러 한번 해보라고 해. 그는 플랫폼의 끝쪽으로 경중거리며 갔다. 그리고는 철로 바닥에다 대고 배설을 시작하였다. 지난 낮동안 내내 방구석에 뒹굴면서 소주 몇 병을 깐 것 외에 뱃속에 챙겨 넣은 것이라곤 거의 아무것도 없는 형편이었다. 빈속이 차라리 개운하다. 가는 오줌발이 침목 위에 떨어져 맥없이 부서지는 소리를 들으며 그는 히죽이 웃었다. 보통 네 시간, 때로는 일곱 시간 이상씩 걸리는 호송업무이다. 그것도 주로 밤에만. 차갑고 투박한 쇠의 방, 장방형의 폐쇄된 공간을 가득 채운 상자들, 그 틈서리의 보다 적은 공간, 관 밑바닥만큼이나 옹색한 자리…… 실은 추위가 문제는 아닌 것이다. 그 작은 공간 속에 들어앉은 채 시속 80킬로 내외의 속도로 온 밤내 어둠 속을 흐르고 있노라면 날씨보다 더 차갑고 날카로운 어떤 느낌이 매번 뼛속까지 파고들게 마련이었다. 숨막히게 자신을 에워싸고 있는 것이라고는 온통 차디찬 사물들뿐. 바깥세계 역시 마찬가지인 것이다. 온통 소용돌이치며 달아나는 바람과 어둠과 소음뿐.

한차례 진저리를 친 다음 그는 대강 고이춤을 여몄다. 한 달이면 스무 날 가까이는 비우게 마련이어서 거의 늘 냉골일 수밖에 없는 나의 방과 그것은 얼마나 흡사한가. 무엇보다 술을 가까이 함은 결코 추위 때문만은 아닌 것. 그들은 알까?

그는 비로소 주위를 둘러보았다. 플랫폼의 중간부분쯤에서 일단의 사내들이 작업을 서두르고 있었다. 거기 야적된 한 무더기의 화물을 그쪽 무개차량 위로 끌어올리는 중이었다. 하중에 짓눌린 소리들이 연신 비어져 나오고 있었다. 짐승의 목구멍에서 흘러나오는 소리 같았다. 역사驛舍는 눈에 익었다. 주변 일대가 공업단지로 되면서 최근 크게 증축한 건물이었다. 그러나 심야의 텅 빈 대합실은 을씨년스러워 보였다. 사람의 모습은 도무지 눈에 띄지 않은 채 어디선가 전화벨이 따갑게 울리고 있었다. 잔뜩 흐린 날씨였다. 별빛 한 점 보이지 않는 암울한 하늘 아래 작은 도시 하나가 깊이 가라앉아 있었다. 춥고 곤한 잠이었다. 다만 변두리의 몇 개 대형건물들만 창마다 불빛을 환하게 밝히고 있어서 거기 고단한 일손들이 깨어 있음을 생각게 하였다.

갑자기 한 무더기의 바람·굉음, 그리고 불빛이 눈앞을 가르고 지나갔다. 여객을 실은 밤차였다. 차 안의 풍경들이 번쇄한 꿈의 행렬처럼 언뜻언뜻 들여다보였다. 고단하고 거친 잠, 흐트러진 분위기, 허공에 떠 있는 얼굴들과 공허한 몸짓들…… 하지만 지극히 짧은 한순간에 그 모든 것들은 사라졌다. 잠시 펼쳐 보였다가 금세 걷어가 버린 두루마리 그림처럼. 외등빛이 눈가루처럼 차갑게 떨어지고 있는, 속이 빈 공간만이 헛헛하게 남았다.

화물 적재작업이 완료된 모양이었다. 인부들이 무개차로부터 플랫폼으로 풀쩍풀쩍 뛰어내리고 있었다. 항용 느끼는 일이지만, 그들의 몸놀림은 무거운 짐을 둘러멨을 때가 오히려 가뿐해 보인다. 그들은 아주 굼뜨고 맥없는 동작으로, 허리춤의 타월들을 뽑아 먼지를 털었다. 쇠바퀴들이 궤도 위를 스름스름 미끄러져 나가기 시작하였다. 그는 서둘러 예의 짐칸에 기어올랐다.

투박한 문짝을 닫아걸기 전에 그는 잠시 밖을 내다보았다. 텅 빈 플랫폼에 인부들이 서 있었다. 차가운 밤공기 속에서도 그들의 얼굴은 땀으로 번들거렸다. 더없이 피로하고, 그리고 왠지 외로워 보이는 모습들이었다. 그들은 곧 어둠 속으로 아득히 떨어져나갔다. 아무도 머물지 않는다. 점점 더해지는 속도 때문에 바람이 세차졌다. 허둥거리며 그는 문을 닫아걸었다. 굴속처럼 어두웠다. 어두운 장방형의 공간에 인부들의 외로운 모습이, 그리고 한 무더기의 바람과 환한 불빛으로 순식간에 떨어져나간 열차의 환영이 떠오르는 듯싶었다. 그는 더듬더듬 제자리를 찾아갔다. 맥없이 풀썩 주저앉아 담배를 꺼내 물었다. 그러고는 뭔가 좀 석연찮은 느낌 때문에 무르춤했다가 곧 성냥불을 칙 그어댔다. 자기만의 공간에 뜻밖의 틈입자의 존재를 발견한 것은 그때였다. 바로 코앞이라고 해도 좋을 근거리에서 시커먼 물체가 하나 화들짝 움직였던 것이다. 그는 움찔하고 놀랐다. 성냥개비를 내던진 그는 재빨리 플래시를 들이댔다.

전혀 뜻밖에도 그것은 한 마리 개였다. 그는 멍해졌다. 개라니……꼬리를 잔뜩 사리고 구석 쪽에 박힌 채 이쪽을 몹시 경계하고 있는 개를 그는 유심히 살펴보았다. 몸집이 조그마하고, 누런 바탕에 검은 점이 박힌, 갈 데 없는 잡종견이었다. 게다가 당장에 하고 있는 꼬락서니는 더 가관이었다. 어디를 얼마나 천덕꾸러기로 굴러다녔는지 단 한 구석도 빤한 데가 없었다. 뱃구레는 연탄재로 얼룩지고, 앞다리 두 짝은 무얼 헤집고 다녔는지 온갖 음식물 찌꺼기들로 더뎅이져 있는 데다 눈꼬리조차 맑지 못하였다.

(나중에야 발견된 것이지만, 녀석은 뒷다리 하나가 짧은 불구였다. 아마 교통사고를 당했거나, 또는 못된 인간으로부터 폭행을 당했던 모양이다.)

그런데 저놈이 언제 기어들었단 말인가?

화물열차 안에서 쥐나 도둑고양이 따위를 발견한 적은 더러 있었다. 하지만 개를 보기는 처음이었다. 출발시엔 없었던 것이 분명하다. 아무리 어둠 속이라고 해도 녀석이 감쪽같이 숨어 있을 수 있는 공간이란 없기 때문이다. 그렇다면 조금 전의 중간역에서 슬쩍 기어올랐음이 틀림없다고 그는 결론지었다. 문짝을 열어둔 게 잘못이었다. 잠시 눈을 파는 사이에 녀석은 영악한 범법자처럼 재빨리 숨어들었던 것이다. 날씨 탓인가? 황량한 역 구내에서 추위를 피할 곳이란 고작 여기밖에 없었는지도 모른다고 그는 생각하였다. 그 밖에 무슨 이유가 있으랴. 녀석이, 어떤 목적에서 감히 무임승차를 시도했다고는 믿어지지 않았기 때문이다.

일단 플래시를 끈 다음에 두 개의 눈알을 마주 보고 있자니 도무지 난감하여졌다. 더러운 걸레뭉치나 진배없는 그 짐승과 더불어 그나마 옹색한 공간을 나누어 가질 마음은 전혀 내키지 않았다. 함께라니! 상상만 해도 금방 군시러워지는 기분이 들었다. 그러고 보니 이미 고약한 냄새가 퍼져 있는 듯도 하였다. 비릿한 생선냄새 같기도 하고 또는 시어빠진 김치냄새 같기도 한 어떤 역겨운 냄새가 눅눅하게 맡아졌다. 그러면 어떻게 한다? 두말할 것 없이 추방하는 길밖에 없었다. 실내의 어둠에 좀 더 눈이 익기를 기다린 그는 행동을 개시하였다. 하지만 그 영악한 짐승을 붙잡는 일부터가 결코 쉽지 않았다. 좁고 한정된 공간임에도 불구하고 그는 거듭 실패만 하였다. 그는 번번이 헛발질을 하고 허둥거리거나, 또는 두 팔을 벌려 허공을 끌어안으며 나동그라지고는 하였다.

이거 정말 쉽지 않군, 하고 그는 투덜댔다. 몹시 숨이 찼다. 그는 바닥에 털썩 주저앉아 된숨을 몰아쉬면서 녀석 쪽을 잔뜩 노려보았다. 적은 바로 코앞, 어둠 속에서 두 개의 눈알을 반들거리며 그를 빤히 마주쳐다보고 있었다. 슬며시 부아가 끓어오르기 시작한 것은 이때부터였다. 그 작고 볼품없는 짐승에게 농락당하고 있다는 기분이 그를 화나게 하였다.

"이런 개새끼가 있나!" 그는 소리쳤다. "같이 놀자는 거야, 뭐야?"

그 작은 짐승은, 그러나 별로 반응이 없었다. 조그맣게 웅크린 몸뚱어리를 조금 움찔했을 뿐, 그를 빤히 맞바라보는 자세를 조금도 허물지 않았다. "뭣 땜에 따따거리느냐 이거지?" 그는 중얼댔다. "알겠다구, 피차 비슷한 신세끼리니 같이 좀 비비대자 그런 뜻이렷다……."

그는 구두 한 짝을 가만히 벗어 쥐었다. 그런 다음, 어깨 위로 천천히 쳐들었다가 한순간 적의 대갈통을 겨냥하고 그것을 내던졌다. 일격필도의 열망과는 달리 허탕이었다. 녀석은 동물 특유의 민첩성을 발휘하여 아주 유연한 동작으로 사뿐 비켜 앉았을 뿐, 터럭 한 올 다치지 않았다. 그 당연한 결과가 왜 그를 유독 자극했는지 모를 일이다. 바닥에서 벌떡 일어선 그는 방한복 윗도리를 벗어들고 휘두르며 그 작은 짐승을 향해 맹렬히 돌진하였다. 그제야 위기를 느꼈던지 개가 자지러지는 듯한 비명을 지르며 좁은 공간 속을 다람쥐처럼 맴돌았다. 한참 동안 좌충우돌하며 이전투구를 벌인 끝에 그는 마침내 그 영악한 짐승의 목덜미를 나꿔채는 데에 성공하였다. 그는 희희낙락하였다.

"네까짓 것이야 뛰어봐야 베룩이여." 그는 숨을 헐떡거리면서, 그러나 마음껏 우월감을 과시하며 다른 한 손으로 문을 조금 열어젖혔다. 칼날 같은 바람이 기다렸다는 듯이 제 먼저 문틈을 비집고 사납게 밀려들었다. 그는 주춤하였다. 단번에 귀때기를 얼어붙게 하는 바람이었다. 내다보이는 것이라곤 온통 소용돌이치며 흘러가는 어둠뿐. 개를 움켜잡은 팔을 그는 천천히 머리 위로 치켜들었다. 그 작은 짐승도 마지막 순간을 아는 듯 전혀 아무런 저항이 없었다. 그의 손끝에서 사지를 축 늘어뜨린 채 바들바들 떨고 있을 따름이었다. 그는 잠시 주저하였다. 어떤 세찬 느낌이 돌연 손끝을 타고 가슴에 전해진 듯싶었다. 그는 멍청해졌다. 자주 경험하곤 하는, 일종의 치매상태였다. 만사를 잊은 채 그의 의식은 잠시 굳어 있었다.

"이 엠병헐 놈의 개새끼야!"

갑자기 소리치며 그는 개를 내동댕이쳤다. 벽을 향해 걸레뭉치를 내던졌을 때처럼 철푸덕하는 소리를 내며 쇠벽에 몸뚱어리를 부딪친 다음 그 작은 짐승은 바닥에 떨어져 뒹굴었다. 자지러지는 비명소리⋯⋯ 그는 서둘러 문짝을 닫았다. 돌아보니 녀석은 어두운 구석 쪽에 대가리를 처박은 채 낑낑거리고 있었다. 좀 전의 그 돌연한 느낌이 무엇이었는가를, 그는 생각해 보았다. 맨손바닥으로 불을 움켜쥐듯 한순간 선연히 파고들던 그 느낌이란 결국, 살아 있는 가죽의 그 눅눅하고 끈끈한 감촉, 할딱거리는 목덜미 살과 그 아래 물컹물컹하게 만져지던 연한 뼈마디들, 그리고 갑작스러운 열과 경련―아마도 그런 것에서 나온 것일 법하다고 그는 기억하였다.

호된 곤욕을 치른 것은 개만이 아니었다. 그는 흠씬 지쳐 있었다. 그는 화물상자에 등을 기대고 늘어져 앉은 채 꽤나 긴 시간, 된숨을 골랐다. 등짝이 섬뜩한 것으로 보아 땀까지 흘렸던 모양이다. 방한복 윗도리를 대강 여민 다음, 그는 왠지 몹시도 맥풀리고 처량한 그런 심정이 되어 담배만 뻑뻑 빨아댔다. 그러자 도무지 억제할 길 없는 기억이 한 가닥 풀려나왔다. 두 번째 여자를 내쫓은 일이 그것이었다. 벌써 십 년도 더 저쪽의 일이 되고 말았지만, 그는 필경, 그 여자를 작신 두들겨서 내쫓고 말았던 것이다. 꽤나 추운 밤에 있었던 일이다.

실인즉, 그년은 진작 끝장나 있던 인생이었다. 남도의 어느 여인숙에서 처음 만났을 때부터 말이다. 매번 개처럼 두들겨맞고 길거리로 내쫓기기 일쑤면서도 그년은 늘 술청의 걸레처럼 젖어서 살았다. 그나마 배꼽을 맞대고 살아낸 두어 해 남짓 동안, 걸핏하면 술취해 지껄여대곤 하던 말을 그는 지금도 잘 기억하고 있는 것이다. 미친년! 그년은 거침없이 주절댔었다. "내가 뭐, 서방놈 ×뿌리 빨고 산대여? 쇠줏병 빠는 맛에나 살지……" 술 취하지 않았을 때 그년이 하는 일이라고는 이불을 뒤집어쓰고 끙끙 앓거나, 세상을 욕하고 저주하거나 혹은, 미친 듯이 술을 찾아다니거나 대충 그 세 가지 일 중의 하나였다. "당신이라고 외수 있는 줄 아남?" 하고 그년은 또 말했었다. "술을 잘 사니까 치마끈을 풀었지, 그뿐이야. 딴 건 없다구…… 기대하지 마, 진작에 날 샌 인생잉게."

가정을 깨고 보니, 그래도 잠시나마 얽혀 살았다고 부스러기가 남았다. 갓 돌 지난 계집아이가 그것이었다. 에미를 내쫓은 그 즉시로 아이의 양육권을 포기한 것은 지금 돌아봐도 참으로 잘한 일이었다. 무엇보다 아이의 장애를 위해서—라고는 말하지 않겠다. 피차를 위해 그런 것이다. 그 계집애는 지금 지방의 어느 고관댁 고명딸이 되어 곱게 자라고 있다. 앞으로 어느 때가 되든지 한 번쯤은 찾아볼 작정이다. 지극히 고달픈 신세로 떨어지면 말이다. 그들이 설마한들, 생판 모를 사람이라고 잡아떼지는 못하리……

어쨌거나 그해 겨울 내내 그는 회한에 젖어 살았었다. 그 추운 밤의 기억 때문이었다. 어차피 쫓아버릴 계집이었다면 그렇게 서둘 필요도 없었던 것이다. 기왕지사 엄동이나 넘기고 나서 내쫓았더라면 좋았으리란 자책감이 겨우내 남았었다. 그 밖에 후회는 없다. 못지않게 모주꾼이 되어버린 지금 그는, 어쩌면 조금치는 그녀를 이해할 수도 있겠다는 생각이 아주 없지는 않다. 그렇다고는 해도 그때 몽땅 끝장낸 것이 잘못된 일은 아니라고 그는 생각하였다. 무엇보다도, 주정뱅이는 가정을 가질 수 없기 때문이다. 주정뱅이는 다른 사람을 부양할 능력이 없다. 필경은 자기 자신마저도 책임지지 않는다. 그러므로 진작 버린 일은 역시 잘한 짓이다. 그리고, 그 일은 또, 늘 버림받는 쪽에 서서 평생을 살아온 그가 어쩌다가 단 한 번 버리는 자의 쪽에 서볼 수 있었던 기회였는지도 모른다.

담배 한 개비를 다 태우고 나자 다시 추위가 새롭게 느껴지기 시작하였다. 쓰잘 데 없는 일에 괜스레 열을 소모했던 탓이다. 추위가 한결 더 섬뜩하게 파고들었다. 그는 옷매무새를 꼼꼼히 단속한 다음에 가방을 열고 두 번째의 술병을 끄집어냈다. 이번에도 그의 이빨이 병따개 구실을 훌륭하게 해냈다. 그는 병주둥이를 입술 사이에다 살짝 끼운 채 고개를 뒤로 젖힌 자세로 한차례 술을 들이켰다. 먼저보다는 다소 여유가 있었다. 잠깐 쉬었다가 그는 같은 동작을 한 번 더 되풀이하였다. 술병은 대충 반이 비워졌다. 그는 가늘게 떨리는 손으로 마개를 꼭 채운 다음 그것을 한쪽으로 치웠다. 그리고는 눈을 멍하니 뜬 채로 잠시 저 치매증에 빠져들었다.

잠시 후에 그는 깨어났다. 깨어나는 순간에 그는 누군가가 곁에서 조용히 지켜보고 있는 듯한 느낌을 받았다. 깊고 맑은 눈길이었다. 그는 가만히 눈을 떴다. 개였다. 녀석이 어둠 속에서 그를 멀거니 지켜보고 있었다. 망할 자식! 그는 선언했다. "당분간 휴전이야, 휴전." 녀석도 이의가 있는 것 같진 않았다. 주둥이를 쳐들고 코를 몇 번 큼큼거렸을 따름이었다. 문득 녀석의 두상이 보고 싶어졌다. 그는 가방 속을 뒤져 초 토막을 찾아냈다. 그 작은 불이 때로는 얼마나 커다란 위안을 주던가. 그는 불을 댕긴 다음 바닥에다 조심스레 세웠다. 장방형의 차가운 공간이 갑자기 따뜻한 불빛으로 가득 찼다. 외풍 때문에 잦게 일렁거리는 불빛 아래서 그는 저 지저분한, 얄미운, 그러나 이제는 싫지만은 않은 짐승의 모습을 바라보았다. 녀석도 대충 그런 기분인 모양이다. 춤추고 있는 불꽃을 향해 더없이 순한 눈길을 던지고 있었다.

"야 임마, 너 지금 뭘 보고 있는 거냐?" 왠지 지껄이고 싶어졌기 때문에 그는 녀석을 상대로 말하기 시작하였다. "그게 뭔고 하니, 촛불이라는 거다, 인석아. 어때, 신통허냐? 보아한즉 네놈은 맨날 길거리로만 떠다니며 살아온 팔자라 가등밖에는 본 것이 없을 테지. 고작, 야경꾼의 플래시 세례나 받거나…… 또, 자동차 헤드라이트나…… 뭐, 뻔하지. 내가 잘 안다구. 그런 따위들과 이건 달라. 암, 다르구말구. 뭐가 다르냐 하면 말이다…… 글쎄다……."

그는 잠깐 생각에 잠겼다가 계속하였다. "그 뭐냐, 느낌부터가 생판 다르지. 생판 다르구말구. 같은 불빛이라고 해도 저것들은 죽은 거고 이건 살아 있는 거여. 말하자면 그것들은 가짜고 이게 진짜란 말이야. 여기다 손을 가만히 갖다 대보면 금방 알 수 있다구. 불꽃이 손바닥을 살살 간질이지, 아주 따뜻하고 부드러운 혓바닥처럼. 보기만 해도 마음이 아늑해지거든. 밤중에 혼자 깨어 있는, 나 같은 사람한테는 위안이 된다구. 꽤나 위안이 되지. 허나 저것들은 안 돼. 그렇지 못하다구. 가등 빛은 보기만 해도 춥지, 플래시는? 그건 몸서리쳐지는 불빛이라구. 칼이여 칼…… 자동차들은 또 어떻고? 그놈의 헤드라이트 빛은, 말하자면 벼락 같은 거여, 벼락! 사람을 껌껌한 수렁에다 내팽개쳐 놓고는 내 몰라라 달아나버린단 말이야. 고 쌀쌀맞은 것들, 생각만 해도 정나미 떨어지는 것들이라구. 아무렴, 그렇구말구……."

그는 라면 한 조각을 압 안에 넣고 우적우적 씹었다. 몸 안에서 따뜻한 것이 차오르는 느낌이었다. 술기운인지도 모른다. 그의 말벗은 이제 그 순한 눈길을 들어 그의 입을 지켜보고 있었다. 그는 라면 조각을 떼어 던져주었다. 반사적으로 피하는 시늉을 짓던 녀석은, 그러나 금새 이쪽의 선의를 이해하였다. 녀석은 발치에 떨어진 라면 조각을 냉큼 입에 넣더니 일부러 과장해 보이기라도 하듯이 주둥이를 위로 치켜들고 좌우로 갸웃거려 가면서 어금니로 아작아작 깨물어 먹었다. 부스러기

몇 점이 바닥에 떨어진 모양이다. 녀석은 그 긴 혓바닥을 빼어 여기저기를 핥았다. 그는 또 한 조각을 던져주었다. 다소 지저분한 녀석이기는 하지만 (내 주제인들!) 그럭저럭 동무 삼아 괜찮을 법하다고 그는 때늦은 생각을 하였다.

"그러나 문제는 말이다, 촛불은 규칙위반이라구." 그는 톤을 보다 낮추어 속삭이듯 지껄였다. "근무수칙이라는 데에다 그렇게 못박아 두었지. 특히 화물 호송 업무 중에는 담배도 피우지 말라는 거야. 애기가 깬다나? 화기 절대 엄금! 귀에 못이 박히도록 들어온 말이지. 하지만 생각해 보라구. 어떻게 담배를 안 태울 수 있나? 그것도 밤새도록 말이다. 그들도 알아. 알고 하는 소리라구. 다만, 조심하라 이거지. 그야 옳은 소리지, 조심해야구말구. 이 화물들이 죄다 뭔지 알겠나? 알 턱이 없지. 네가 미리 그걸 알았더라면 여기 올라타지도 않았을 게야. 앗 뜨거라, 하고 꽁지 빠지게 달아났을 테지 아마."

그는 잠시 입 언저리에 히물거리는 웃음을 담았다. 라면 조각을 손바닥 위에다 부스러뜨린 후 손을 내밀었다. 녀석이 서슴없이 다가와 주둥이를 갖다 대었다. 까끄라운 수염, 따뜻하고 눅눅한 입김, 그리고 혓바닥의 그 끈끈하고 야릇한 감촉…… 손바닥을 통해 전해 오는 그런 느낌들이 싫지 않았다. 처음의 적의들은 까맣게 잊혀졌다.

"이건 말이야, 너한테만 살짝 귀띔하는 건데 말이다, 이건 특송화물이다 그런 말씀이야, 특송화물. 무슨 소린지 알아들었나? 몰라? 한번 꽝 하는 날이면 끝장나는 거, 알 만해? 좋아, 아주 멍청한 녀석은 아니구먼. 이것만 아니어. 요 앞엣칸하고 뒷칸에도 꽉꽉 실려 있단 말씀이야. 어때? 놀랬지? 낯짝이 퍼래지는구먼. 아무렴, 놀랠 만하지. 굉장한 거여. 조그만 도시 하나쯤은 날려버릴 수도 있는 양이지 아마? 사실 말이지, 모르는 게 약이라고, 아, 이런 것이 머리맡으로 굴러다닌다고 상상해 봐, 그래도 편안하게 잠들 수 있는 강심장이 도대체 몇이나 되겠나, 그들은 모르는 거지. 그들이 태평으로 코를 골고 있는 사이에—개중엔 거기다 정신없이 콧박을 처박고 있는 자들도 있을 테지 아마?—이런 화근 덩어리들이 이 도시에서 저 도시로, 무시로 굴러다닌다는 사실을 모르는 거라. 모르니까 약이 되는 거고…… 그러나 사실은 알고 보면 간담이 써늘해지는 거라구. 낯짝이 퍼레지는 건 약과여. 나두 처음 몇 해 동안은 그랬으니까. 여름에도 턱을 달달 떨고, 반대로 겨울철엔 땀을 찍찍 흘리기 일쑤였지. 여기서 담배가 뭔가? 담배를 물고 차 앞을 지나가는 사람만 봐도 고함을 버럭 처지르곤 했다구. 촛불을 키다니, 감히 상상인들 했겠나. 미쳐도 옳게 한번 왕창 미쳐버린 놈이라고 치부했을 테지. 무리가 아니야. 여차직하면 끝장나는 거니까…… 하지만 안심해. 나를 믿고 안심해도 좋아. 지난 칠 년 동안, 거의 매일 밤마다 이놈의 짐칸 속에 갇혀 살아왔지만 아직도 끝장나지 않고 있는 내 인생이 보증한다구. 자 봐, 날 보라구. 아직두 건재한 거지? 살아서 뭐라구 주절주절하고 있잖은가?"

그렇다고, 정말 믿을 만하다고, 대가리를 주억거리면서 개가 연신 그의 빈 손바닥을 핥았다. 손을 치워도 마찬가지였다. 녀석은 이제 동료라도 된 것처럼 천연스럽게 그의 곁에 눌러앉아 있었다. 게다가 그 불결한 주둥이를 아무 데나 큼큼거리며 들이대고는 하였다. 아무리 하잘 것없는 짐승이라도 아양을 떨며 엉겨드는 것은 그를 썩 기분 좋게 만들었다. 얼마나 드물게 경험해 보는 감정인가. 구질구질한 여인숙 골목의 늙은 작부들마저도 제대로 그를 대접해 준 적이 없었다. 심지어는 그 행위 중에도 껌을 쩝쩝 씹어대거나 방금 처먹은 김치냄새를 풍기며 꺼억꺽 트림질을 하였고, 때로는 옆방 동료와 커다란 목소리로 텔레비전 연속극 얘기를 나누기 일쑤이던 것이다. 그네들을 나무라고 싶은 생각은 없다. 적어도 차별대우를 한 것은 아니었으니까 말이다. 그녀들은 누구에게나 그랬다. 그네들이 아양을 떨고 싶어지는 유일한 상대란 돈뿐인 것이다(결코 그 주인이 아니다). 그것 앞에서만은 진심으로 아양을 떨며 엉기고 싶어져서 그녀들은 사지가 배배 꼬이곤 하는 것이다. 굳이 문제라면, 그럴 때 느껴지는 어떤 외로움이다. 그 뿌리 깊은 행위 앞에서 그는 참으로 외로움을 절감하곤 했었다.

그는 녀석의 등허리를 가만가만 쓸어주었다. 녀석은 이제 득의연하여 그 불결한 주둥이를 그의 얼굴에다 사정없이 들이대는가 하면 또 드러누워 있는 그의 몸뚱이 위로 발발거리며 기어올랐다. 문득 녀석의 배에 눈길이 갔다. 어쩐지 별나게 좀 두두룩한 느낌이었다. 그는 손바닥으로 그곳을 가만히 더듬어보았다. 다시 조심스럽게 사타구니까지 헤집어 확인하였다. 의심할 여지가 없었다. "이런 미친년!" 열에 들뜬 음성으로 그는 중얼댔다. "웬놈의 씨를 받았구먼. 이 속없는 것이…… 허어, 지금이 어느 땐데 이런 멍청한 짓거릴 했냐 글쎄. 에잇 멍청한 년." 그는 혀를 끌끌 찼다. 그러다가 녀석을 가슴 위에 올려놓고 두 팔로 감싸안았다. 털의 부드러움, 체온의 따스함이 느껴졌다. 그러나 무엇보다 그의 마음을 충일케 한 것은 바로, 살아 있는 육의 무게였다. 그것은 실로 오랫동안 텅 비어 있던 마음을 중량감 있게 채워주었다. 녀석은, 냄새나는 주둥이를 한사코 그의 코밑으로 들이밀고는 하였다.

또 한차례 혀를 차고 난 그는, 실로 눅눅한 음성으로 말하였다.

"아무데서나 붙어먹는 팔자라고 해도 그렇지, 때는 가릴 줄 알아야 할 거 아닌감. 이 엄동설한에 어디서 새끼들을 퍼질러놓을 것이냐? 이래 독한 날씨에는 우리 같은 고물들도 얼어죽을 판인데 하물며 고것들이 어떻게 살아남기를 바래? 너는 또 어떡허고? 참 딱두 허다, 멍청하더라도 더러는 좀 요량 있게 멍청해야지 원……."

그는 개를 지그시 껴안은 채 눈을 감았다. 딱히 그럴 일도 아니건만, 왠지 눈꼬리쯤이 근질근질해지더니 어쩌자고 물기가 미적미적 괴었다. 참 오랜만의 경험이었다.

　잠깐 잠이 들었던 모양이다. 산고 중에 죽은 첫 여자의 얼굴을 더듬다가 그는 잠에서 깨어났다. 몽롱한 의식 속에서도 타는 듯한 안타까움이 남았다. 참으로 그것은 아득한 세월 저쪽의 일이 아니던가. 그녀의 얼굴은 땀투성이었다. 마지막 순간의 발한이라고 그는 생각했었다. 마주 잡은 그녀의 손아귀에 힘이 점점 차오르더니 어느 순간 정점을 넘어선 듯, 급작스럽게 스르르 풀려버렸다. 이승의 고리가 풀리듯 그녀의 손이 떨어져나갔다.
　"다 끝난 일이오." 뒤늦게 떠메고 온 동네 의사가 주섬주섬 가방을 챙겨들며 말하였다. "태아만이라도 꺼낼 수 있었더라면 좋았겠소만, 나로선 도리가 없었소이다. 산모가 도무지 자궁을 열어주지 않았단 말이오. 유감이오만, 그것이 산모의 뜻인가 보오."
　거적때기나 진배없는 외짝문 밖은, 신새벽의 스산한 빛 속에 잠을 깨고 있었다. 낯익은 이웃들이 더러, 고단한 얼굴로 비좁은 골목을 나서는 게 보였다. 그는 골목 밖에까지 의사를 배웅하였다. 아무런 사례도, 죄송하다는 말도 그는 하지 못하였다. 의사도 말이 없었다. "진작 손을 쓰지 그랬소"라고, 거의 뜻없는 말 한마디를 더 흘렸을 뿐이었다. 그는 묵묵히 걸었다. 손을 쓰다니, 어떻게 말인가? 도무지 자궁을 열어주지 않는다고 말하지 않았는가. 그것이 그녀의 뜻이었던 것이다. 유감이긴 하지만…….
　그녀를 만난 것은 불과 그 대여섯 달 전의 일이었다. 막바지 전투에서 부상을 입었던 그는 전쟁이 끝나는 것과 거의 동시에 제대를 했었다. 그해가 저물도록 그가 한 일은 가족의 소재를 수소문하고 다닌 것이 전부였다. 뒤따라오기로 했던 가족들은, 그러나 전혀 월남한 흔적을 확인할 수가 없었다. 기회를 놓쳤거나 아니면 도중에서 잘못되었으리라는 판단이 서서히 굳어져 가던 무렵, 그는 동향인 그녀를 만났던 것이다. 그녀는 이미 임신 중이었다. 그녀는 물론 그 사실을 숨기지 않았다. 그렇다고 그간의 내력 같은 것을 해명해 준 것도 역시 아니었다. 하지만 그는 문제 삼지 않았다. 무엇보다 그 시대가, 그런 따위의 문제들을 쉽게 이해하도록 가르쳐주었기 때문이었다. 전혀 갈등이 없었다고는 말할 수 없다. 이 점은 그녀 쪽에서 특히 그런 듯싶었다. 밤중에 문득 깨어서 보면 그녀가 벽 쪽으로 돌아누운 채 소리죽여 울고 있거나, 또는 양담배를 피워 물고 혼자 우두커니 앉아 있거나 하는 경우가 종종 있었다. 언젠가 한번은 다량의 키니네를 삼킨 적이 있었는데 간신히 의식을 회복하자마자 그녀는, 그와 이웃들과 세상을 상대로 한바탕 광기를 부리기까지 하였다. 그때, 이미 만삭에 가까운 배를 두들기면서 그녀가 안타깝게 부르짖던 말들 중에는 도무지 잊혀지지 않는 대목도 있었다. 일테면, 내 뱃속에 들어 있는 것이 어떤 씨〔種子〕인 줄이나 아느냐, 나는 그런 여자다, 고향사람이니 뭐니 하는 그런 값싼 감정 따위로 살아질 일이 아니다 운운……한 대목이 그랬다. 그러나 그는 귀 밖으로 흘려버렸다. 도대체 무어 한 가지 온전히 남아 있는 게 있단 말인가. 진작에 다 깨지고 뿌리 뽑히고 더럽혀진 판이다. 누가 누구를 단죄하며, 무엇은 용서되고 또 무엇은 용서되지 못한다는 말인가. 적어도 그는 그렇게 생각하였고 그녀 또한 그렇게 마음 편히 생각해 주기를 바랐던 것이다. 그 밖에 무슨 방법이 있으랴. 조만간 그녀 쪽에서도 이 거덜난 시대를 이해하리라고 그는 믿었다. 그랬는데, 마지막 순간에 그처럼 철저하게 거부하다니…… 그는 어둑신한 새벽길을 계속 걸어가고 있었다. 이미 낯익은 골목을 지나친 지 오래였다. 매사가 그랬지만, 이번에야말로 참으로 속수무책일 뿐이라는 생각을 그는 되씹고 있었다. 비로소 눈꼬리가 근질근질해지더니 더운 물기 같은 게 미적미적 괴어 나왔었다.

잔뜩 웅크리고 잠들었던 모양이다. 오그라붙은 사지를 제대로 펼 수가 없었다. 기온은 그새 더 떨어진 것이 분명하였다. 추위가 뼛골을 쑤시듯 깊숙이 느껴졌다. 천장이나 벽은 말할 것도 없고, 마분지 박스를 깐 바닥조차도 성에꽃이 푸슬푸슬 피어나고 있었다. 간신히 고개만 쳐든 채 그는 개를 찾았다. 녀석은 문 곁에 가서 웅크린 채로 끼잉얼대고 있었다.

"야, 일루 와, 이리 오라구." 그는 어덜어덜 떨리는 음성으로 말하였다.

"그쪽이 더 춥다구. 이리 와, 이쪽으로 오라니까."

말귀를 알아듣기라도 한 것처럼 녀석이 쪼르르 달려왔다. 그러고는, 그놈의 주둥이로 그의 손바닥을 두어 번 문질러대더니, 그만하면 문후는 드렸다는 듯이 엉덩이를 살래살래 저으며 다시 문 쪽으로 가버렸다.

"별 메친년을 다 보겠구먼. 싫으면 관둬라, 관둬."

기생첩년 변덕 때문에 속상한 늙은이처럼 그는 얼굴을 홱 돌렸다. 먹다 남긴 술병이 생각났다. 그는 단숨에 그것을 비웠다. 펄펄 끓는 쇳물을 들이켜는 듯한 뜨거움, 잠긴 목구멍을 확 뚫어놓는 고압의 방전……그는 잠시 추위를 잊고 황홀해졌다.

열차가 서서히 속도를 떨어뜨리고 있었다. 곧 멎을 모양이다. 그는 시간을 확인하였다. 03시를 막 넘어서고 있다. 그럭저럭 여정의 반 가까이 달려온 셈이다. 갑자기 쇠바퀴들이 허공을 울리며 둥둥 뜨는 듯하더니 요란한 굉음이 되어 귀밑을 쏜살같이 빠져나갔다. 긴 다리를 막 통과한 게 분명하였다. 속도가 현저히 떨어졌다. 그렇다면 알 만한 곳이다. 화물열차는 여기서 잠시 대기했다가 선로 사정이 허락하는 즉시 지선으로 떨어져 나가리라. 규정대로라면, 그는 이 지점에서 한차례 상황보고를 해야 되었다. 그러나 발신자나 수신자나 피차 괴로운 시간대다. 뿐더러, 화물수송 상태는 늘 이상이 없었다. 이런 경우, 번거로운 규칙은 슬그머니 사라져버리게 마련이어서 언제부터선가 이 요식행위는 생략돼 왔다. "아이는 잘 자고 있는가? 요람을 조심하게. 그 애가 깨는 날이면 세상이 온통 시끄러워질 테니깐. 그럼, 계속 수고!" 전선을 타고 아득한 어둠 저 끝쪽에서부터 울려오곤 하던 그 졸리운 목소리를 들은 지도 참 오래되었다고, 새삼 그는 기억해 냈다.

하루 중 기온이 가장 떨어지는 시간대이기도 하다. 그는 움직이고 싶지 않았다. 저 투박한 문짝을 비집고 나가 텅 빈 플랫폼에 잠깐 내려서본들 추위 외에 무엇을 얻으랴. 바라건대, 대기 시간이나 길지 않았으면 하였다. 거의 한 시간씩이나 지체한 적도 있어서, 그런 날 밤은 정지가 바로 최대의 고문임을 거듭거듭 실감하였었다.

열차가 멎었다. 그러자 개가 성가시게 굴기 시작하였다. 낑얼거리는 정도가 아니라, 발톱으로 문짝을 드윽득 긁어대며 요란을 떨었다. "메친년, 지랄허구 자빠졌구먼." 그는 투덜댔다. "여기가 네 친정 동네쯤 된다는 게요, 뭐여? 내려서 어쩌자는 거야? 멍청한 네년이야, 뒈져서 동태꼴이 되든 말든 내 상관 않겠다마는 네 뱃속에 든 새끼들은 어쩔 건가? 이제 와서 얼음판 위에다 싸질러놓겠다 그런 심보냐?"

무릎 걸음으로 다가간 그는 녀석을 문에서 멀찌감치 떼놓았다.

"쓸데없는 고집 피지 말어." 우정 목청을 돋우어 그는 꾸짖었다.

"화냥질 가더라도 뱃속 새끼 생각은 해얄 거 아녀? 어떤 놈 씨를 받았는지는 모르겠다마는, 어쨌거나 그것도 생명 아니냔 말이다. 촐싹대지 말고 얌전히 자빠져 있으라구."

그러나 녀석은 막무가내였다. 뿐더러, 극성이 점점 별나졌다. "옳거니!" 그제야 그는 눈치 챘다. "이 녀석이 뒤가 마려운가 보구나, 그렇지? 그래서 보채는 거지?" 벌떡 일어선 그는, 닫아걸었던 문짝을 조금 열었다. 손쓸 새가 없었다. 문틈이 한 뼘도 채 벌려지기 전이었다. 세찬 바람이 눈발을 몰아 들이치는 것과 거의 동시에 조그맣게 움츠린 물체 하나가 날렵하게 밖으로 튀어나갔다. 개였다. 그는 틈서리로 머리통을 내밀었다. 눈보라가 당장 귀때기를 후려쳤다. 플랫폼은, 눈으로 허옇게 뒤덮인 채로 휑하니 비어 있었다. 거기, 녀석이 보였다. 녀석은 땅바닥에다 코를 대고 큼큼거리며 맴돌이를 하다가 다시 좌우로 다급하게 뛰어오르며 갈팡질팡하고 있었다. "꼴값하누만……" 그는 웃었다. 쓰레기통 주변을 휘젓고 다니던 녀석은, 마침내 적당한 자리를 찾아낸 듯 엉거주춤한 자세로 웅크리고 앉았다. 그곳이라면 실례를 좀 해도 괜찮으리라는 판단이 선 모양이었다. 얼마나 귀여운 짓거리인가, 라고 그는 생각하였다. 저 작고 더러운 짐승에게서조차도 그만한 분별을 발견할 수 있다는 사실에 그는 감동하였다.

그러나, 그렇다고는 해도 그런 때 그런 곳에서 볼품없는 잡종개 한 마리가 똥을 싸고 앉아 있는 꼴은 꽤나 우스꽝스러웠다. 앞다리 두 개를 곧게 세우고, 두 개의 뒷다리는 반 넘게 접은 채 엉덩이를 엉거주춤 쳐들고, 허리는 또 활처럼 휜 자세로 녀석은 흰 눈발 위에서, 그리고 사정없이 후려치는 눈보라 속에서 외등 빛을 받으며, 참으로 외롭고 안쓰럽게 낑낑대고 있었다. 그는 슬며시 웃음을 지웠다. 뭔가, 뿌리 깊은 슬픔 같은 것이 울컥 치미는 듯하였다. 어두운 도시의 허공에 점점이 떠 있는 네온사인들이 보였다. 희망…… 88…… 오아시스…… 지중해…….

그러자 바로 그 순간, 열차의 저 앞칸서부터 깡깡 얼어붙은 쇳덩이들이 연이어 맞부딪치는 소리가 물결처럼 빠르게 다가왔다. 쇠들의 경련이었다. 그의 짐칸이 덜컹하고 움직였다. 전에 없이 빠른 출발이었다. 그는 잠시 멍해졌다. 하지만 바라던 바다. 그는 다시 머리통을 내밀고 녀석의 형편을 살폈다. 녀석은 저 우스꽝스러운 포즈 그대로인 채 아주 멍한 눈길로 슬금슬금 플랫폼을 빠져나가고 있는 차량들을 멀거니 보고 있었다. 다급해진 쪽은 그였다. 이 갑작스런 사태가 무엇을 의미하는가를 퍼뜩 깨닫는 순간 그는 소스라치게 놀랐다. "안 돼!" 외마디소리를 그는 내뱉었다. 녀석을 소리쳐 부르려 했지만 목구멍이 얼른 열려주지 않았다. 그러나 다음 순간, 그는 되는 대로 외쳐대기 시작하였다.

"야, 야 임마, 빨리 와! 그만 싸고 빨리 오라니까…… 야, 이 멍청한 놈아, 어서 오지 못해? 뛰어! 뛰어! 뛰라니까 어서!"

이심전심이다. 혹은, 사람보다 단지 한 발 늦게 그 작은 짐승도 상황을 깨달았는지 모른다. 꼬리가 땅바닥에 못질당해 있기라도 한 것처럼 앞발을 바둥거리며 잠시 곤혹감에 떨던 녀석이 다음 순간 총알처럼 달려오기 시작하였다. 열차와의 경주가 벌어진 셈이었다. 그는 손에 땀을 쥐었다. 아무도 없는, 텅 빈, 오직 드센 눈보라만 휩쓸고 있는 그 좁고 긴 플랫폼을 종단하며 왜소하고 볼품없는 잡종개 한 마리가 거대하고 견고하고 불가사의한 괴물과 필사적인 경주를 벌이고 있는 것이었다. 그는 입을 다물었다. 어떤 강렬한 열망이 목구멍과 혓바닥을 온통 말라붙게 했으므로 더 이상 아무런 소리도 지를 수가 없었다.

경주는 치열하였다. 그러나 그 치열함 속에서도 그는, 녀석과의 거리가 점점 단축되는 것을 확신할 수 있었다. 진작 확인된 사실이지만, 녀석은 뒷다리 하나가 온전치 못한 불구였다. 하지만 그 약점을 놀라운 투지로 훌륭히 극복하고 있었다. 녀석은 어느덧 바로 코앞에까지 다가왔다. 그는 문짝을 더 넓게 열어젖힌 다음 재빨리 옆으로 비켜섰다. 숨

막히는 순간이었다. 문과 거의 나란히 서서 달리던 녀석이 조금씩 조금씩 처지기 시작함을 그가 느낀 순간, 녀석이 몸의 방향을 틀면서 땅을 박차고 튀어올랐다. 그는 눈을 감았다. 다음 칸에서 무엇이 둔탁한 소리를 내며 부딪친 듯싶었다. 그러나 그것은 곧 요란한 굉음에 휘말려버렸다. 귓청을 온통 얼얼하게 채우는 것이라곤 무수한 쇠바퀴들의 비정한 울림과 그리고, 쇠의 동체를 거칠게 할퀴고 지나가는 바람소리뿐이었다.

투박한 문짝을, 그는 천천히 닫아걸었다. 그새 촛불이 꺼진 모양이다. 안은 굴속처럼 어두웠다. 그는 더듬더듬 제자리를 찾아 무너지듯 주저앉았다. 사지가 뻣뻣하게 굳은 채다. 그런데도 이빨이 덜그럭거리는 소리를 낼 정도로 전신이 심하게 떨리기 시작하였다. 그는 어둠 속을 더듬어 가방을 찾았다. 마지막 한 병의 술이 남아 있으리라. 그것만이 구원이었다. 그는 와들와들 떨리는 손으로 지퍼를 열었고, 그것을 꺼내 들었다. 맨손으로 불덩이를 잡아쥔 것 같았다. 이빨로 뚜껑을 깐 다음 고개를 뒤로 젖히고 다급하게 부어 넣기 시작하였다. 목구멍에서부터 불길이 일었다. 이 통렬한 자극, 벌겋게 달군 인두로 오장을 단근질한다고 한들 이처럼 뜨거울 수야. 사지가 오그라들고, 명치끝이 쩌릿쩌릿하였다. 익사 직전에 그는 잠시 술병을, 입술에서 뗐다. 입으로, 콧구멍으로 단내가 뿜어져 나왔다. 그러나 그는 다시 병을 기울이기 시작하였고, 밑바닥 한 방울까지 말끔히 비운 다음에야 비로소 된숨을 쉬었다. 세상을 태울 만큼 뜨거운 열이었다.

간신히 호흡을 고르고 나자, 이제야말로 모든 사정이 분명해졌다는 느낌이 차분히 떠올랐다. 그랬다. 다시 혼자가 된 것이다. 무서운 속도로 어둠을 가르며, 깊이 잠든 도시와 산하 위를 바람처럼 흐르는 괴물, 장방형의 쇠의 방…… 그 안에 홀로 웅크리고 있는 자신을 그는 보았다. 어둠 속에서 망연히 주위를 둘러보았다. 늘 이랬던 것이다. 울타리처럼 빼곡히 둘러싸고 있는 화물상자들, 그 단단하고 쇳내 나는 사물들. 그리고, 그의 의식을 끊임없이 작두질해 내는 굉음, 쇠바퀴들의 비정한 마찰음…… 그 속에서 늘 흔들리는 일상이었던 것이다. 노여움이 슬며시 끓어올랐다. 저 작고 더러운 짐승으로부터 된통 배신당한 기분이었다.

"그 개새끼, 그 메친년이……"라고, 그는 떠듬떠듬 중얼댔다.

"재수없게시리 그렇게 뒈질 건 또 뭐냐. 참말로 베라먹게도 멍청한 짐승이잖나 말이야……."

그러나 사실은, 세상이 또 한 번 자기를 농락한 것이란 기분이 들었다. 늘 쇠의 방, 화물의 틈서리에 꼭 끼인 채 지겹도록 무료하게 내다보곤 하던 그 세계—천지신명 · 일월성신까지 포함하여 그들 모두가 속해 있는 그 세상이 언제나 자기를 밀어내고 농락하고, 그러고는 시치미를 떼는 것이라고 그는 생각하였다. 어둠과 추위와 소음과 흐름 속에서 그는 늘 혼자였던 것이다. 아마 죽음조차 그러하리라.

술기가 슬슬 괴어올랐으므로 그는, 그따위 무익한 상념들은 걷어치우기로 하였다. 새삼 따지고 확인해서 어쩌자는 건가. 조금만 더 견디면 될 일이다. 두세 시간 후면 목적지에 닿으리라. 그들이 기다릴 것이다. 설사 그들 중 한 녀석도 나와 있지 않더라도 나의 호송임무는 일단 끝이다. 화물은 그들이 알아서 처리할 것이므로, 나는 단골 여인숙으로 기어들 것이고, 그제는 정말 편안한 기분으로 두 다리 쭉 뻗고 앉아서 마음놓고 소주병을 까발릴 수 있을 것이다. 그러다가 기분 내키면, 늙은 작부년의 사타구닌들 까발리지 못할 게 무언가. 그러면 되는 것이다. 내일은 귀사할 것이고, 또 다른 명령서가 기다릴 것이고…….

노여움마저 가라앉히고 나니 남은 건 외롭고 처량한 마음뿐이었다.

그는 다시 촛불을 켰다. 허약하게 흔들리는 불빛, 늘 그만한 밝기에 익숙해 온 터였다. 유폐감이 가슴을 짓누를 때 그는 늘 촛불을 켰다. 한정된 공간과 그 어둠 속에 죽은 듯 엎디어 있다가도 아주 갑자기, 발작적으로 고함을 지르며 뛰쳐나가고 싶어질 때면 그는 재빨리 촛불을 밝혔다. 추위와 외로움이 뼛속까지 파고들 때, 화물들의 틈서리—좁고 찬 바닥에서 뻣뻣하게 굳어 있는 자신의 주검이 보일 때, 진저리나는 흐름의 어느 한 대목에서 문득 지난 일이 떠오르고, 또 그것이 때늦은 단장의 회한을 불러일으킬 때도 그는 늘 떨리는 손으로 초 토막을 찾곤 했었다.

바람 때문에 불꽃은 곱지 못하였다. 꺼질 듯 누웠다가는 다시 일어서고, 잠시 몸을 가누는가 싶으면 또 금새 파들파들 경련을 하고, 때로는 키를, 때로는 폭을 턱없이 키우며 깝신거리곤 하였다. 촛농이 두텁게 흘러내려서 바닥을 더럽혔는데, 그것은 낭비가 심한 인생을 생각게 하였다. 그러나 어쨌든, 그 허약하고 불안정한 불꽃은 적지 않게 그를 위안하였다. 그 불빛 앞에서 그는 매번, 늙은 소처럼 순해지는 기분이었다. 거칠고 빈 두 짝의 손을 드러내놓고 거기 쪼글쪼글 얽힌 주름살이며, 깊이 박힌 옹이 자리며, 흠집들이며, 또는 투박하게 불거진 손가락 마디 따위들을 생각없이 쓸고 매만지고 비비대고 하면서 앉아 있노라면 마음이 더없이 아늑해지는 것이었다. 옛 시골집 양지바른 대청이 생각나고, 쇠죽을 쑤던 커다란 아궁이가 기억나고, 더러는 화롯가에서 듣던 밤바람소리며 가까운 방죽에서 얼음판이 터지는 소리 같은 게 잠깐씩 떠올랐다 사라지기도 하였다. 그는 히물히물 웃음을 지었다. 뭔가 따뜻하고 아득한 어떤 감정이 가슴 밑바닥에서부터 흥건히 괴어들어 머리 위로 점점 수위를 높여오는 듯싶었다. 눈앞의 사물들이 몽롱해졌다. 촛불은 허공에다 색신 고운 환을 이루며 점점 키를 줄여갔다. 그는 손바닥으로 얼굴을 한차례 북북 문질러댔다. 물기가 척척하였다. 더없이 따뜻하고 부드러운 것이 정문頂門을 꼭 채웠다고 의식한 순간, 그는 머릿속에서 가느다란 코일 선 한 가닥이 톡 끊어짐을 느꼈다. 의식을 놓아버린 그는 곧 칠흑 같은 치매증에 빠져들고 말았다.

미명의 어둠을 가르며 화물열차는 계속 질주하고 있었다. 눈 덮인 산하를 지나고 잠든 한촌과 도시들을 수없이 통과하였다. 이따금 잠깐씩 멈추기도 했지만 그러나, 한 마리 거대한 갑충 같은 그 열차는 줄기차게 치달리기를 계속하였다. 깨어 있는 것이라고는 거의 아무것도 없는 듯싶었다. 혹은, 더러 깨어 있는 자들마저 죽은 듯 눈을 감고 있는지도 모를 일이었다. 검고 견고한 몸뚱어리를 차갑게 번들거리면서 그것은 미친 듯이 어둠 속을 달려갔다. 꽁지에 불을 매단 짐승처럼.

저 앞에서, 여전히 혼곤한 잠 속에 빠져 있는 도시 하나가 가까이 다가오고 있었다.

볼록거울

임 철 우

1954년 전남 완도 출생.
서강대 대학원 졸업.
1981년 《서울신문》 신춘문예에 〈개도둑〉 당선 등단.
소설집 《아버지의 땅》《그리운 남쪽》 등.
장편소설 《그 섬에 가고 싶다》《봄날》 등.
한국창작문학상, 이상문학상, 단재문학상 수상.

볼록거울

1

커튼을 젖히고 무심히 밖을 내다보다가 그는 이미 어둠이 내리고 있음을 깨달았다. 유리창 바깥 쪽을 직선으로 촘촘히 내리가르고 있는 방범용 철제 창살 너머로 어느 사이에 어둑한 땅거미가 소리도 없이 퍼져가고 있었다.

수많은 공간으로 시야를 제멋대로 분리시켜 놓고 있는 그 완강한 창살들 때문에 숙직실 방 안은 마치 감방 같은 느낌이 들었다. 하지만 정작 자신이 그 창살을 가운데에 둔 채로 감방 안에 갇혀 있는 것인지 아니면 오히려 내다보이는 저 바깥쪽이 감옥인 것인지는 장담할 수 없는 일이었다. 어쩌면 그 둘 다일지도 모르는 일이고, 그렇다면 그는 이 순간 창살을 가운데 두고 다만 이웃해 있는 또 다른 감방의 내부를 들여다보고 있는 셈일 수도 있었다.

그런 조금은 엉뚱한 생각을 하면서, 그는 어둑한 저편 바깥을 더 자세히 확인해 보기라도 하려는 듯 얼굴을 유리창에 바싹 가져다 대었다. 갑자기 낮아진 기온 탓인지 유리창 바깥 면엔 아주 미세한 물방울들이 엷게 달라붙어 있어서 얼핏 비온 다음의 풍경처럼 시야가 어딘지 물기에 젖어 번들거리고 있는 듯한 착각을 일으키게 했다.

창문 바로 앞쪽의 널찍한 잔디밭 위에서 어둠은 검은 담요를 뒤집어 쓴 채 음습하게 몸을 도사리고 있었고, 그 잔디밭 한가운데에 껑충하니 서 있는 후박나무의 듬성한 가지 틈으로는 저만치 대학 본부 건물의 몸체가 반쯤 드러나 보였다. 여느 때면 당직실인 2층 한쪽을 제외하고는 불이 모두 꺼져 있을 터였지만, 요즘 들어서는 그곳엔 거의 매일같이 전등이 환하게 켜져 있는 듯한 눈치였다. 지금도 역시 2, 3층의 방마다 불빛이 들어와 있었다. 아마 그곳엔 이 시각까지도 퇴근을 못하고 비상 대기 근무 지시 때문에 어쩔 수 없이 빈 책상을 지켜야 하는 따분한 얼굴들이 더러 남아 있을 것이다.

가가가까 가가가까…….

목구멍에 가시가 걸린 듯한 기괴한 웃음소리가 등 너머로부터 다시 터져나오고 있었다. 조금 전에 수위 최씨가 방에 들어와 틀어놓은 텔레비전에서 나는 소리였다. 딱따구리인가 뭔가 하는 수입품 만화영화였는데, 미국인들에겐 그런 웃음이 얼마나 재미있게 들리는지는 몰라도, 그는 그 이상한 웃음소리를 들을 때마다 어떤 엄청나게 크고 육중한 괴한이 밑창에 징을 박은 군화를 신고 그의 머리 위에 올라타서 함부로 깔아 뭉개어대며 스스로 쾌감에 젖어 그렇듯 웃음을 터뜨리고 있는 것 같은 왠지 지긋지긋하고 불쾌한 느낌을 떨쳐내기가 어려웠다. 하지만 수위 최씨는 신문지를 펼쳐 그 위에 발을 올려놓고 발톱을 잘라내면서 이따금 화면에 눈을 가져가고 있는 참이었다.

그는 오른쪽 A관 건물로 시선을 돌렸다. 이 대학이 처음 문을 열 당시부터 그 자리에 있었다는 그 붉은 벽돌 건물은 거기서는 다만 거뭇한 측면만 보일 뿐이었다. A관 건물과 사회대 건물 사이로 뚫린 콘크리트 보도 위를 이따금 학생들이 드문드문 지나다니고 있었고, 저만치 잔디 밭가에 혼자 덩그라니 박혀 있는 가로등의 흐릿한 불빛이 보도 곁 휴지통 속에서 뭉실뭉실 피어오르고 있는 가느다란 연기를 게으르게 비추어내고 있을 따름이었다. 아마 누군가 던져 넣은 담뱃불에 휴지나 신문지 따위가 시름시름 타들어 가고 있는 모양이었다.

"학생들이 밖으로 나와 있는가라우, 시방?"

문득 최씨가 묻고 있었다.

"글쎄요. 여기서는 잘 보이지가 않아서 모르겠습니다만, 뭐 별일이야 있을라구요."

그는 왼쪽 뺨을 창유리에 거의 붙인 채로 A관 건물 쪽을 살펴보며 그렇게 대답해 주었다. 모서리의 각 때문에 전면은 직접 보이지 않았으나 건물에서 흘러나오는 불빛이 앞쪽 등나무 벤치 주위로 부옇게 반사되어지는 걸로 보아서는 여전히 그들이 건물 안에 들어가 모여 있음에 틀림없었다. 간간이 그쪽으로부터 여럿이 함께 부르는 빠른 행진곡 풍의 노랫소리도 들려오곤 했다.

"에이그 참. 보나마나 오늘도 편히 눈붙여 보기는 다 틀렸구마는."

최씨가 혼자 투덜거렸다. 그는 창문에서 몸을 떼고 방바닥으로 내려와 앉았다.

"오늘은 철야할 계획이라지요, 아마?"

"그런 모양인가 봅디다. 요즘 같으면야 학교가 공부를 하라는 덴지, 아니면 무신 장바닥인지 알 수가 없수. 하기야 이게 어디 어제 오늘 일이오만, 참말이지 언제나 이눔의 시상이 좀 잠잠해질라는지 원."

최씨는 발톱을 다 깎고 나서 마저 손톱까지 깎으려는가 보았다. 툭툭 방바닥으로 튕겨 나가는 것을 손가락을 세워 묻혀내며 사뭇 지겹다는 표정을 했다. 이번 학기에 들어서면서부터는 집에 들어가 온전히 잠을 자 본 날이 며칠이나 되는지 모르겠노라, 그래서 마누라 얼굴 대하기조차 미안할 지경이노라고 최씨는 말했다.

이 교수회관 건물에 딸린 수위는 세 사람이었으므로 사흘에 한 번씩 번갈아가며 숙직을 하도록 되어 있었다. 본디 전체가 교수 연구실만으로 되어 있는 이 3층 건물의 당직 근무자는 그들 수위 세 사람을 비롯해서 교무과, 학생과, 서무과에서 각각 직원 두 명씩, 그리고 인문대 여섯 개 학과의 조교들에게 교대로 맡겨졌다. 그러니까 수위들은 사흘에 한 번씩 그리고 조교들과 기타 사무직원들은 12일마다 당직 근무 순번이 돌아오는 셈이었다. 물론 교수들은 근무 대상에서 처음부터 제외되어 있었다.

하지만 학기 초부터 거의 매일같이 매캐한 최루탄 냄새가 코끝에서 떨어지지 않았고, 그와 함께 벌써 두 달째 걸핏하면 비상대기 근무지시가 떨어지곤 했으므로 애초부터 그런 평상시의 근무조 편성은 제대로 지켜지기가 어려웠다. 비상시엔 근무자를 세 명으로 늘려 편성하기 때문이었다. 그도 역시 평균 일주일에 한 번꼴로 숙직실에서 밤을 보낼 수밖에 없었다. 심지어는 사나흘 만에 돌아오기도 하는 당직 근무가 이제까지 T학교에서 일 년째 조교로 일해 오고 있는 그로서는 여간 지겹고 짜증나는 일이 아니었다. 이번 경우만 해도 고작 닷새 만에 또 돌아온 당직 근무였다. 말이 좋아 대학의 연구 조교지, 도대체 운동권 학생 동태 파악용 조교인지, 아니면 수위 겸 대학 건물 경비원용 조교인지 모를 지경이노라고, 그래서 지금껏 대학원까지 다니느라 꼬박꼬박 가져다가 바친 비싼 등록금이며 황금 같은 시간들이 아까워 죽겠노라고 자조하듯 투덜대던 E과 조교의 말이 생각나서 그는 불현듯 혼자 쓴웃음을 지었다.

가가가까아 가가가까아.

화면에선 사람 반 짐승 반의 묘한 모습을 한 딱따구리가 괴상한 웃음을 숨 넘어가게 터뜨리며 숲 속을 뒤뚱뒤뚱 달려가고 있었다. 이내 광고 자막이 불쑥 튀어나오는 걸 보니 아마 만화영화는 끝난 듯싶었다.

그는 벽시계를 올려다보았다. 일곱 시가 가까워오고 있었다. 문득 전화벨이 울렸고, 그는 수화기를 집어들었다.

"여보세요. 거기가 저기 O대학 인문대 교수실이 맞지요?"

중년 여자의 어딘가 서두르는 듯한 음성이었다. 교수실은 아니지만 인문대인 것은 맞노라고 그는 대답했다.

"저, 우리집 아이가 여태까지 집에 안 돌아오는데 어찌된 일일까요. 다른 애들은 진즉 다 돌아왔다는데 그 애만 어딜 가서 왜 아직 연락이 없는지 모르겠어요. 혹시 학교에서 알고 있을까 해서……."

여자는 퍽 근심에 찬 어조로 혼자 빠르게 지껄여댔다. 무슨 얘기인지 종잡을 수가 없어서 우선 차근차근 말을 해달라고 그는 부탁해야 했다. 그녀는 딸이 사학과 3학년에 다니고 있고, 이틀 전에 친구들과 야유회를 간다며 집을 나갔다고 했다. 오늘이 돌아온다는 날이었으므로 여태껏 기다리다가, 같이 떠났었다는 친구들에게 조금 전에 전화로 알아보았더니, 그들은 딸아이와 헤어진 지가 세 시간쯤 전이라고 하더라는 것이었다. 그는 여자의 말에 어이가 없었다.

"아주머니께서도 참, 어디서 친구하고 잠깐 얘기나 하고 있느라고 좀 늦는 모양이죠."

"아니에요. 조금이라니, 벌써 세 시간이 지났는데요. 우리집 아일 잘 몰라서 그래요. 여태껏 학교에서 집으로 오는 길밖엔 모르는 애라구요. 어쩌면 좋아. 들으니깐, 오늘도 데모가 터져서 야단들이 났다고들 하는데. 혹시 잘못되어 함께 휩쓸려들진 않았는지 몰라, 참."

그 대목에서 여자는 특히 지레 겁을 집어먹고서 아예 울상이었다. 그는 학생의 이름을 물었다. 그러자 정작 여자는 왠지 멈칫대며 대답을 꺼려하는 기색이었다.

"저어, 그건 아실 필요가 없구여. 왜냐믄, 공연히 학교에서 알면 그 애한테 무슨…… 좋지 않은 일 같은 게 생길지도 모르니까…… 하여튼, 그냥 그래서 전화를 한 건데……."

그는 불끈 치밀어 오르는 짜증을 누르며 염려 말라고, 조금 후에 집으로 돌아오거나 하다못해 전화라도 해오지 않겠느냐 하고 대답해 주고는 전화를 끊었다. 까닭 없이 입 안에 쓴 물이 괴어오는 느낌이었다.

"무슨 전홥니까? 누굴 찾소?"

"학생이 야유회 갔다가 아직 연락이 없대요. 고작 세 시간이 지났을 뿐이라는데."

"원, 억척스럽기는. 대학교가 무슨 유치원이나 탁아소인 줄 아능갑소. 일일이 교수들이 즈이 집 아이들 꽁무니나 줄줄 따라다니고 있게, 쯧."

최씨는 신문지를 세워서 재떨이 안에 깎아낸 손톱을 털어 넣으며 말했다.

아이들이라니…… 학부형이라는 방금 전의 그 여자처럼 최씨 역시 똑같은 말을 쓰고 있다는 사실을 그는 문득 깨닫고 놀랐다. 그건 정말이었다. 언제부터인가 이 사회는 나이 스물이 넘은 대학생들을 그렇게 쉽사리 '아이들'이란 어휘로 부르고 있었다. 아마도 어찌 보면 그것은 조금도 이상할 것이 없는 일인지도 모른다. 아침마다 도시락을 챙겨 넣어주고 용돈까지 쥐어준 다음 집을 내보내곤 하는 부모들에겐 그들은 언제나 어리고 단순한 아이들일 뿐이리라.

어떡하면 좋죠. 우리집 아이가 지난번 학기엔 성적이 많이 떨어졌더군요. 학과 내에서 석차가 얼마나 되는지 좀 알려주시겠어요. 이따금 국민학교 담임 선생님을 찾듯 그렇게 지도교수에게 전화를 걸어오는 부모들 역시 따지고 보면 그런 까닭에서이리라. 아이가 아까 학교에서 돌아와 하는 말이, 내일 학교에서 무슨 답사를 떠난다는데 그게 정말이냐, 믿고 보내도 되겠느냐, 혹시 무슨 불순 서클 같은 데서 데리고 가는 건 아니냐, 반신반의하면서 물어오는 그런 전화도 있었고, 전에 없이 일찍 아이가 집에 돌아왔기에 까닭을 물었더니, 며칠 후에 중간고사를 보게 되므로 자습 겸 휴강을 했다더라, 아무리 대학이지만 그럴 수도 있는 거냐. 딸아이의 출석부를 언제 학교에 나가 확인할 수가 있느냐 하고 꼬치꼬치 따지듯 하는 당당한 부모도 있었다.

부분적인 예이기는 하나, 그런 모두가 대학이 엄청나게 커지면서 생기기 시작한 현상이었다. 가정에서도 그들 대학생은 다만 어린아이들일 뿐이었다. 전화 속의 그들도 한결같이 아이라는 호칭을 쓰고 있었다. 요즘 학생 아이들은 겁없이 날뛰는데, 큰일이야. 길거리에서나 술집에서도 흔히 듣는 얘기였다. 신문 방송을 통해 정치가들 역시, 우리나라의 모든 학부모들이 가정에서 자녀교육에 조금만 신경을 더 써준다면 학원 소요 사태라든가 문제학생은 금방 없어지게 될 것이라는, 퍽 낙관적인 견해를 종종 피력했다. 그들을 아이들이라고 부르는 일은 정작 대학에서라고 크게 다를 바 없었다. 교수도 조교도 사무직원도, 하다못해 수위와 매점 직원과 식당 주인의 입에서조차도 덩달아 그들끼리 모이는 자리에서는 아이들이라는 호칭이 흔하게 흘러나오곤 했다.

바로 오늘 오후에도 그는 그 말을 들었다. 각 학과 내 결손가정 학생들의 현황을 파악해서 보고해 달라는 공문을 학생과로부터 받았을 때였다.

"여기 적힌 결손가정이란 건 무슨 뜻입니까."

그는 그것을 손에 들고 직원에게 질문했다.

"아, 그거요. 말하자면 집에 부모가 모두 돌아가시고 없든지 혹은 어느 한쪽이라도 없는 아이들을 가리키는 겁니다."

직원은 특유의 활달한 투로 빙글거리며 대답했다.

"그렇군요. 하지만 학생들의 그런 가정환경까지 새삼스럽게 일일이 파악해서 무엇하려는 거죠?"

아마도 무슨 장학 관계에 필요한 자료쯤이나 되겠지 싶었는데 직원의 대답은 전혀 의외였다.

"거, 뭘 모르시는군요. 지금까지 즉 해마다 통계를 내보면 말이죠. 골치 아픈 문제를 일으키는 운동권 아이들은 대체로 그런 결손가정 출신 아니면 생활 극빈 가정 출신들 중에서 대체로 많이 나오는 경향이 있었습니다. 당연히 그렇잖겠습니까. 부모가 없거나 가난한 집 아이들의 가정교육이란 게 암만해도 어딘가 문제가 있기 마련일 테니까요."

뻔한 사실을 묻느냐는 식의 자신만만하고 느글느글한 웃음을 입가에 떠올리며 직원은 그를 쳐다보는 것이었다. 그 순간 까닭 모를 막연한 절망감을 그는 떨쳐내기가 어려웠다. 그것은 거대한 유리벽 같은 것이었다. 눈으로 볼 수도 손으로 만질 수도 없고, 두께도 높이도 길이도 헤아리기 어려운 거대한 장벽이 수염 난 '아이들'과 또 그들을 벽 안으로 밀어넣은 채 '아이들'이라고 부르는 사람들 사이에 분명히 존재하고 있음을 그는 새삼 확인해야 했다. 그것은 한 집단의 엄청난 음모와 가증한 거짓 언어가 쌓아 올린 투명한 유리의 장벽이었다. 그 유리벽 안에 일방적으로 갇혀버린 수염 난 아이들은 목이 터져라 소리를 질러대기도 하고 때로는 돌팔매질이며 기름 먹인 솜에 불을 붙여 함부로 내던지기도 했지만, 그들의 어떤 언어도 돌도 기름병도 끝끝내 통로를 찾아내지 못한 채 벽에 머리를 부딪쳐 으깨어지며 하릴없이 땅 위로 수북이 쌓여가고 있을 따름이었다. 하지만 벽 바깥의 사람들은 흡사 무성영화를 보듯, 소리를 빼앗긴 채 갇혀 몸부림을 쳐대는 그들의 기괴하고 위험스럽게만 여겨지는 손짓 몸짓들을 저마다 걱정과 두려움에 찬 시선으로 구경하고 있었다. 그러는 동안 갇혀진 벽 안쪽에선 어느덧 또 다른 가위눌린 절규와 유독한 신음소리와 비틀린 언어들이 독버섯처럼 하나둘 돋아나기 시작하고 있는 것이었다.

시계가 일곱 시를 쳤다. 화면에선 쇼 프로가 시작되고 있었다. 그는 다시 창문 쪽으로 몸을 돌렸다. 그리고 유리 가까이에 얼굴을 가져갔다. 물기가 엷게 배인 유리창 바깥으로 어둠은 한 치의 틈도 남기지 않고 허기진 벌레 떼처럼 끈질기게 들러붙어 있었다.

방문이 열리더니 누군가가 방 안으로 들어섰다. C과 조교인 이선생이었다. 그도 역시 오늘 밤 당직 근무자였다.

"이거 미안합니다. 곧장 들어오려고 했는데, 식당에서 친구를 우연히 만났지 뭡니까."

이선생은 늦은 것을 변명하듯 그렇게 말했다. 그는 저녁을 먹고 들어오는 길이었다. 여느 날 같으면 식사를 핑계로 한두 시간쯤 늦게 나타나는 일이야 보통이었지만, 지금은 비상시였으므로 자리를 비워두지 않기 위해 교대로 학교 부근에서 대충 끼니를 때우고 와야만 했던 것이다. 이번엔 그가 나갈 차례였다.

"학생들은 어떻게들 하고 있습니까. 여전히 그대로입니까?"

최씨는 라면으로 대강 때울 셈인 듯, 벽장에서 전기곤로와 냄비를 꺼내며 물었다.

"글쎄요. 이층에서 죽치고 있어 놔서 몇 명이나 되는지는 확실히 모르겠습니다만, 아마 한 이백여 명이나 될까. 책상으로 바리케이트를 새로 쌓는지 현관 복도가 한참 시끌벅적하더군요."

"밥도 굶고 철야 단식 농성을 하기로 한 모양이든디, 허참, 콘크리트 맨 바닥에서 추위에 어떻게 견딜라고 그러는가 몰라."

사십이 넘은 수위 최씨는 그런 걱정을 하고 있었다.

"단식이라구요? 즈이들이 무슨 단식이나 한답니까. 말만 괜히 거창하게 내걸었지, 몇은 벌써 술에 잔뜩 취해서 벤치에 벌렁 누워 있던 걸요. 보나마나 안에서는 술도 마시고 있는 눈치입니다. 애들 서넛이서 막걸리를 잔뜩 사서 들고 건물 안으로 들어가는 걸 이 두 눈으로 똑똑히 봤는데두요."

이선생은 모르는 소리 말라는 투로 말하고는, 들고 온 두툼한 비닐봉지를 풀었다. 소주 두 병과 쥐치포 몇이 따라 나왔다.

"이거, 이따가 심심할 때 한잔씩 입맛이나 보자구 사왔습니다. 이래저래 어수선해서 맨 정신으론 잠도 잘 오지 않을 테고."

그러자 최씨는 조금은 염려스럽다는 표정으로, 학장 이하 보직교수들이 아직까지 남아서 자리를 지키고 있는 오늘 같은 날 술을 마시는 건 그리 이로울 게 없지 않겠느냐고 말했다.

"아이구 소심하셔라. 여기가 무슨 군댑니까. 까짓 술 한잔 입가심한다고 누가 잔소리를 하겠어요?"

"그렇잖아도 아까 본부에서 직접 전화가 왔어라우. 건물 주변에 학생들이 붙여놓은 벽보랑 플래카드를 모조리 뜯어내라고 그랬다니까 그러시오."

"벽보를 뜯어내라고 그랬어요?"

이번엔 그가 최씨에게 반문했다.

"아니, 그 짓을 대체 누구더러 하래요?"

이선생은 퍽 기분이 상한다는 표정이었다.

"누구기는. 아, 언제나 만만한 우리 같은 수위들이지 누구겠소……
하기사 어차피 우리가 할 일이기는 하제마는. 쯧."

최씨는 벌써 골치부터 아파오는지 이마에 주름을 그었다. 수위 생활
십오 년째라는 최씨로서야 이미 어지간히 이력이 났을 터인데도 걱정
이 되는 모양이었다.

"증말 웃기는구먼. 아이들이 지금 저렇게 눈이 벌게져서 지키고 있는
데, 그 앞에서 벽보를 뜯어가라고 어디 얌전하게 놔둘 거 같아요? 누구
맞아죽는 꼴을 보려구 그러나."

"그러니까 지금이야 그럴 수 있간디요."

"이따가 자정 지나서 조금 잠잠해지면 슬그머니 나가서 몰래 뜯어와
야지라우. 그나저나 그게 한두 장이라 말이지, 그 지긋지긋하게도 많은
걸 어떻게 다 뜯어내까이."

"한심한 친구들 같으니라구. 맨날 그저 입으로만이야. 어디 한번 즈
으네들 손으로 직접 가서 뜯어내 보라구 하지. 원, 이게 무슨 꼴이야.
꼬마들 탐정놀이도 아니구."

"요새는 예전 같잖아서 학생들이 무섭습디다요. 잡히면 가만 안 둘라
고 할 것이 뻔한디."

이선생이 끝내 술병을 한쪽 구석으로 밀쳐놓고는 벌렁 누워버렸고,
최씨가 빈 냄비를 들고 물을 떠오기 위해 밖으로 나갔다. 그는 최씨를
따라 자리에서 일어났다. 그다지 식욕은 없었으나 그래도 배는 채워두
어야 할 것 같아서였다. 복도로 나서려는데 최씨가 문득 등 너머에서
그에게 다시 말했다.

"A관 앞으로 지나가시거든 모르는 척하고 벽보가 어디에 붙었는지

한번 슬쩍 눈여겨봐 두실라우. 그랬다가 나한테 귀띔이나 해주시오. 혹시 아이들이 그 부근을 지키고 있는가도 좀 살펴보시고."

하지만 그는 말없이 복도를 걸어나왔다.

밖은 제법 쌀쌀했다. 냉기를 머금은 저녁 공기가 메마른 먼지와 흙냄새를 풍겼다. 얼핏 엷은 바람이 마주 불어왔고, 그는 그 메마른 바람 속에서 매캐한 최루탄의 분말을 감지해 낼 수 있었다.

아까 오후에도 정문 쪽에서 한바탕 충돌이 벌어졌었다. 굳게 닫힌 철문을 사이에 두고 요즘 거의 매일같이 되풀이되는 풍경이 있다. 딱정벌레 모양 중무장을 한 사내들이 일제히 이쪽을 겨누고 펑펑펑 터뜨려대는 폭죽 같은 최루탄의 발사음으로 하여 교정엔 때 아닌 축제일의 불꽃놀이가 벌어지고 있는 것만 같았다. 한차례 폭죽 잔치가 끝나고 나면 썰물이 빠져나간 뒤처럼 그 자리엔 희고 노란 분말의 얼룩들과 안전핀, 최루탄 파편, 돌멩이, 깨어진 병, 각목, 찢긴 깃발 따위가 보도, 풀밭, 화단, 운동장 어디에나 온통 분탕질을 해놓은 채 을씨년스레 드러나곤 했고, 그 헤아릴 수 없이 많은 매운 분말의 입자들은 바람을 타고 공중으로 날아다니며 교정의 하늘을 철저하게 오염시켰다. 그것들은 아무 때나 눈물 콧물을 줄줄 흘리게 만들고 이튿날 아침이면 누렇게 굳은 가래 덩어리를 뱉어놓게 했다. 콧속이 헐고 코에 핏물이 섞여 나오기도 했다. 연구실의 창을 꼭꼭 닫아놓아도 어느 틈에 침입해 오는 그 지독한 가루 때문에 일제히 이방 저방에서 교수들이 서로 흉내 내듯 요란한 기침과 재채기를 해대는 소리를 듣노라면 그는 피식 웃음이 터지면서도 한편으로는 그들 모두가 너나없이 한 덩어리의 운명으로 어떤 거대한 벽에 포위되어 있는 듯한 참담한 느낌이 들었다.

이번에 학생들이 내건 문제는 바로 내일부터 시작될 예정인 중간고사 거부 운동이었다. 가을학기로 접어들면서부터 본격적으로 활기를 띠기 시작한 총학생회 구성 문제는, 현재로서는 학생대표 기구격인 호국단 이외의 단체에 대해서는 결코 인정할 수 없다는 문교부와 대학 당국의 강력한 방침에 부딪쳐 계속 난항을 거듭하고 있는 참이었다. 그런 중에 학생들이 정한 선거 기간과 학교 측이 발표한 후학기 중간고사 기간이 공교롭게도 겹치게 된 상황이 벌어졌고, 그 때문에 학생들은 그것이 선거를 방해하려는 학교 측의 고의적인 책략에 의한 것이라며 일제히 시험 거부운동을 벌이기로 한 모양이었다. 오늘 밤 A관에서의 철야 단식 농성은 바로 그 때문이었다.

그는 정원이 끝나는 지점에서 어디로 갈까 잠시 망설였다. 결국 교문 앞 식당 쪽은 포기하고 학교 뒤 마을의 술집에서 라면으로 간단히 요기를 하기로 작정하고는 A관 쪽으로 천천히 걸음을 옮기기 시작했다.

A관엔 2층만 불이 환하게 켜져 있는 채로였다. 열린 창문으로는 여럿이 함께 부르는 노랫소리가 연신 흘러나오고 있었고 이따금 열띤 구호와 박수 소리도 들려왔다. 그들은 대부분 목이 잔뜩 쉬어 있었다. 고시 준비생 전용인 3층 독서실의 불이 꺼져 있는 걸로 보아, 강의실 밖의 일에는 평소 무심한 편인 그들도 오늘 밤은 어쩔 도리 없이 집으로 돌아간 모양이었다. 현관문은 안에서 굳게 잠긴 채였고, 복도 안쪽엔 깨어진 유리조각이며 바리케이트 삼아 무질서하게 한데 쌓아 올려놓은 책상들이 유리창 너머로 어슴푸레 들여다보였다. 맞은편 등나무 주변엔 학생들이 십여 명 남짓 벤치 위에 띄엄띄엄 나와 앉아 있었다. 몇은 담배를 피우며 두런두런 얘기를 나누고 있었고, 잠이 들었는지 혼자 떨어져서 벤치에 길게 드러누워 있는 모습도 보였다. 한차례 격전을 치루고 돌아온 병사들처럼 그들에게서는 어딘지 나른한 피곤기마저 느껴져 왔다.

그는 걸음을 멈추고 맨 귀퉁이의 벤치에 잠시 엉덩이를 걸치고 앉았다. 판자 등받이가 반쯤 떨어져나가 버리고 없는 벤치였다. 그는 호주 머니에서 담배를 꺼내어 물고 불을 당겼다. 무심코 고개를 들어보니 듬성한 등나무 이파리 사이로 희미하게 별이 몇 돋아나 있었다. 웬일이세요. 야간 순찰 나오신 길인가 보죠. 아니에요? 엊그제였던가. 저녁 늦게까지 연구실에 남아 책장을 뒤적이다가 잠시 바람이나 쐴 요량으로 바로 지금의 그 벤치에 나와 앉아 있으려니, 후배 한 녀석이 불쑥 뒤에서 불거지면서 대뜸 그렇게 물었었다. 녀석은 농담이었겠지만, 그 말에 순간 그는 벌컥 성을 내고 말았다. 임마, 무슨 돼먹지 않은 건방진 소리를 하는 거야. 느이들 눈엔 그저 모두가 그 따위 방식으로밖엔 뵈지 않는 모양이구나. 도대체 그렇게 해서 뭘 어쩌겠다는 거야. 무안해서 멀뚱하니 서 있는 녀석을 보고서야 그렇게 터무니없게 소리를 질러댔던 것을 곧 후회했지만, 그러나 생각해 보면 녀석의 말이 전혀 농담 같지만은 않게 여겨지는 까닭이 있었던 것이다.

　어쩌면 그건 공연한 자격지심이었을지도 모른다. 그러나 사실 녀석의 입에서 튀어나온 '순찰'이란 단어가 전혀 엉뚱하지만은 않았다. 3조. 성명 : 김 아무개와 박 아무개. 일시 및 순찰 구역 : 13일 15시 30분부터 16시 정각까지, 인문관 후문 입구와 옥외 화장실 및 주변…… 각 학과 사무실로 요 대외비 사항이란 단서를 달고 그런 공문이 한두 번 전달된 적이 있었다. 물론 비상시에만 국한되는 일이라고는 했지만, 처음 그것을 받아들던 순간 그는 어안이 벙벙했다. 이번에도 역시 조교 사무직원 수위들로 하여금 지정된 시간에 해당 구역을 둘러보고, 유인물이라든가 벽보 부착 여부 혹은 기타 학생들의 미심쩍은 동태를 파악해서 보고하라는 내용이었다. 물론 뒤에 알고 보니, 사실상 그것은 보고를 위한 실적 자료에 불과한 일인 듯했다. 왜냐면 정작 누구에 의해서도 그 지시가 제대로 실행되지는 않는 듯한 눈치였고, 그런 이유로 하여 문책을 당한 경우도 아직까지는 전혀 없었던 것이다. 아, 나야 뭘 압니까. 위에서 시키는 대로 알려드리는 것뿐이죠. 솔직하게 말해서 지시야 이렇게 내려왔더라도 누가 일일이 그러고 있겠소. 흐흐. 뭐 다 그렇고 그런 게 아닙니까. 공문을 전해 주는 직원도 그런 식이기는 했다.

그렇지만 어쨌든 그것은 대단히 찜찜하고 껄끄러운 일임에 틀림없었고, 행여 잘못 알려졌을 경우에 미묘하게 되돌아올지도 모르는 시선들을 감당해 낼 일이 은근히 걱정스러워지기까지 했지만, 그로서도 그 부끄러운 지시에 대해 다만 한심해하고 분통을 터뜨리는 정도가 고작이었던 것이다. 하지만 그렇다고 부끄러운 일이 처음부터 없었던 것처럼 말끔히 사라지지는 않았다. 부끄러움은 부끄러움으로 그대로 고스란히 남아 있기 마련이었다. 그리고 그 부끄러운 일로부터 생겨날 결과란 한 울타리 안에 함께 갇혀 있는 사람들끼리의 철저한 분열과 불신을 가져올 뿐이었던 것이다. 하기야 그와 비슷한 일들이 대학에 이미 진즉부터 존재해 오고 있는 듯했고, 오히려 걱정하기엔 벌써 늦은 감이 있었다. 그 때문에 제자들은 스승을 더 이상 신뢰하지 않았고, 그런 무례한 제자들을 스승도 또한 더 이상 기대하지 않으려 했다. 어느덧 그들 사이엔 또 다른 불신과 단절의 유리벽이 점점 더 높이 더 두껍게 커가고 있었던 것이다. 스승은 권위와 당당함을 잃었고 제자는 존경의 대상을 잃었다. 다만 양쪽이 똑같이 얻은 것은 서로에 대한 씁쓸한 상실감뿐이었다. 결국은 한 운명으로 한 울에 갇혀 있는 그들 모두에게 그것은 슬프고도 비참한 일이었다.

그는 담배를 발로 부벼 끄고 나서 벤치에서 일어났다. 건물 안에서 문득 왁자하니 웃음소리가 들려 나오더니 이내 짝짝짝 손뼉을 치는 소리도 들려왔다. 누군가 앞에 나와서 얘기를 하는 모양이었다. 불편한 자리에서 춥고 긴 시간을 잊기 위해 때로는 자기 소개를 하거나 열띤

토론을 벌이기도 한다는 사실을 그도 들어서 알고 있었다.

A관 전면 오른쪽인 게시판이 길다랗게 늘어서 있었다. 각목으로 대충 틀을 짜고 합판을 붙여서 만든 어설픈 그 임시 게시판엔 수많은 벽보들이 한뼘 틈도 남김없이 얼기설기 붙여져 있었다. 그는 그 앞으로 천천히 다가갔다. 희끄무레한 종이 네 귀퉁이의 윤곽만 겨우 눈에 잡힐 뿐 글자는 거의 알아보기가 어려웠다. 어디에선가로부터 학생들은 날마다 그런 벽보들을 준비해 와, 그것들을 손에 들고 바쁘게 뛰어다니면서 교정 곳곳에 설치해 놓은 게시판마다 그것을 붙이고 또 붙였다. 하지만 이튿날 아침이면 그것들은 대부분 흔적도 없이 사라져버리곤 했다. 밤이 되면 충직한 수위들의 손끝이 어김없이 스쳐 지나가는 까닭이었다. 붙이면 떼고, 다시 붙이면 또 떼고…… 그 지루하고 진부하기 그지없는 공깃돌 주고받기 놀음은 여전히 변함없이 되풀이되고 있을 따름이었다.

그는 한참 동안 어둠속에서 다만 온통 검고 막막하기만 한 그 게시판을 응시하며 홀로 서 있었다. 그는 불현듯 자신이 어떤 분명한 장벽의 실체와 마주하고 서 있는 듯한 느낌이었다. 높이도 부피도 헤아릴 수 없는 그 완강한 투명 유리의 장벽 저편에는 아직도 갇힌 채 통로를 찾지 못한 숨가쁜 판토마임의 언어들이 날벌레 떼처럼 벽에 머리를 마구 부딪치며 맹렬히 떠돌고 있었다. 벽 저쪽의 갇힌 소리들과 그들을 가두어놓은 벽 이쪽의 소리들은 서로가 서로의 벽에 의해 철저히 격리된 채 서로가 서로의 소리를 듣지 못하고 있었고, 그러는 동안 벽 양켠으로는 교살당한 온갖 소리와 언어의 시체들이 하릴없이 수북하게 떨어져 쌓여가고 있는 것이었다.

그렇다면…… 나는 누구인가. 어디에 나는 있는가. 불현듯 그런 의문에 그는 사로잡혔다. 지금 내가 마주 보고 있는 저 유리벽은 나를 가두고 있는 것인가 아니면 내가 저 벽에 누군가를 가두어놓은 것인가. 난 벽의 바깥에 서 있는가 안에 있는가. 저 유리벽의 어디가 안이고 밖은 또 어디인가. 도대체 누가 저 폭력과 거짓 언어의 유리벽을 만들어냈는가…….

문득 어디선가 으아아아 하고 커다랗게 외마디 고함을 질렀다. 저쪽 벤치에서 누군가 혼자 질러대는 소리였다. 이른 새벽 높은 곳에 올라 터뜨리는 산보객들의 그것과는 다른, 가슴이 터질 듯한 그 까닭 모를 외마디 고함 소리엔 마치 덫에 치인 이리의 신음처럼 다급하면서도 치열한 분노와 고통이 눅진하게 묻어 있었다.

이윽고 그는 공터 쪽으로 발을 옮기기 시작했다. 키 큰 플라타너스들이 길게 열을 지어 늘어서 있는 공터 사이로 학교 뒷마을로 통하는 길이 나 있었다. 이 학교가 생기기 훨씬 이전부터 그 자리에 있었다는 용출리라는 마을이었다. 원래 시 변두리의 야산에 터를 잡고 시작한 대학이었기 때문에 그동안 도심지와 연한 교문 쪽은 주택가와 상가가 빽빽하게 들어차 있게 되었지만 학교 후면인 그곳 용출리 쪽은 아직도 논밭이 거의 고스란히 남아 있는 형편이었다. 드넓은 대학 캠퍼스가 가운데에서 도시와 용출리를 가로막고 있는 탓으로 도로조차 없는 주민들은 진즉부터 대학 구내를 마을 골목길 삼아 가로질러서 교문을 통해 시내출입을 해오고 있었다. 때문에 짐을 잔뜩 실은 경운기며 손수레를 몰고 한가로이 지나가는 그들의 모습을 아무 때나 흔히 볼 수 있었고, 아침 등교길엔 때마침 출근하느라 거꾸로 학교에서 자전거를 타고 혹은 걸어서 나오고 있는 주민들과 마주치곤 했다.

대학으로서도 사실은 이래저래 퍽 신경이 쓰이는 일이었겠지만, 어쨌든 학교로 인해 도로조차 없이 고립되어 오지 꼴이 되어버린 마을 사람들의 사정을 고려해서 어쩔 수 없이 그곳까지는 울타리를 치지 않고 마을로 통하는 좁은 길을 터놓고 있었다. 학생들 역시 강의실 창문 바로 밑으로 빤히 내려다보이는 그 마을을 어느 때고 쉽사리 드나들 수 있었고 덕분에 가난한 주민들은 학생들을 상대로 라면이며 막걸리를 팔아 살아가는 눈치였다. 벌써 이십 년도 넘게 지속되어 온 대학과 용출리 마을과의 그 기묘한 관계 속에서 어느덧 술집 겸 라면집인 마을의 무허가 간이음식점들은 이젠 학생들에겐 없어서는 안 될 식당이자 최적의 회합장소가 되어 있었다. 더구나 마을 집들 거의 대부분이 작게는 두세 명 많게는 십여 명씩의 자취생을 두고 있어서 기숙사촌이라는 별명까지 얻고 있었다. 그가 아직 학생이었던 시절, 빈 시간이면 친구들과 함께 마을로 내려가서 풋김치에 막걸리 몇 잔을 들이키고는 다음 강의 시간에 맞춰 헐레벌떡 뛰어들어 오기도 했는데, 언젠가는 강의실 맨 뒷줄에서 불콰한 얼굴로 술냄새를 폭폭 풍겨내며 애써 고개를 처박고 앉아 있다가 노교수로부터 호된 꾸지람을 맞고 쫓겨난 적도 있었다.

껑충한 플라타너스 나무들을 지나 그는 조그마한 언덕을 올랐다. 한편으로 탱자나무가 지금은 없어진 어느 헌 집터를 지키며 서 있었고 조금 더 내려가면 무덤이 둘 나타났다. 그것 역시 학교가 들어서기 전부터 거기 있었을, 그런대로 잘 다듬어진 무덤이었다. 학생들은 그 무덤가 잔디밭에서 늘 도시락을 까고 둘러 앉았다. 무덤으로 말하자면 아직도 캠퍼스 여기저기에 적지 않은 수효가 남아 있는 형편이었다. 박물관 뒤쪽에 십여 개, 도서관 앞 솔밭에 몇, 그리고 법과대학 쪽 언덕에도 여러 개가 남아 있었다. 그래서 더러 학교를 찾아오는 사람들의 눈에는 구내 곳곳에서 심심찮게 마주치는 그것들이 꽤 기이하게 여겨지기도 하는 모양이었지만, 막상 학생들은 전혀 거리낌없이 그 봉긋하게 솟아난 무덤가 풀밭에서 한가로이 시간을 보내기도 하는 것이어서, 어찌 보면 모두들 은연중에 죽은 자들과의 친화 속에서 지내고 있다고나 할까,

하여튼 뭔가 이 대학은 그 때문에 어떤 잿빛의 경건함 혹은 엄숙함 같은 그런 묘한 분위기를 자아내주고 있었다.

무덤 앞을 지날 즈음 그는 맞은편으로부터 올라오는 학생 서넛과 마주쳤다. 어둠속이었지만 지금은 피곤에 지친 모습으로 그들은 함께 무리를 지어 걸어왔다. 오늘은 그런대로 된 셈이야. 하지만 문제는 정작 내일부터라니까. 앞서 오던 남학생이 가쁜 숨을 몰아쉬며 말했다. 그들은 무엇인가를 가슴에 안고 있었는데, 그는 얼핏 희끄무레 눈에 잡히는 그것이 막걸리가 담긴 비닐병이라는 걸 알 수 있었다. 서로 엇갈리는 순간 그들의 입에서 풍겨나오는 특유의 역한 내음을 맡았다. A관 건물로부터 다시금 노랫소리가 들리기 시작했다. 방금 지나친 그들 중 두엇의 목소리도 거기에 따라 노래를 부르고 있었다.

그는 소나무가 서 있는 언덕을 지나 마을로 들어가는 소로로 내려섰다. 거기서부터는 몇 걸음만 옮기면 곧장 마을 어귀였다. 이미 완전히 어두워진 시각이었으나 라면집들은 여전히 성업 중이었다. 골목을 따라 양켠에 다닥다닥 붙어 있는 가게들의 유리창마다 불빛이 흘러나왔고 떠들썩한 얘기 소리며 웃음소리가 들려오고 있었다. 예전엔 필시 농가답게 크고 널찍했었을 마당에 집집마다 다투어 벽돌로 칸을 막고 슬레이트 지붕을 올려 가게를 낸 탓으로 골목은 어딘지 쓸쓸하고 을씨년스러운 시골 장터의 밤 풍경을 연상케 했다. 담벼락에 이마를 기댄 채 한 남학생이 토악질을 해대고 있었는데, 무슨 까닭인지 그는 가늘게 흐느끼고 있는 듯했다. 활짝 열려진 변소 안으로부터 지린내가 흐물흐물 풍겨나왔고 길바닥은 함부로 내다 버린 물기로 질척하게 젖어 있었다.

몇 집을 지나쳤을 때, 어떤 가게의 유리문이 드르륵 열리며 누군가가 나오다가 불쑥 그의 이름을 불러세웠다. 돌아보니 B였다. 십 년 가까운 나이 차이가 있었으나, 고교 선후배지간이라는 인연으로 형님이라고 부르며 유난히 따르는 편이었다.

"여기서 뭘 해. 또 오늘 너도 한바탕 끼어들었던 모양이구나."

"형님이야말로 여기 웬일입니까. 아직 퇴근도 안 하시구."

"숙직이야. 이달 들어 벌써 네 번째지 뭐야. 빌어먹을."

"그래요? 충성하느라 오늘도 수고하십니다. 흐흐."

"이 자식, 충성이라니."

"미안해요, 괜히 해본 소린걸 뭐."

녀석은 오줌이 마려웠던지, 길 옆 하수구 쪽을 보고 엉거주춤 서서 바지 앞을 까내리며 낄낄거렸다.

그는 B와 함께 가게 안으로 들어섰다. 마침 구석에 빈자리가 보였으므로 거기를 차지하고 앉았다. 얇은 합판으로 지붕을 대고, 벽은 콘크리트 맨바닥인 데다가 벽지조차 바르지 않아서 얼핏 어느 지하실 창고 속같이 우중충한 가설 건물이었지만, 대여섯 개가량 되는 탁자가 거의 들어차 있었다. 더러는 막걸리 사발을 앞에 놓고 있었고 라면을 먹는 패도 있었다. 자욱한 담배 연기로 형광등의 불빛이 흐려 보였고, 여기 저기 저마다 무어라고 떠드는 소리 웃음소리들로 하여 꽤 시끄러웠다. 안쪽에 달린 방문 앞에도 신발이 어지러이 널려 있었다. B가 탁자 건너편의 일행에게서 빠져나와 그에게로 건너왔다. 시키기도 전에 주인은 술잔과 김치 접시를 그의 앞에 놓았다. 그는 주인에게 라면 한 그릇을 주문했다. B가 먼저 비닐 병의 막걸리를 그의 잔에 따랐다. 녀석은 이미 몇 잔을 끝낸 참인 듯 얼굴이 붉어 보였으나 취한 것 같지는 않았다. 그는 망설이다가 한 잔쯤이야 어쩌랴 싶어 잔을 들고 비웠다. 김치는 너무 익어 신맛이 났다.

형님, 나 엇그제 정말이지 더럽게 비참하고 가슴 아픈 꼴을 당했지 뭡니까. B는 밑도 끝도 없이 그런 말부터 시작했다.

"유대감님 아시죠, 왜?"

"가만있자, 유진수 선생님 말이냐. 고등학교 때 국사 가르치시던."

맞아요. B는 고개를 끄덕였다.

그는 유진수 선생을 기억하고 있었다. 지금쯤은 모르긴 해도 쉰이 훨씬 넘었을 것이다. 일본에서 어린 시절을 보내다가 해방이 되자 부모를 따라 귀국했다는 분인데, 뒤늦게야 교직에 뛰어든 탓으로 아직도 평교사로 모교에서 재직하고 있는 줄은 그도 잘 알고 있었다. 유난히 흰머리가 많아서 그가 고등학교에 다니던 무렵에도 벌써 반백에 가까웠던 머리, 그리고 이따금 수업 진도와는 별도로 일제 치하의 경험담을 얘기할 때는 느닷없이 이십대 못지 않은 강변을 토하는 바람에 입술 가장자리에 하얗게 거품이 일곤 하던 모습이라든가, 꾸지람을 할 때면 옛날할아버지들처럼 눈을 부릅뜨고 정색을 한 채 케케묵은 고사까지 일일이 열거해 가며 한바탕 불호령을 내리곤 하는 통에 아이들에겐 대단히 까다로운 구식 훈장 노인네쯤으로나 알려져 있었다. 하지만 성깔만큼이나 진지하고 성실한 수업 진행 외에도 무척 자상하고 따뜻한 인품을 모르게 지닌 분이기도 했으므로 누구보다도 제자들의 존경을 받고 계신 분이기도 했다. 유대감이란 별명을 대대로 물려받고 있는 이유도 아마 그런 까닭일 것이다. 그런데 느닷없이 B에게 그 유선생의 얘기가 튀어나온 이유가 그는 궁금했다. 그리고 더럽게 비참하고 가슴 아픈 꼴을 당했다는 건 또 무슨 소릴까.

"글쎄 말입니다. 그 유선생님께서 저희 집으로 전화를 하셨더라구요. 차암."

지난 월요일이라고 했다. 아직 이른 아침이었는데 전화를 받으라고 누이가 깨우더라는 것이었다. 김군인가. 날세. 모교의 유진수라는 사람이야. 웬 늙은이의 힘없는 음성이 대뜸 흘러나와서 처음엔 잘못 걸려

온 전화인 줄로만 알았다. 그러다가 가까스로 그 이름을 기억해 내고는 깜짝 놀라고 말았다.

아니, 선생님께서 웬일이세요. 저희집 전화번호를 어떻게 아시고 이렇게…….

3학년 때 담임을 맡기는 했지만 사 년이나 지난 후에, 그것도 그처럼 이른 아침에 별안간 불러낼 만큼 별로 특별한 관계를 나눈 적이 없었다. 재수 시절에 원서 때문에 도장을 받으러 가서 꼭 한 번 인사를 드렸을 뿐 그동안 한 번도 만난 적이 없었다. 어안이 벙벙해 있는 B에게 유대감은 꼭 한 번 시간을 내서 만났으면 한다고, 자세한 얘기는 그때 알게 될 것이라고 했다. 그런데 왠지 거의 알아듣기 어려울 만큼 흐리고 힘없는 음성이더라고 B는 말했다.

"솔직히 난 그때, 이 영감님이 어째 좀 노망하신 건 아닌가 싶더라구요. 목소리도 조금 이상했지만, 생각해 보세요, 대체 어떻게 우리 집을 알아냈는지 전혀 짐작이 안 가는 거예요."

B는 이튿날 오후에 미리 약속해 두었던 대학 부근의 다방으로 나갔다. 거의 백발이 다 된 탓인지, 첫눈에도 몰라보게 더 늙고 허약해진 모습이었다. 선생은 B의 인사를 받고는 어딘가 약간 당황하는 눈치였다. 그리고 이런저런 안부만을 물었을 뿐, 이윽고 한동안은 입을 꾹 다물고 탁자 밑을 내려다보고만 있다가 갑자기 이젠 그만 가봐야겠노라고 하면서 자리에서 일어나려는 것이었다. B는 선생을 억지로 붙들었다. 선생이 뭔가 꺼내기 어려운 얘기를 차마 망설이고만 있다는 사실을 깨달았던 것이다.

정군. 이건…… 글쎄, 내가 내 입으로 말해야 할지 어쩔지 모르겠구먼…… 자네가 어떻게 생각할까 싶어서…… 그저 부끄럽네. 정말일세…….

선생은 결국 자리에 다시 앉아서 더듬더듬 입을 열기 시작했다. 얼마 전 신문에 보도가 되었듯이, 운동권 학생들의 선도를 위해서 대학의 지도교수 외에도 그들의 출신 고등학교 교사들을 통한 상담 지도를 실시할 계획이라는 발표가 있었다. 그에 따라 B의 모교에 하달된 명단에는 B의 이름도 끼여 있었고, 결국 담임을 맡았던 유선생 자신이 B를 담당케 되었으며, 또 이삼 일 내에 상담 지도 결과를 보고해야만 한다는 얘기였다.

"기가 막히더군요. 혹시나 하고 짐작은 했지만 막상 듣고 보니 가슴이 터질 것 같았습니다. 이게 정말 무슨 꼴입니까, 형님."

B는 탁자를 손바닥으로 탕, 치며 새삼스레 흥분했다. 그래, 네 말마따나 정말이지 이게 무슨 꼴들이냐. 가장 평범하고 단순한 보통 인간과 보통 인간의 관계마저도 무엇이 이처럼 철저하게 피폐시키고 파괴시켜 가려 하고 있는 것이냐. 그는 단숨에 잔을 비우고 나서 그것을 B에게 건넸다. 불현듯 손끝이 후들거려 오는 느낌이었다.

B는 얘기를 계속했다. 처음엔 어이가 없었고 고작 그런 심부름으로 거기까지 저를 불러낸 노은사가 더없이 못나고 초라하게만 여겨지더라고 했다. 하지만 당치도 않게 무슨 죄나 지은 사람처럼 고개를 떨어뜨린 채 탁자 위의 물컵만 물끄러미 내려다보며 앉아 있는 선생의 모습을 바라보고 있노라니, 무엇인가가 울컥 목구멍으로 치밀어 오르는 듯하면서 별안간 한없이 슬프고 비참해지는 느낌을 주체하기가 어렵더라는 것이었다.

"그래서 난 선생님께 진심으로 이렇게 말씀드렸어요. 용서해 주십시오 선생님. 정말 죄스러울 따름입니다. 공연히 저 때문에…… 제자 된 도리로 졸업해서까지 선생님의 속만 썩여 드리고 있으니, 저로서는 어쩌면 좋을지 모르겠습니다. 용서해 주십시오. 하고 말입니다."

아, 아닐세, 정군. 내가 잘못일세. 정말이지 이게 무슨 꼴인가. 내가 꼭 그 일 탓에 여기까지 나온 건 아닐세. 한 번쯤 자네들 입으로 하는 말을 직접 들어보고도 싶었고, 그래서…… 나도 자네들의 생각이 옳다고 여기는 사람에 가깝다네.

선생은 오히려 그의 손을 붙잡고 당황해서 어쩔 줄 몰라 하더라고 했다. 하지만 그럴수록 더 어색해지고 가슴이 아파오는 느낌에 B는 다른 약속이 있다는 핑계로 자리에서 먼저 일어섰다는 것이었다. 다방을 나와서 버스 정류장까지 선생을 바래다 드렸는데, 때마침 유난히도 만원인 버스로 오르는 노은사의 눈부시도록 흰 머리카락과 구부정한 등 모습을 뒤에서 지켜보고 있으려니 까닭 모르게 눈물이 핑돌고 코가 맹맹해져 오더라고 했다. 그래서 그날은 녹초가 되도록 술을 퍼마셨노라고 말했다.

"하지만 넌 그분을 이해해야 한다."

그는 겨우 그 말밖에 해줄 게 없었다. 그리고 어쩌면 그것이 그 스스로에 대한 변명이 되기를 조금은 바라고 있었는지도 모른다.

"이해라구요?"

"그래. 선생은 어쩔 수가 없었을 거야. 또 그분 말마따나 꼭 네가 생각하는 그런 일 때문에 만나려 했던 게 아닌지도 모르잖아. 하여튼 뭐랄까, 이 시대에는 어차피 개인은 허약한 존재이기를 부당하게 강요받고 있으니까…… 그러므로 오히려 개개인을 허약하게 만든 진정한 이유를 먼저 진지하게 꿰뚫어보고 이해하는 아량도 필요하다고 봐."

"그럴지도 모르죠. 저도 충분히 그건 압니다. 하지만, 이해한다는 것과 용서받을 수 있다는 건 엄연히 다른 차원의 문제입니다. 어떤 경우라도, 개인의 허약함이 결과로 나타날 때 그것은 결코 전적으로 타의적일 수만은 없는 법이니까요."

B는 단호하게 그렇듯 결론을 맺었다. 순간 그는 술잔을 입으로 가져가려다 말고 마주 앉은 B의 얼굴을 힐끗 올려다보았다. 그의 꾹 다문 입술과 각이 진 턱, 그리고 이쪽을 직시하는 거침없는 눈빛에서 그는 한치의 회의도 허용치 않으려는 어떤 완강한 의지와 확신을 읽어냈다. 그건 분명한 힘이었다.

"그래. 그럴지도 모르겠군. 네 말이 맞아……."

그는 중얼거리고는 술을 비워버렸다. 벌써 넉 잔째였다. 그 정도는 견딜 만한 주량이었지만, 그보다는 너무 시간을 지체하는 게 아닐까 싶어 시계를 보았다. 여덟 시가 약간 넘은 시각이었다. 하지만 왠지 금방 일어서고 싶지 않았다. 유선생 이야기 때문일까. 그것은 실상 오늘날 이 땅의 흔하디흔한 이야기들 중의 하나였다. 그러나 그 얘기는 왠지 백발에 구부정한 등을 지닌 그 늙은 역사선생에게가 아니라 오히려 그 자신과 B 그리고 그들 젊은 세대 모두에게 스스로에 대한 부끄러움과 죄스러움을 안겨주는 것만 같았다.

그는 잘 알고 있었다. 그것은 단지 유대감 선생님만의 얘기는 아니었을 것이다. 이틀 전 그는, B가 말한 것과 비슷한 '문제 학생 학부모 면담 지도결과 보고서' 양식을 학과 내의 몇몇 교수들에게 제 손으로 직접 전달해 주었었다. 교수들은 하나같이 조금은 찜찜하고 당혹해하는 낯빛을 한 채 그것을 받아들었다. 묘하게도 그들 모두는 그 보고서의 공란에 제 손으로 무엇인가를 직접 적어 넣어야 한다는 간단한 사실에 대해서 분명한 거부감을 나타내고 있었다. 그 일이 불쾌하고 꺼림칙하며 조금은 스승으로서 떳떳치 못하다고 여기는 듯 그들은 한결같이 눈살을 찌푸렸다. 하지만 아무도 찬성하지 않고 있었음에도 그 일은 또한 누구에 의해서도 거부되지 않았던 것이다. 그리하여 결국 틀에 박힌 몇 마디의 문구가 간단하게, 그야말로 '형식적으로' 채워 넣어져서 조교인 그에게 다시 돌아왔다. 그러나 그중 두 장은 그가 대신 써내야만 했다.

"이거 말야, 자네가 내 대신 적당히 써서 내주게. 이런 일은 자네들이 더 잘 알 테니까."

"난 이런 덴 취미 없는 사람일세. 아무리 그렇더라도 이까짓 것이나 하고 있으라구 대학교수 월급을 받고 있는 건 아니잖겠나. 자네가 써서 내든지 말든지, 알아서 하게나."

얼마 후 보고서를 수합해서 제출하기 위해 찾아갔더니, 그들 가운데 두 사람은 그때까지 손도 대보지 않은 그 종이쪽지를 그에게 넘겨주었던 것이다. 학과, 학년, 성명, 주소, 보호자의 직업, 면담 일시 및 장소, 지도 내용…… 위 학생은 삼남 이녀 중 차남으로 공무원(군청 계장)인 부친 슬하에서 비교적 유복하게 성장했으며, 어려서부터 성실하고 성적은 항상 상위권을 유지한 모범학생이었다고 함. 학생에 대한 부친의 교육열과 관심은 대단히 높다고 판단되었으며, 앞으로 가정 및 학교 생활에 있어서도 더욱 진지하고 지속적인 관심을 가져주기를 요망하였음. ○월 ○일 지도교수 ○○○.

한 번도 만나보지 못한 학부모와, 있지도 않은 만남과, 나눠보지도 못한 대화의 내용을 작성해 내기 위하여 그는 어쩔 수 없이 생활 기록부 한 장을 달랑 책상 위에 펴놓고서 거기에 적힌 인적 사항 몇 줄만을 참고 삼아, 빈칸을 메우기 위해 가능한 한 굵은 글씨로 그렇게 적었다. 하나마나한 소리에 빤한 내용이었지만, 보고용의, 실적을 위한 형식적인, 그야말로 다 그렇고 그런 식이 아니냐던 직원의 말처럼 어쨌든 그는 그것들을 마침내 모두 무난하게 제출함으로써 눈 가리고 아웅 소리는 낸 셈이었다. 사실상 학생 지도라는 일들의 상당수가 흔히 그런 식인 듯했고, 그것이 바로 무서운 일이었다. 아무도 찬성하지 않는 일들이었지만, 막상 아무도 책임을 떠맡으려 하지 않는 탓으로 여전히 그것들은 여러 형태로 계획되어지고 하달되어졌으며 또한 탈없이 실행되어지고 있는 까닭이었다.

하지만 그 역시 따지고 보면 어디서나 확인할 수 있는, 흔하디흔한 일들 가운데 하나일 수도 있었다. 그것은 흔하므로 사소하고, 사소하므로 당연히 대수롭지 않은 일이었고, 그러므로 어디서나 누구라도 쉽사리 되풀이하고 있는 당연한 일일 수가 있었다. 그러나 그 수천 개의 흔한 일이 수만 개의 사소한 일들과 공모하여 지금 이 순간 보이지 않는 거대한 폭력의 톱니바퀴로 분명히 돌아가고 있음을 아는 사람은 많지 않았다. 그 무수한 톱니바퀴의 날 하나가 사실은 바로 자기 자신의 틀림없는 몫으로부터 비롯되었다는 엄연한 사실을 스스로 시인하고 반성하는 사람의 수효는 더더욱 적었다. 바로 그 때문에 거대한 폭력의 톱니바퀴는 가공할 엄청난 힘으로 갈수록 가속되어, 지금도 우리 모두의 머리 위에서 척척척척 금속성의 구령 소리에 맞추어 변함없이 돌아가고 있는 것이리라고 그는 생각했다.

그는 마지막 잔이라고 내심 작정한 술을 앞에 놓고 한동안 멍하니 앉아 있었다. 술기가 약간 느껴졌으나 취할 정도는 아니었다. B가 어느덧 풀린 혀끝으로 연신 뭐라고 지껄여댔지만 그는 거의 알아듣지 못했다.

아니, 이 학생은 라면은 안 먹고 왜 이러고 있수. 상을 치우러 왔다가 어깨를 툭 건드리는 주인 여자의 말에 그제야 그는 눈앞에서 식어가고 있는 제 몫의 라면 사발을 알아보았다. 학생이라고 불러주는 말에 그는 B와 함께 웃었다. 입맛이 당기지는 않았으나 그는 불어터진 라면 가락을 젓가락으로 건져 올리기 시작했다.

"오늘부터 철야 단식을 한다면서 너, 이렇게 먹어도 돼?"

"짜아식. 배가 고파서야 어떻게 버티겠냐. 우선 힘이 있어야 한다구."

등 뒤에서 그런 말들이 흘러들어 왔다. 무심코 그가 돌아다보았더니, 좀 전에 들어온 더벅머리 남학생 둘이서 라면이 나오길 기다리며 앉아 있었다.

"궤변이다 그건. 먹으면서 단식을 한다니."

"뭐가 임마. 단식이래서 곧이곧대로 굶는다는 건 낡은 방식이야."

"낡은 방식이라니."

"단식은 일종의 충격요법이야. 그러나 그것이 충격적일 수 있는 건 일단은 단식자의 허기와 고통을 공감해 줄 만한 대상이 존재함을 전제로 했을 때라야만 가능해. 말하자면, 적어도 인간의 생명과 육체의 소중함을 알고 보호해 주려는 최소한의 상식적인 풍토 하에서나 가능하다는 얘기지. 그런데 우린 어떤 형편이지?"

"하지만 언어의 순수성만은 지켜야 하지 않을까. 네 말을 뒤집어보더라도, 순수성을 포기한 단식이란 말은 아무에게서도 충격효과를 끌어내지 못해. 그건 오히려 생명과 육체에 대한 또 다른 모독일 수 있으니까."

"천마에, 그건 어리석음일 뿐야. 그런 식의 순수성만으로는 현실에선 아무런 구체적 행동에로의 발전을 기대할 수 없어."

"어째서."

"순수함과 어리석음은 전혀 다른 차원의 얘기이기 때문이지. 우린 이제부터 상황에 대응하는 보다 전략적인 교활함이 필요해. 그건 말의 순수성을 따지기보다 우선하는 필연적이고 당면한 방법론이야."

"전략이라구?"

"그래애. 일종의 전시효과지. 전략적 전시효과."

그 즈음에서 주인 여자가 쟁반을 받쳐들고 나타났다. 그들은 얘기를 멈추고는 후루룩 소리를 내며 왕성하게 먹기 시작하고 있었다.

어찌 보면 말장난 같기도 한 그들의 대화를 그는 등 너머로 처음부터 줄곧 엿듣고 있었다. 거기엔 언어의 순수성이란 단어가 전략적 교활성이란 것으로 교묘하게 대체되어 있었다. 즉 전자가 후자에 대해 형식을 부여한다고 하는 언어와 세계와의 관계는 역전된 셈이었다. 행여 모르는 새에 이미 우리들의 언어는 그 본래의 모습을 상실한 채 저마다 뒤틀리고 변색되고 망가진 채 흉한 누더기가 되어가고 있는 건 아닐까 하는 의구심이 불쑥 고개를 쳐들었다. 만약 그렇다면 그것은 언어의 무서운 변신이라고 그는 생각했다. 그러자 불현듯 그 어마어마한 투명 유리벽의 몸체가 또다시 그의 시야에 서서히 모습을 드러내기 시작했다. 최초에는 체제의 타락하고 왜곡된 언어로부터 시작되었던 가증스런 그 유리의 장벽은 어느덧 이젠 단절된 벽의 안과 밖에서 동시에 그 파괴작업을 수행해 나가고 있었던 것이다. 거기 온갖 언어의 무수한 날벌레들은 유리벽 양켠에 갇힌 채 저마다 서로의 머리와 몸뚱이를 부딪쳐 피흘리며 미친 듯 붕붕 떠돌아다니다가 끝내는 하릴없이 추락하여 무더기로 부패해 가고 있었고, 이윽고는 그 언어의 시체 더미로부터 부화한 엄청난 수효의 구더기 떼가 일제히 유리벽 위를 기어오르기 시작하고 있었다. 그러다가 마침내 언젠가는 완전한 암흑의 벽으로 변해 버리고 말 것이었다. 벽의 안과 밖 그 누구도 서로를 보지 못하고, 끝내는 그 벽이 존재한다는 사실조차도 영영 망각되어 버릴지도 모르는 일이었다.

불어터진 라면 가락을 건져 올리다가 그는 문득 알 수 없는 한기가 등골을 타고 오름을 느꼈다. 방금 전까지 입씨름을 했던 뒷자리의 둘은 그새 그릇을 거뜬히 비워내고는 철야 단식을 하기 위해서 총총히 문밖으로 사라져버렸다.

아니다, 너희들아. 결코 그러지는 말자. 언어의 순수성 그것만은 끝까지 지켜야 한다. 그것이야말로 저 허위와 폭력의 벽과 대적할 갇힌 자의 가장 마지막 무기여야 하지 않느냐. 그들의 등에 대고 그는 별안간 그렇게 소리를 질러주고 싶었다.

그는 자리에서 일어나 셈을 치렀다. 꽤 시간을 지체했다는 느낌이었다. B가 문밖으로 따라 나와서 잘 가라고 인사를 했다. 함께 A관에서 밤을 새울 작정이 아닌가고 물었을 때 B는 이를 드러내며 씨익 웃었다.

"어차피 이따가 한번 가보기는 하겠지만, 이번에 내가 맡은 일은 다른 것이거든요."

그는 호주머니에 두 손을 지른 채 골목을 휘적휘적 돌아 나오기 시작했다. 맞은편 어둠속에서 검은 개 한 마리가 불쑥 나타나더니 이내 옆골목으로 재빠르게 달려가 버렸다. 이 마을의 개들은 사람을 보고 짖는 일 따위엔 이젠 진절머리가 난 모양이었다.

마을을 벗어나 학교 뒤편의 어두운 오르막길을 걸어오르다가 한두 번 걸음을 헛디뎠지만 취기 때문만은 아니었다. 무덤가 탱자나무 앞에 멈춰 서서 오줌을 누면서 그는 무심코 밤 하늘을 올려다보았다. 먹빛 하늘엔 수많은 크고 작은 별들이 총총히 박혀 있었다. 엷게 물기를 머금은 채 깜박이고 있는 그 별들을 바라보며 그는 하늘을 쳐다보는 것도 참 오랜만이라는 걸 깨달았다. 저만치 A관 쪽으로부터 여럿이 함께 부르는 행진곡 풍의 빠른 노랫소리가 들려오고 있었다.

그가 숙직실로 돌아왔을 때 이선생과 최씨는 마주 앉아 두덕두덕 장기를 놓고 있는 중이었다. 텔레비전에서는 아홉 시 뉴스가 흘러나오고 있었다. 약간 취기가 느껴져 왔으므로 그는 벽장에서 베개를 꺼내어 한쪽 어깨를 괸 채 비스듬히 누웠다.

"A관은 어떻든가요. 건물 밖으로 나올 기미는 안 보입디까?"

최씨가 시선은 장기판 위에 놓아둔 채로 물었다.

"그냥 안에서 모여 노래만 부르고 있던걸요."

"허참. 아무리 젊다지만 힘들도 좋지. 날마다 그렇게 악을 쓰고 천방지축 뛰어다니면서도 어쩌면 그리 좀체 지칠 줄을 모를까 원."

거, 그럴 만한 나이 아닙니까. 속에서 힘이 뻗쳐 오르는 걸 어디 풀데가 없어서 안달들인 거지요. 올해 서른한 살인 이선생은 제법 어른스런 소리를 해놓고는 스스로도 겸연쩍었는지 이내 허허 하고 웃었다.

그는 한쪽 뺨을 손바닥으로 괸 채 무심히 화면에 눈길을 주었다. 늘상 대하는 낯익은 아나운서가 간밤에 남해안 어디에선가 발생했다는 여객선 침몰 사고에 관해 보도하고 있었다. 낡은 배 밑창으로 물이 스며들어와 열두 명이나 되는 사망자와 세 명의 행방불명자가 생겼다는 것인데, 선장은 다른 몇 사람과 함께 구조되었다는 얘기와 함께 울부짖는 가족들의 일그러진 얼굴들 위로 사망자들의 사진이며 이름 나이 주소 따위가 차례로 나타났다. 바로 얼마 전까지 이 땅에 발을 딛고 서서 우리와 똑같은 공기를 호흡했을, 평범하기 그지없는 사람들이 꼿꼿하게 고개를 쳐들고 잠깐잠깐 이쪽들 쏘아보다가 지나가 버리곤 했다. 다시 커다랗게 입을 벌리고 울부짖는 유족들의 얼굴이 클로즈업 되면서 앞으로는 이런 어처구니 없는 사고가 다시 나오지 않도록 미리미리 대책을 세워야 할 것이라는 식의 틀에 박힌 코멘트가 이어지는가 싶더니, 이내 장면이 훌쩍 바뀌면서 아나운서의 얼굴이 밝게 웃음을 그렸다. 어린이대공원의 인파, 씽씽 내달리는 청룡열차, 솜사탕, 둥글게 모여 춤을 추는 유치원 꼬마들의 귀여운 몸짓, 붉게 물든 단풍나무의 숲……. 참으로 눈 깜짝할 순간에 화면은 싱싱한 생명의 기쁨에 충만한 모습으로 바뀌어버렸다. 모처럼 화창하게 갠인 가을 하늘, 휴일이 아닌데도 전국의 관광지와 온천 놀이터 등에서는 수많은 관광객들이 찾아들어 하루를 즐겼습니다. 방금 전까지 적지 않은 사람들의 불행한 죽음을 전하던 아나운서의 표정은 화면이 바뀌는 그 짧은 순간에 활짝 밝고 명랑한 웃음으로 변해서 관광객 얘기로 넘어가고 있었다. 그는 그 아나운서의 놀라운 재주를 무심히 들여다보고 있었다.

그러는 사이에도 숙직실의 전화벨은 여러 번 울려대곤 했다. A관의 동정이 어떤가를 확인하는 본부 당직실의 전화가 대부분이었다. 그러나 A관 쪽 분위기는 의외로 잠잠한 눈치였다. 간간이 노랫소리가 들려오긴 했지만 자정이 가까워오면서부터는 그것마저 오랫동안 그쳐버리고 말았다.

이윽고 최씨가 벽장에서 이부자리를 꺼내었다. 그들 세 사람은 각자 잠자리로 기어들었다. 마지막으로 그가 텔레비전 스위치를 끄기 위해 일어서려는데 또 찌르르릉 전화가 울렸다. 수화기를 든 것은 최씨였다.

"무슨 일예요. 또?"

최씨가 수화기를 내려놓자마자 이선생이 물었다.

"내일 새벽에 고사장 변경 공고문하고 총장님 담화문을 각 단과대학별로 배부해 줄 테니 대기하고 있으라고 그러는구만이라우."

최씨는 쪼구리고 앉아 눈을 끔벅거리며 대답했다.

"아니, 그렇다면 이미 공고했던 시험 장소를 지금 와서 별안간 모두 바꾼다는 얘깁니까?"

"글쎄, 그런 모양인갑소. 그걸 받아서 내일 아침 정확히 여섯 시 반에 건물마다 부착하라는 지시래요. 혹시 그 전에 학생들이 물어보면 아무것도 모른다고 딱 잡아떼라는구만이라우."

"일교시 시험이 아홉 시 정각부터라서 그때까지 미처 변경 사실을 모르는 학생들도 많을 텐데, 꽤 우왕좌왕하겠는걸."

"그러게 말입니다. 하여튼 학교에서는 일단 시험은 예정대로 밀고 나가겠다는 생각인 게지요. 문교부 방침도 요지부동이라니까."

학교로서는 어차피 시험 거부 운동에도 불구하고 학사일정대로 강행할 수밖에 없는 입장일 것이었다. 하지만 응시를 원하는 인원만으로 시험을 치르기 위해서 이미 일주일 전에 공고된 강의실 배정표를 불과 시험 시작 몇 시간 전에 완전히 바꾸어버리기로 했다는 계획은 거의 기습적이라 할 만큼 그에게도 의외의 일로 여겨졌다. 학교로서는 그만큼 긴박한 상황이었겠지만, 그 때문에 생겨날 혼란은 충분히 예상할 수 있는 결과였다. 기어코 시험을 실시하겠다는 입장과 그것을 구호 그대로 '결사반대' 하겠다는 쪽 간에 벌어질 충돌이 염려스러웠다. 이선생이나 최씨의 생각도 역시 비슷한 모양이어서, 그런저런 이야기를 주고받다가 얼핏 잠이 들었다.

얼마나 지났을까.

오줌이 몹시 마려워서 그는 자리에서 일어났다. 최씨는 어딜 나갔는지 잠자리가 비어 있었고 이선생만 코를 골며 곤히 잠들어 있었다. 그는 졸린 눈을 부비며 문을 밀고 방에서 나왔다. 일층 복도는 밤에도 내내 불을 켜놓았으므로 눈이 부시게 밝았다. 복도 맨 끝에 붙어 있는 화장실을 향해 현관문을 막 지나치려 할 때였다. 별안간 요란한 발소리와 함께 현관 유리문이 덜컹 열리며 누군가 다급하게 안으로 뛰어들어 오는 것이었다.

누, 누구요. 움찔 놀라 그 자리에 멈춰 서서 그는 얼결에 소리쳤다. 뜻밖에 최씨였다. 숨이 턱에 닿도록 헐떡이며, 무슨 까닭인지 최씨는 대단히 서둘러대고 있었다.

"무슨 일입니까. 왜 그러세요."

문을 딸각 잠그자마자 벽 쪽으로 급히 몸을 숨기더니, 겁먹은 시선으로 연신 유리창 너머 바깥의 어둠 속을 살피고 있는 최씨에게 그는 다가가서 물었다.

"하아, 하아, 정말 시, 십년 가, 감수했소…… 영락없이 드, 들켜버린 줄만…… 하, 한번 밖을 좀 사, 살펴봐 주, 주시오…… 하아, 하아…… 분명히 누가 바로 드, 등 뒤에서 쪼, 쫓아오는 것 같았단 말이라우……."

그는 유리창 저편 밖을 살펴보았다. 맞은편 화단 끝에 서 있는 가로등의 회부윰한 불빛이 빈 화단을 비추어내고 있을 뿐이었다.

"아무도 없는데요. 쫓아오긴 누가 온다고 그러십니까."

"아, 이걸 좀 보시오. 이걸 뜨, 뜯을라고 A관 앞으로 갔는데…… 마, 마침 아무도 없는 것 같아서 가만히 소리 안 나게 몇 장 뜯고 있는데, 느닷없이 바로 옆 강의실 안에서 하, 한, 놈이 누구얏 소리를 치더란 말이라우…… 그래서 걸음아 날 살려라 하고 도망쳐 오는 길이라니까요."

그제야 그는 최씨의 가슴에 한 아름 안겨 있는 벽보 조각들을 알아보았다. 더러는 찢겨 너덜거리는 그 흰 종이마다엔 검정 파랑 빨강의 굵은 글씨들이 날벌레 떼처럼 새까맣게 달라붙어 있었다. 그는 한동안 어이가 없었다. 자정 넘어서나 벽보를 떼러 나가겠다던 최씨의 말이 그제야 떠올랐지만, 이 대학에서만 십오 년을 보냈다는 그 충직하고 착한 수위 최씨를 무엇이 그토록 형편없이 겁에 질리도록 만들었는지 도통 알 수 없는 일이었다.

"암만해도 한 번 더 다녀와야겠소. 아직도 많이 남아 있는디…… 그리고 이것은 눈에 안 띄게 숨겨놔야 해라우. 혹시 학생들이 이걸 보면 가만히 있을라고 하겠소, 어디?"

최씨는 두려움이 채 가시지 않은 얼굴을 하고 지하실로 내려갔다. 하지만 벽보 뭉치를 지하실 보일러 창고 안에 숨겨놓고 나타난 최씨는 다시 두 번째의 도전을 시도하려는 듯 바깥의 동정을 살피는 기색이었다.

그까짓 벽보쯤 그만하면 되잖겠느냐고 그가 만류했지만, 그래도 뭔가 시킨 대로 했다는 흔적이라도 남겨야 하지 않겠느냐며 최씨는 좀처럼 듣지 않으려 했다.

"참말이지 이것이 무슨 짓거리인지 나도 당최 모르겠소. 빌어묵을 놈의 직장이고 뭣이고 얼른 때려치워야 할 것인디, 나이 사십이 넘도록까지 내가 이것이 무슨 꼴이까이. 허어 참."

최씨는 혓바닥을 차며 문을 열고 밖으로 빠져나가는 것이었다. 그는 현관 유리문 뒤에 서서, 도둑질 나가는 사람처럼 어딘가 어색한 걸음으로 살금살금 화단을 질러가는 최씨를 우울하게 지켜보았다. 올해 고등학교 졸업반인 큰아들이 우등생이라는 점을 입버릇처럼 자랑하면서, 비록 아비는 수위를 하고 있어도 그놈만은 꼭 이 대학의 법대에 보내서 제가 희망하는 판검사가 될 때까지 손톱 발톱이 다 빠지도록 뒷바라지를 해줄 생각이라고, 그런데도 요즘 대학 돌아가는 꼴을 보고 있노라면 행여 그놈마저 그 지경이 될까 싶어 이젠 그게 걱정이노라고 늘상 입맛을 다시던 최씨를 생각하며 그는 문득 한숨을 내쉬었다.

유리창을 촘촘히 내리지른 창살 너머로 멀어져 가는 최씨의 뒷모습이 왠지 쓸쓸해 보였다. 그 순간 불현듯 그는 쇠창살 저편의 어둠속에서 천천히 떠오르고 있는 그 거대한 유리벽을 보았다. 그는 입술을 깨물었다. 무너져야 한다. 모든 것을 추호의 망설임도 없이 완벽하게 두 쪽으로 격리시켜 버리는 저 거짓 언어의 벽은, 저 막막한 불신과 단절과 증오의 벽은……. 왜냐하면 벽은 항상 안과 밖을 동시에 지닌 채 저 스스로 밖이면서 또한 안일 수밖에 없으므로. 그것이 존재하는 한 살아 있는 우리 모두는 어느 누구나 저 유리벽의 폭력 앞에서 안 아니면 밖에 서도록 선택을 강요당할 터이므로. 그리하여 어느 누구나 서로가 서로를 감금하고 또한 서로가 서로에 의해 감금당한 채로 이윽고는 저마다 누군가의 적 아니면 동지, 혹은 친구 아니면 원수가 될 수밖에 없을 터이므로. 그리하여 그것은 끝없이 순환하는 거짓과 폭력의 고리를 이룰 터이므로…….

그는 스스로에게 다짐을 주듯 뇌까려보았다. 하지만 그는 문득 다시금 혼란에 빠져들기 시작하고 있었다. 그렇다면 너는 어디에 있는가. 저 거짓 언어의 벽 어느 쪽에 지금 너는 서 있는 것이냐. 마음속에서 누군가 그렇게 조롱하듯 되물었다. 그는 머리를 저었다. 가벼운 현기증을 느끼며 이마를 창유리에 기대었다. 순간 그는 바로 눈앞 유리창에 비치는 누군가의 얼굴을 발견했다. 그것은 참으로 이상한 모습이었다. 윤곽이 온통 헝크러져 버린 기괴한 얼굴 하나가 볼록거울 같은 창유리 위로 커다랗게 부풀어 올라와서 말없이 이쪽을 쳐다보고 있었던 것이다.

2

비라도 한바탕 뿌리려는가. 어느 때부터인가 어지러이 마른 번개가 치기 시작했다. 무수한 쇠창살들이 촘촘히 내리박혀 있는 숙직실의 넓은 창유리로 섬광이 찰나에 번쩍 판박이 되었다가 사라지고 나면 이내 우르르르 뇌성이 뒤따라 오면서 무섭게 창문을 뒤흔들어 대곤 하였다. 분명 초저녁까지만 해도 별이 총총 돋아나 있는 걸 보았는데, 어느 틈에 하늘 귀퉁이로 비구름이 몰려오고 있는 모양이었다.

산소 용접기의 불꽃처럼 푸르고 날카로운 번개와 요란한 뇌성의 울림 사이사이에 이따금 스산한 바람이 화단의 나뭇가지들을 스치고 달려와 창유리에 세차게 머리를 부딪쳤고 그때마다 창틀이 덜컹대는 소리를 내질렀다. 그는 자꾸만 이불 속에서 몸을 뒤척였다. 한차례씩 마른번개가 채찍을 후려갈기듯 창문을 훑고 지나갈 때마다 흡사 어떤 정체 모를 사내들이 창밖에 지프차를 세워놓은 채 이쪽을 향해 강렬한 헤드라이트 불빛을 함부로 비춰대고 있는 듯한 지독히도 불안하고 섬뜩한 느낌에 그는 몇 번이고 눈을 떠보곤 했다. 그러나 머리맡에는 방바닥까지 길게 늘어뜨려진 커튼이 문틈으로 새어 들어온 바람결에 이따금 먼지처럼 가늘게 출렁이고 있을 뿐이었다.

곁에서는 수위 최씨와 이선생이 곤히 잠들어 있었다. 적어도 한 번쯤 함께 숙직 근무를 해본 사람들 간에는 코고는 소리가 유난히도 요란하고 숨가쁘기로 소문이 나 있는 최씨였지만, 오늘따라 밖의 어지러운 바람소리며 뇌성 탓인지, 그 소리마저 여느 때와는 달리 한풀 꺾여버린 듯한 느낌이었다. 다시 눈을 감고 애써 불편한 잠을 청하던 그는 어느 순간엔가 문득 유리창 밖으로부터 이상한 소리를 들었다. 그것은 분명 인기척 소리였다. 그는 한동안 몸을 웅크린 채 귀를 기울였다. 뭐라고 외치는 듯한 누군가의 음성이 웅얼웅얼 바람결에 실려왔다. 그는 엉거주춤 상체를 일으켜 세운 다음 무릎으로 조심스레 기어 창 쪽까지 다가갔다. 그리고 커튼 자락을 약간 들추고 숨을 죽이며 밖을 내다보았다.

밖은 그다지 어둡지 않았다. 저만치 A관 건물 화단 모서리에 박힌 외눈박이 수은등으로부터 흘러나오는 불빛이 창 바로 앞쪽까지 흐릿하게 기어들어와 있었기 때문이었다. 이윽고 그는 현관 밖 계단 한켠에서 어슴푸레 움직이고 있는 두 사람의 그림자를 발견해 낼 수 있었다. 이쪽으로 비스듬히 등을 돌린 채 계단 위에 나란히 앉아 있어서 확연하게 분간키는 어려웠으나 그들은 등의 윤곽이며 음성으로 미루어보아 남학생들임에 틀림없었다. 그는 팔목을 눈 가까이 대고 시계 바늘을 어렵사리 읽었다. 두 시 반이었다. 이처럼 늦은 시각에 저들은 지금 무얼 하고 있는 것일까. 그는 호기심을 느끼며 엉거주춤한 자세로 창에 얼굴을 붙인 채 한동안 그들을 지켜보았다. 그러는 동안에도 바람은 세차게 들이쳤고 그때마다 창문 앞 후박나무의 넓은 이파리들이 어지럽게 몸을 떨어대곤 하였다.

그들은 무엇인가 서로 알 수 없는 얘기를 주고받고 있는 것처럼 보였다. 지나치게 커다랗게 지르는 목소리며 불분명한 발음 때문에 술에 꽤 취해 있음을 짐작할 수 있었다.

뭐, 패배주의자라구. 날더러? 웃기지 마. 다시 말하지만 그것은 치사한 소영웅주의야 알겠어. 뭐라구. 말 다 했냐. 짜식아 너 정말 꼭 이럴 거야. 해야 할 일이 아직도 얼마나 많은데…… 응.

무슨 뜻인지도 모를 그런 얘기를 그들은 서로 귀머거리에게나 하듯 마구 고함을 지르고 있었다. 그런 어느 순간, 하나가 벌떡 일어서더니 다른 쪽의 어깨를 거칠게 잡아 일으키는 것 같았다. 그러자 이내 둘은 한 덩어리로 엉켜 털썩 땅바닥 위로 나뒹굴며 느닷없이 툭탁툭탁 서로 주먹으로 치고받고 싸우기 시작하는 것이었다. 하지만 둘 다 똑같이 잔뜩 취해 있는 탓인지, 그것은 무슨 싸움질이라기보다는 차라리 씨름을 하고 있거나 격렬하게 서로 포옹을 하려고 승강이를 벌이고 있는 편이 더 나을 것 같은 몸짓들이었다. 한동안 그들의 씩씩대는 거친 숨소리며 뭐라고 고함치는 소리, 그리고 몸을 부딪칠 때마다 억지로 안간힘을 쓰는 소리 따위가 스산한 바람결에 따라 끊어졌다 이어졌다 하고 있었다.

그는 놀란 시선으로 어두운 숙직실 방 안에 쪼그려 앉아서 조금은 기괴하게조차 여겨지는 그 두 사람의 격렬한 몸과 몸의 부딪침을 줄곧 지켜보고만 있었다.

지금 저들은 도대체 무슨 까닭에 저렇듯 싸우고 있는 것인가. 출구를 차단당한 그 어떤 힘과 갈망이 젊은 저들에게서 저처럼 고통스럽고 광기 같기까지 한 몸부림을 불러내고 있는 것일까. 어둠 속에서 그들의 모습은 흡사 창살 안에 갇힌 채 숨을 헐떡이며 몸부림을 치고 있는 두 마리의 상처입은 짐승들 같았다. 그리고 그들의 그 격렬한 몸짓은 헛바닥을 잘리운 자의 고통스런 갈망과 어떤 간절한 절규를 대신하는 수화手話처럼 왠지 참혹하고 처절해 보였다. 분명 그들은 갇혀 있었다. 어떤 거대하고 완강한 폭력과 음모의 벽 속에 일방적으로 감금당한 채 그들은 그렇듯 미칠 것만 같은 몸짓으로 벽 저편과의 통로를, 아니 숨구멍을 찾아 헤매고 있는 것인지도 모른다.

불현듯 그는 후두둑 가슴을 떨고 말았다. 까닭을 알 수 없는 그들의 싸움이 문득 형언키 어려운 절실한 아픔의 덩어리로 그의 가슴을 둔중하게 압박해 왔고, 그 때문에 그 광경을 몰래 훔쳐보고 있는 자신의 행위가 왠지 잔인하고 가증스럽다는 느낌마저 들어 부끄러웠다.

하지만 그들의 싸움은 그다지 오래 계속되지는 않았다. 어느 순간, 한 덩어리로 엉켜 붙어 땅바닥 위를 엎치락뒤치락 뒹굴던 그들 중의 어느 쪽인가가 갑자기 으허헝 하고 발작적인 울음을 터뜨렸고, 이내 그들은 그 자리에 짚단처럼 한데 널브러진 채로 한참 동안이나 꼼짝도 하지 않고 있는 것 같았다. 그 기묘한 싸움이 진행되는 순간에도 그들의 머리 위 하늘 저편으로는 이따금 채찍 같은 번개의 섬광이 어둠 속에 날카로운 상흔을 깊고 뚜렷하게 후벼파 놓고는 언뜻 사라져버렸고 이내 엄청난 뇌성이 사위를 난폭하게 잡아 흔들어대곤 했다. 바람은 차츰 거세어져서 화단의 크고 작은 나무들을 뒤흔들어 놓고 매번 유리창에 머리를 부딪히며 바스라져버렸다. 그는 꽤 오랫동안 어두운 창가에 숨어 밖을 지켜보며 앉아 있었다. 이윽고 한 덩어리로 엉켜 있던 그들은 서로의 몸뚱이를 힘겹게 일으켜 세우더니 위태롭게 휘청거리는 걸음으로 A관 건물 쪽을 향해 멀어져 가고 있었다. 어깨동무를 하듯 서로의 몸을 부축해 주며 수은등 밑을 지날 때 그 둘의 얼굴에서 똑같은 안경알이 나란히 반짝 빛을 반사하는 모양을 그는 보았다. 그들이 노래를 부르기 시작했다. 어둡고 괴로워라. 밤이 길더니……. 그 둘의 모습이 후박나무 이파리 끝에 가려져서 더는 보이지 않게 되었을 때 그는 저도 모르게 긴 한숨을 내쉬며 다시 잠자리로 돌아와 드러누웠다. 마침내 창밖으로 후둑후둑 떨어지기 시작하는 성긴 빗방울 소리가 들려왔다. 그는 이불을 턱까지 끌어올리고 눈을 감았다. 그리고 자꾸만 도망치는 잠꼬리를 잡으려 애쓰며 몸을 뒤척였다.

머리맡에 놓여 있는 전화기의 요란한 벨소리에 그가 눈을 떴을 때는 새벽녘이었다. 최씨가 수화기를 집었다.

"변경된 고사장 변경표하고 공고문을 지금 배부해 줄 테니까 대기하고 있으라는구만이라우."

통화를 마치자마자 일어나 주섬주섬 옷을 챙겨 입으며 최씨가 그렇게 대답했다.

간밤에 대학 본부에서 연락을 해왔던 바로 그 고사장 변경표를 얘기하는 것임을 그는 곧 알아차렸다. 시계를 보았다. 다섯 시 십 분. 여느 때 같으면 한 시간 남짓 더 눈을 붙일 수도 있었을 터이지만 때가 때인지라 잠자리에서 오래 꿈지럭거리고 있을 형편이 못되었다. 최씨가 방문을 열고 밖으로 나가자 그는 잠시 후 이선생과 함께 일어나 이부자리를 걷고 옷을 찾아 입었다. 좀체 잠을 이루지 못해 뒤척이다가 늦게서야 겨우 눈을 붙인 탓인지 몸이 찌무룩하니 무거웠고 하품이 연신 새어나왔다.

그는 커튼을 걷어내고 창밖을 내다보았다. 뜻밖에 비는 이미 멎어 있었다. 제법 큰비라도 한바탕 몰아올 것처럼 퍽 요란스럽던 간밤의 천둥과 바람은 고작 한때의 소나기를 흩뿌린 정도로 그치고 만 모양이었다. 비가 멎은 교정엔 대신에 안개가 엷게 깔려 있었다. 새벽녘의 차고 눅눅한 대기 속으로 희부옇게 녹아 흐르고 있는 그 엷은 안개의 막은 사위의 고요함 때문에 더욱 세상이 얼핏 물속 깊은 밑바닥에 가라앉아 있는 듯한 막막함과 답답함을 느끼게 했다. 그는 창문을 열고 차가운 대기를 맞아 심호흡을 했다. 바깥의 눅눅한 공기가 가슴 속으로 스며들어왔다.

문득 물기에 젖은 화단의 나무 이파리 사이로 저만치 자동차 한 대가 나타나더니 현관으로 들어오는 길목에서 멎었다. 학교 본부의 검은색 승용차였다. 현관 문에서 그때까지 기다리고 있던 참이었던지 최씨가 급히 그쪽으로 뛰어나가는 모습이 보였다. 승용차에서 한 사내가 내렸고, 그자는 최씨와 한동안 무슨 얘기를 주고받는 듯하더니, 이내 최씨의 팔에 한 뭉치의 종이묶음을 안겨주고는 다시 차에 올라 맞은편 사범대학 건물을 향하고 바삐 사라져버렸다. 그는 최씨가 받아 안고 오는 그 종이 꾸러미가 필시 그 고사장 변경표일 것임을 짐작했다.

"이걸 정확하게 여섯 시 정각이 되면 A관 게시판이랑 복도에 붙이라는구만요. 시간을 꼭 지켜야 된다고 누누이 당부를 합디다."

숙직실로 돌아온 최씨가 시계를 들여다보며 그렇게 말했다. 아마도 학교 내 모든 건물의 수위들에게 그와 똑같은 지시가 내려진 모양이었다. 일이 이렇게 되면 중간고사를 거부하고자 하는 학생들과 또 반대로 그것을 기어코 예정대로 강행해 나가려는 학교 측 간의 충돌은 어차피 어떤 식으로든 피하기가 어렵게 되었음을 그는 예감했다.

"지난 밤엔 A관 쪽은 조용했습니까? 내 보기에는, 철야농성치고는 꽤나 얌전해서 별다른 일은 없었을 듯한데……."

갓 배달되어진 조간신문을 들여다보고 있던 이선생이 물었다.

"조용하다니라우. 나도 그런 줄만 알았등마는, 새벽에 본부 유리창이 여남은 장이나 박살이 났다더구만요."

"그래요?"

이선생이 퍽 놀란 시늉을 했다. 최씨는 그 얘기를 방금 벽보를 가져왔던 본부 직원에게서 들었다고 했다. 새벽 세 시쯤엔가 육칠 명이 몰려와 느닷없이 돌멩이를 내던져 1층 유리창을 깨뜨려놓고서 재빨리 달아나버렸다는 것이었다. 돌멩이를 싼 겉 종이쪽에는 오늘부터 시행할 예정인 중간고사를 결단코 거부하겠다는 내용과 더 이상 총학생회장 선거를 방해하려 들지 말라는 등의 몇 가지 요구사항이 적혀 있었다고 했다.

"그렇다면 이거 뭔가 문제가 있겠구먼. 그렇잖아요 김선생님. 암만해도 오늘 한바탕 일이 터질 것 같다니까요. 생각해 보세요. 무슨 일이 있어도 시험을 치르겠다는 게 학교 방침인데, 그걸 아이들이 그냥 얌전히 팔짱 끼고 앉아서 구경만 하고 있을 턱이 만무하지 않습니까."

이선생은 오히려 뭔가 신나는 일이라도 터졌으면 싶은 투였다.

여섯 시가 가까워오자 최씨가 벽보뭉치와 그것들을 붙일 접착 테이프 따위를 들고 밖으로 나갔다. 그는 창가에 서서 안개 속으로 사라지는 최씨의 뒷모습을 한동안 물끄러미 지켜보고 있었다. 차츰 사위가 밝아져 오며 아침 해가 둥두렷이 떠오르고 있었다. 하지만 그는 왠지 가슴이 답답해져 오는 느낌이었다. 그것은 어쩌면 눈앞의 엷은 안개 탓인지도 모른다. 안개 속에서 세상의 모든 사물은 제 모습을 스스로 해체시켜 버린 채 좀처럼 뚜렷한 윤곽을 드러내 보이지 않고 있을 뿐이었다. 저마다의 형체를 그렇듯 애매하고 혼란스레 은폐시키고 마는 희뿌연 안개의 막과 마주 서 있어야 한다는 것은 두려운 일이었다. 문득 그 안개 저편으로부터 노랫소리가 되살아나기 시작했다. 그것은 A관 건물 쪽으로부터 들려오는, 여럿이 입을 모아 부르는 경쾌하고 빠른 곡조의 노래였다.

교문 앞 식당에 전화로 주문한 국밥을 숙직실에서 이선생과 함께 몇

숟가락 뜨고 나서 그는 2층에 있는 학과 사무실로 올라갔다. 우선 출입문과 창문을 모두 열어젖히고 환기를 시킨 다음 수도꼭지를 틀어 세수를 했다. 여느 직장 같으면 숙직을 끝낸 다음 날 오전엔 집에 들어갔다가 나올 수도 있을 터이지만, 웬일인지 이 대학에선 그런 배려가 애초에 허용되어 있지 않았다. 때문에 아침은 으레 식당에 주문을 하거나 아니면 우유와 빵 한 봉지로 대충 끼니를 때워야 했고, 내의나 양말은 별수 없이 이틀씩 착용한 채 퇴근시간까지 견뎌야만 했다. 당연히 그런 날은 온종일 피곤하고 기분이 개운치 못했다. 더더구나 요즘처럼 뻔질나게 비상근무 지시가 떨어지는 경우엔 여간 귀찮고 고통스럽지가 않았다.

오래 빨지 않아서 냄새마저 풍기는 수건으로 얼굴의 물기를 훔쳐내며 돌아서던 그는 무심코 창밖으로 시선을 모았다. 화단을 돌아 현관으로 이어진 콘크리트 길을 걸어 이쪽을 향해 오고 있는 교수들의 모습이 눈에 띄었다. 출근버스가 도착한 모양이었다. 벌써 시간이 그리되었나 싶어 시계를 보니 아직 여덟 시도 채 안 된 시각이었다. 평시보다 한 시간이나 이른 셈이었다. 그제야 그는 비상근무 탓으로 출근시각이 한 시간씩 앞당겨진 사실을 상기했다. 그는 창가에 비껴서서 저만치 한꺼번에 무리를 지어 걸어오고 있는 그들의 모습을 한동안 말없이 내려다보았다.

그들은 삼삼오오 어깨를 나란히 한 채 서로 아침인사를 주고받으며 걸음을 옮겨오고 있었다. 그중엔 대학 강단을 삼십여 년 넘도록 지켜오느라 머리가 희끗희끗해진 노교수도 있었고, 아직 가슴팍은 꼿꼿하고 발걸음도 경쾌한 청년 학자들도 있었다. 하나같이 흰 와이셔츠에 넥타이를 단정히 졸라매고 어디 한 구석도 흐트러짐 없는 차림을 한 그들의 걸음걸이는 당연히 경박하지 않아 안정감을 주고 있었고, 얘기를 나누는 태도 역시 알맞게 점잖고 알맞게 기품이 있어 보였으며, 진지하고 나직한 음성으로 이따금 얘기 사이사이에 적절히 터뜨리는 그들의 웃음은 가히 이 땅의 최고 지성인이라는 신분에 어울리고도 남음이 있을 만큼 품위가 있었다. 그들 대부분은 저마다 지금껏 쌓아왔고 앞으로도 변함없이 꾸준히 쌓아가리라 스스로 믿고 작정한 훌륭한 지식과 빛나는 연구 업적의 무게만큼이나 묵직한 가방을 한 손에 들고 지금 위엄 있는 걸음을 옮겨 천천히 각자의 연구실을 찾아 다가오고 있었다. 누가 뭐래도 그들은 대부분이 아마 자기의 책무에 충실한 사람들이리라. 교수로서, 학자로서, 또 강단에서나 연구실의 책상 앞에서나, 그들은 틀림없이 충실하고 성실하게 저마다의 의무에 몸바쳐 왔으며 또 앞으로도 그러하리라고 믿고 또한 작정하고 있는 터일 것이었다. 어쩌면 바로 그런 변함없는 충실함과 성실함이 오늘도 그들로 하여금 이제는 어느덧 익숙해져 버린 비상근무 지시에도 별다른 거부감 따위는 느낄 겨를이 없이, 여느 날보다 한 시간 일찍 가방을 들고, 한 시간 먼저 집을 나와서, 한 시간 앞당겨 운행되는 통근버스에 올라, 한 시간 빨리 출근하도록 만든 것인지도 모른다.

그렇지만 실상 여전히 변함없는 그들의 성실함과 참으로 무관하게 그들의 대학은 어느 사이엔가 너무도 많이 달라져 가고 있다는 것을 그들은 부인할 수가 없을 것이었다. 그들의 성실성과 충실이라는 미덕은 학생들의 눈엔 지식인의 나약함 혹은 어용작태 정도로 비치고 있었고, 거꾸로 그들 학생들에겐 소수의 문제 혹은 과격 학생 따위의 선명한 딱지가 붙여져 있었다. 그 때문에, 이 땅엔 실천하는 스승, 용기 있는 교수가 없다고, 고로 우리는 진정으로 존경을 바칠 만한 스승을 갖지 못했노라고 한쪽에서는 슬퍼하고 있었으며, 반대로 다른 한쪽은 그들대로, 아무리 급박한 현실 탓이라지만 그래도 겸손하고 진지한 눈빛의 제자, 진정으로 사랑을 나눠줄 만한 학생들은 더 이상 찾아보기가 어려워졌노라고 한탄을 늘어놓는 사람도 적지 않았다. 결국 양쪽은 똑같이 서로 잃어버리고 말았다는 상실감에 아파하고 있었고 또한 그것은 어느 정도는 사실일 수도 있었다. 하지만 그들과 그들의 대학이 사실은 한 운명으로 어떤 보이지 않는 거대한 벽의 실체에 의해 함께 갇혀 있다는 사실을 기억하고 있는 사람은 막상 그다지 많지 않은 듯싶었다. 스승과 제자, 친구와 친구, 동료와 동료라는 단순한 관계마저도 철저히 파괴시켜 버리는 엄청난 폭력의 횡포에 자신들이 함께 짓눌려 있음을, 그리하여 저 교정 외곽을 포위한 체제의 거대한 벽 속에 갇힌 채, 그들로 하여금 서로에게 서로의 상실을 강요하고 있는 그 가증스런 폭력의 실체가 무엇인가를 확실히 깨닫고 있는 사람도 또한 많지 않았다. 그들의 대학은 더 이상 오월의 풀밭처럼 싱그럽고 청순한 처녀의 땅도 아니었고, 맥아더조차 끝내 교문 안에는 발을 딛지 못한 채 철수했다는 전쟁 후 동경대학의 전설 같은 일화 따위나 들먹이고 있을, 그런 진리 탐구의 성역일 수도 없게 된 처지였다. 이제 황폐한 교정엔 진리의 모래알 대신 최루탄의 분말과, 카키색 파편과, 뽑혀 나온 안전핀과 굽 높은 발자국과, 깨어진 기름병의 유리조각들만 지천으로 널려가고 있었고, 대낮에도 쇠사슬까지 동원해서 완강하게 잠가놓은 육중한 철제 교문은 어느덧 최루탄과 페퍼포그와 돌멩이와 화염병으로 시꺼멓게 그을리고 일그러진 채 흉물스럽고 추하기 그지없는 몰골로 변해 버린 지 이미 오래전이었다. 결국 어느 쪽이거나 그들 모두는, 그리고 대학은 수문이 막힌 강물처럼 벽 속에 갇혀 있었다. 흐름을 멈춘 물은 부패하기 시작하고, 그 부패한 물 밑바닥으로부터 마침내 왜곡되고 뒤틀린 무수한 언어들이 출구를 잃고 유독한 기포가 되어 수면 위로 부글부글 끓어오르기 시작하고 있는 것이었다. 그리하여 그 고인 물속에 갇힌 그들은 자칫

서로의 아픔만을 투사하며 끊임없이 피를 흘리기도 했다. 그 까닭에 때로는 어찌 보면 그것은 정작 대상이 뒤바뀌어 버린 끝없는 소모전이거나 하릴없는 자해행위같이 여겨지기조차 하는 것이었다.

똑똑똑.

문득 노크 소리가 들렸다. 그는 고개를 돌렸다. 아주 천천히 문이 반쯤 열리더니 서른대여섯 살가량 되어 보이는 웬 낯선 사내의 얼굴이 주저주저 이쪽을 들여다보고 있었다.

"저어, 말씀 좀 묻겠습니다. 혹시 박교수님 계신 디가 맞습니까요."

사내는 여전히 들어오지 않고 목만 집어넣은 채로 문밖에서 말했다. 허름한 곤색 잠바 차림에 얼굴은 햇볕으로 까맣게 그을려 있는 땅땅한 체구의 사내였다.

"교수님은 안 계십니다만, 무슨 일로 찾으십니까?"

그는 문 쪽으로 다가갔다. 의외로 사내는 혼자가 아니었다. 그의 등 너머로 또 다른 사내의 얼굴이 보였고 그 옆에는 시골티가 완연한 오십 대 가량의 여자가 서 있었다. 박교수가 어제부터 학회 참석차 출장 중이라는 대답에 땅땅한 몸집의 사내는 잠시 난감한 표정을 지었다.

"학생과로 갔더니 지도교수 선생님을 만나 뵙고 가라고 해서 왔는디, 그라믄 오늘은 어차피 못 오시겠구만요."

그는 유난히 쑥스러워하며 쭈뼛대는 그들을 일단 연구실 안으로 들어오게 한 다음 소파에 앉기를 권했다.

"저어, 혹시 교수님께서 아시는지 모르것습니다마는, 유생필이라고……"

사내는 허리를 곧추세운 채 긴장한 얼굴로 그를 쳐다보았다. 그는 우선 자기는 교수가 아니라 T학과의 조교로 일하고 있다는 사실을 밝힌 다음, 그 학생을 잘 알고 있노라고 대답했다. 그러자 사내는 자신이 생필이의 매부 되는 사람이며, 옆자리의 조금 마른 편인 사내와 또 그 옆의 늙수그레한 여자가 바로 생필의 큰형과 어머니라고 설명을 했다.

아. 그러셨군요. 그제야 새삼스레 그는 고개를 숙였는데, 오히려 당황해서 황황히 인사를 받느라 쩔쩔맨 쪽은 그들이었다. 생필이라면, 얼굴이 좀 검은 편이고 유난히 눈매가 날카로운 3학년 남학생이었다. 학내의 각종 행사에 적극적으로 뛰어들어 앞장을 서곤 하는, 말하자면 소위 운동권 학생 가운데서도 꽤나 열심이었다.

"그런데 무슨 일로 이렇게 학교까지 나오셨습니까."

직감적으로 퍼뜩 전해 오는 게 있었지만 그는 반신반의하며 물었다.

"우리는 시방 생필이 그놈을 잡을라고 시골에서 예까정 쫓아 올라왔어라우."

매부라는 사내가 대뜸 그렇게 대답했다. 그러고는 흡사 우리에서 뛰쳐나온 망아지를 잡으려고 달려온 사람처럼 두 손을 꽉 움켜쥐는 시늉까지 했다. 일순 그 곁에 앉은 생필이의 어머니와 형의 표정이 금방 어두워져 버렸다. 그는 그제야 세 사람의 얼굴을 자세히 뜯어볼 수 있었다. 생필이의 형은 왜소한 몸집을 한 사내였는데, 무엇 때문인지 잔뜩 겁을 집어먹은 듯 굳은 표정을 하고 있었고, 생필의 어머니는 얼핏 나이를 짐작하기 힘들 만큼 겉늙어 뵈는 얼굴이었다. 그녀는 낡고 꾀죄죄한 잿빛 치마 저고리 차림이었는데 때묻은 소매 사이로 드러난 손등은 소나무 등걸처럼 온통 거친 주름과 못 박힌 투성이었다. 그렇듯 초라한 몰골이기는 두 사내 역시 마찬가지였다. 금방 밭일을 하다가 불려나온 사람들 모양 그들은 모두 하나같이 후줄근하고 꾀죄죄한 입성을 하고 있었다. 사내의 얘기를 들어보니 과연 그의 추측이 그다지 빗나간 것은 아니었다.

그들 식구가 맨 처음 소식을 전해 들은 것은 바로 어제 오후라고 했다. 시월도 중순에 접어든 즈음이라 마을의 대부분의 집들은 벼베기를 이미 끝냈고 더러는 탈곡까지 마친 터였지만, 그들은 어제 아침부터서야 비로소 늦은 벼베기를 시작했던 참이었다. 점심을 먹고 나서서 마지기 논을 반쯤 베어 나가고 있을 때 자전거를 몰고 이장이 들녘까지 쫓아 나왔다. 무슨 일인지는 모르겠으나 면 지서에서 생필의 형과 모친을 급히 찾는 전화가 왔다고 했다. 해 지기 전까지 남은 벼를 마저 베려면 그렇잖아도 일손이 달리는 형편이었지만 어쩔 수 없이 그들은 허겁지겁 지서로 달려가 볼 수밖에 없었다.

"지서 순경이 하는 말이, 우리 생필이가 시위 주동자라는 연락이 위에서 내려왔다더구만이라우. 아이고, 그 소리를 들으니께 대번에 억장이 꽉 막히는 것 같습디다. 제 놈 하나 어떻게 대학 졸업을 시켜볼라고, 밑구녕 찢어지는 살림에 시방까지 어머니랑 나랑 얼마나 애를 써왔는디, 아 그 쓸개빠진 놈이 데모는 무슨 놈의 데모란 말입니까이."

생필의 형이 처음으로 입을 열었다. 어려서 부친을 잃은 탓에 자신이 집안에선 아버지 몫을 해야 한다고, 그래서 더욱 생필이한테는 마음을 써왔다며 떨리는 음성으로 말했다. 그러면서도 지금껏 애써 눌러왔던 불안과 분노를 자제하기 어려운 듯 무릎에 놓인 손을 연신 쥐었다 폈다 하고 있었다.

순경은 생필이가 하는 짓이 얼마나 큰 범죄인가를 설명해 주었으며, 자칫하면 제적을 당하는 것은 물론이고 만일 실형을 받아 전과자로 낙인이라도 찍히게 되는 날엔 생필이의 남은 인생이 얼마나 험하고 비참하게 변해 버리고 말 것이라는 점까지 친절하게도 일일이 귀띔을 해주었다. 그리고 늦기 전에 직접 가족들이 Y시로 곧장 올라가서 생필이를 데리고 고향으로 내려오는 게 좋을 것이며, 되도록이면 이 기회에 군대를 보내든지 아니면 휴학을 시키는 게 생필이를 위해서도 현명한 방도가 되리라는 얘기도 덧붙여 주었다.

"다행히 데모가 오늘 오전경에나 있을 것이라고 합디다. 그런디, 우리 생필이가 앞장을 설 것이라는 사실까장 어떻게 된 셈인지 환히 다 알고 있더구만요."

지서에서 나오자마자 그들 모자는 마침 급한 김에, 면 소재지에서 살고 있는 딸에게 달려갔다. 그리고는 비교적 세상 물정에는 밝은 편인 생필이의 매부에게 앞장을 서달라고 해서 그 길로 Y시로 뛰어 올라왔던 것이다.

"그 자식이 미친 놈이어라우. 저까짓 것이 뭘 안다고 겁 없이 덤벙대고 돌아다니꺼시요이."

매부라는 사내는 슬쩍 이쪽의 눈치를 살피며 그렇게 말했다. 지금껏 혼자 땅이 꺼져라고 한숨만 내쉬고 있던 생필이의 어머니는 한층 고통스런 표정이 되었다.

"그란께 말이네, 그래도 인제는 어른이 된 나이인디, 저까장은 다 무신 생각이 있고 판단이 있어서 그렇것제마는……"

그래도 그녀는 막내를 믿고 두둔하고픈 눈치인 듯했다.

"아따, 어머니도 참. 저까짓 놈이 생각은 무슨 놈의 생각이라요? 하여간에 내 이놈의 자식을 만나기만 해봐라. 당장 멱살을 잡아채 갖고 집으로 끌고 가서 다리 몽댕이를 분질러놓든지 해야제. 원!"

"어허. 그래도 이따가 만나면 너무 호되게 굴지는 말어. 그러다가 정말로 젊은 혈기에 잘못되거나 하면 어쩔라고 그러는가?"

이번엔 오히려 매부가 생필의 형을 달래는 소리를 하고 있었다.

"빌어묵을 자식. 지금껏 저 밑으로 들어간 돈이 얼마간디, 하라는 공부는 안 하고 무슨 엉뚱한 짓이여? 아니, 설혹 데모를 하더라도 남들 하는 뒤만 그냥 따라다님서 하면 또 어떻간디, 저가 앞장을 서? 더 똑똑하고 잘난 놈들도 다 잠자코 있는디, 어디 저 혼자 그런다고 이 썩은 놈의 세상이 뭐, 금방 어떻게 될 성이나 싶은가? 내, 원."

"이보게. 그래도 생필이 처남이 보통 젊은이들하곤 달라."

"암, 똑똑한 걸로 치자면 생필이만 한 놈도 없지라우. 고등학교서 연대장까지 했고, 또 대학교에 와서도 똑똑하니까 저가 앞장을 스것이지라우."

그들의 곁에서 생필의 어머니는 넋 나간 얼굴로 멍하니 창밖을 응시하며 앉아 있었다. 시상에. 이거이 뭔 일이까이. 고등학교 때만 해도 그렇게 착실하고 공부밖에 모르던 순해빠진 자석이 대체 뜬금없이 어쩌다가 이 지경이 돼부렀는지 모르겠구마이. 그녀는 혼자 넋두리처럼 뇌까리고 있었다.

어젯밤 아홉 시가 넘어서야 Y시에 도착한 그녀는 사위와 큰아들을 따라 막내가 혼자 방을 얻어 자취를 하고 있는 집으로 달려갔다고 했다. 하지만 아들은 없었다. 문엔 열쇠가 채워져 있었고 아궁이엔 연탄불도 꺼진 채로였다. 주인 여자의 말로는, 거의 매일같이 아들의 방으로 친구들이 드나들었고, 때로는 밤 늦게까지 여럿이서 무얼 하는지 방에 불이 켜 있는 날이 많았다고 했다. 그러다가 일주일 전부터는 아예 집에 들어오지도 않았다는 것이었다.

아참, 안 그래도 오늘 아침에 웬 낯선 남자들 셋이 찾아왔었어요. 뭘 조사할 게 있다면서 방문을 열고 들어가더니 안을 꼼꼼히 살펴보고 돌아가는 눈치더라구요. 그나저나, 서에서 나왔다기에 엉겁결에 열쇠를 내주긴 했는데, 암만해도 내가 잘못한 게 아닌가 모르겠어요.

주인 여자는 마치 생필이가 무슨 엄청난 죄를 짓기나 한 듯 잔뜩 겁을 먹은 얼굴이었다. 언젠가 텔레비전에서 본 것 같은 무시무시한 범죄의 모의장소로 자기 집 셋방이 쓰여진 건 아닌가, 그리고 그 때문에 공연히 자기들에게까지 무슨 화가 미치지 않을까 해서 불안해하는 눈치가 역력했다.

생필이 학생은 참 무던하고 착실해 뵈던데, 참 모를 일예요. 얌전히 한 해만 지내면 곧 졸업을 할 거고, 좋은 회사에 취직해서 그동안 뒷바라지 해준 어머님도 한번 호강시켜 드리고, 그래얄 것 아녜요? 거, 모두가 친구들을 잘못 사귄 탓이라구요. 요즘엔 대학생들 중에도 빨강물이 든 학생들도 더러 있다고들 이따금 신문 방송에도 나오지 않던가요?

주인 여자는 그런 소리까지 해서 그녀를 더더욱 조바심치도록 만들었다.

그들 셋은 집을 나와, 골목 어귀 멀찌감치 바라다뵈는 길가에 지켜서서 생필이가 돌아오기를 기다렸다. 행여 그들이 찾아온 걸 미리 알고 녀석이 오던 길로 돌아가 피해 버리고 말지도 모른다는 생각에서였다. 하지만 아들은 좀처럼 나타나지 않았다. 그녀는 길가 어느 집 담 밑에 쪼그리고 앉아 다른 사람이 볼세라 끝없이 눈물만 훔쳤다. 일찍 남편을 여의고 혼자 세 아이를 키워내기까지 지금껏 지내온 인생이 자꾸만 한스러워졌고, 이러다가 막내아들을 잃어버리는 건 아닌가, 생각하기조차 엄청난 어떤 죄목에 묶여 아들은 영영 일생을 망치게 되는 건 아닌가 하는 두려움으로 가슴이 무너져 내리는 것만 같았다.

막내아들에 거는 그녀의 기대는 유난히 컸었다. 농사라고 해야 그들 네 식구의 입이나 겨우 가릴 형편에, 그것도 첫째도 아닌 막내를 대학에 보낸다는 일은 감당키 어려웠다. 하지만 막내는 기특하게도 늘 우등상을 타왔다. 읍내에서 고등학교를 마치고 도회지의 국립대학에 합격했을 때 온 동네는 경사가 난 것처럼 떠들썩했고, 그녀 역시 그 뒷감당할 일이 꿈만 같았지만 내심으로는 아들에 대한 자랑스러움에 얼마나 흐뭇했었는지 모른다. 오냐. 손톱 발톱 다 빠지도록 일하면 설마 너 하나쯤 대학 졸업 못 시키랴. 이 막막한 촌구석에서 흙만 파먹고 사는 일을 너는 벗어나거라. 그래서 내 자식도 어디 한번 도회지에서 양복에 넥타이 매고 남들처럼 허여멀쑥한 얼굴로 살아가게 해보자꾸나. 허리가 휘도록 들일을 하면서도 그녀는 늘 그런 혼자만의 욕심으로 입술을 깨물곤 했던 것이다. 그런데 이젠 어쩌면 그 모든 게 모조리 물거품이 되고 말지도 모른다는 불길한 예감에 붙잡힌 채 그녀는 담벼락 밑에 쪼그려 앉아 자꾸만 몸을 떨었다.

하지만 그녀는 막상 아들이 무슨 일을 하고 있는지, 또 그것이 정말로 그렇게 엄청난 죄인지 어쩐지조차도 전혀 분간할 만한 능력도 재주도 없는 한낱 무지렁이 시골 아낙네에 지나지 않았다. 다만, 자칫하면 영영 일생을 그르치게 될 거라는 순경의 얘기, 그리고 주인 여자의 그 빨강물 운운하던 대목만으로도 분명히 아들에게 뭔가 엄청난 일이 벌어지고 있음에 틀림없다고 그녀는 막연하게 추측할 따름이었다. 그러는 동안에도 낯선 도회지 사람들은 수없이 그녀의 앞을 스쳐 지나가고 있었다. 그 많은 행인들의 모습을 지켜보며, 도대체 저렇듯 평온하고 별탈 없이 살아가는 것처럼 보이는 사람들도 많은데, 어쩌자고 아들은 저 혼자 세상의 물결에 감히 거슬러 올라가려고 하는 것인지, 설사 그것이 옳고 타당한 일이라고 치더라도 저 혼자 몸 다치고 신세 그르치고 나서야 무슨 소용이 있다고 그러는 것인지, 그녀는 도통 알 수가 없어서 연신 한숨을 내쉬고 눈물을 찔끔거리곤 했다.

아들은 끝내 열두 시가 넘어서도 돌아오지 않았다. 결국 그들 셋은 기다리는 걸 단념하고 가까운 여인숙에서 눈을 붙이다가 답답하고 불안한 아침을 맞았다. 그러고는 아침을 먹는 둥 마는 둥 한 채 곧장 학교로 찾아온 것이었다.

문득 창밖이 소란해지는 느낌이었다. 둥둥 깨깨깽, 꽹과리 소리, 북소리, 노랫소리…… 그는 이제 마악 A관 쪽으로부터 맞은편 사범대학 쪽으로 행진해 가는 꽤 많은 수효의 학생들을 보았다. 순간 생필이의 형과 매부가 자리에서 발딱 일어나 고개를 뽑아들고 창밖을 내다보느라 발끝을 세웠다. 생필이의 어머니도 뒤늦게야 엉거주춤 일어서서 고개를 갸웃거렸다. 그는 그들 세 사람의 얼굴이 일시에 하얗게 굳어가는 모습을 똑똑히 지켜보았다.

"저, 저거이 뭣이다요. 드디어 지금부터 시작하는 게 아닙니까?"

겁먹은 표정으로 형이라는 사내가 신음을 하듯 중얼거렸고, 입을 따악 벌린 그녀는 별안간 허둥대기 시작했다.

"혹시 우리 생필이가 저 속에 있지 않겠습니까, 선생님?"

"아이고. 여기서 이러고 있을 때가 아닌갑구만. 어서 가봐야제. 늦으면 큰일이여, 큰일."

매부가 다급하게 일어서자 다른 두 사람도 덩달아 문밖으로 나가려 했다.

"아니, 학과장님이라도 만나보시겠다더니, 그냥 가시겠습니까."

"아닙니다. 그럴 시간이 없겠구만요. 어서 가봐야겠어라우. 일이 터지기 전에 붙잡아서 그놈을 끌고 내려가야 한다고라우."

"어서 와. 빨리 빨리!"

그들은 인사를 하는 둥 마는 둥 정신없이 허둥거리며 문을 열고 복도로 몰려 나갔다. 이내 황황히 계단을 뛰어 내려가는 소리가 들렸고, 그들은 현관문을 나서자마자 화단 사이로 난 작은 통로를 질러 좀 전에 행렬이 사라진 쪽을 향하고 종종걸음을 치고 있었다.

그는 창가에서 그들의 뒷모습을 우울하게 내려다보았다. 사내들의 허름한 잠바와 시골 아낙네의 쪽찐 머리 그리고 때묻고 꾀죄죄한 치마

저고리가 까닭없이 그의 눈을 시리게 했다. 그는 길게 한숨을 내쉬었다. 불현듯 그는 지금 저만치 우스꽝스레 허둥대며 멀어져 가고 있는 그 평범하기 그지없는 시골사람들의 등 너머로 천천히 모습을 드러내고 있는 거대한 벽의 실체를 또다시 확인하고 있었다. 그것은 예의 그 거짓된 폭력의 벽이었다. 이 땅의 우리 모두를 폭력과 기만의 사슬로 꽁꽁 결박시켜 놓은 채로 우리 모두를 서로에게서 완벽하게 격리시키고, 서로에 대한 불신과 증오만을 배태시켜서 끝내는 가장 보편적인 인간과 인간의 관계마저도 철저히 그리고 꾸준하게 유린해 가고 파괴해 가고 말 가증스런 음모의 벽, 바로 그것이었다. 그리하여 바로 그 벽 속에 생필이의 가족들 역시 갇혀 있는 셈이었다.

이윽고 그들의 모습은 맞은편 현대식 건물의 우람한 기둥에 완전히 가리어져 버렸다. 그는 말없이 책상 앞에 돌아와 앉았다. 아홉 시 십 분 전. 마침내 시험이 시작될 참이었다.

3

시험은 예정대로 아홉 시부터 각 고사장에서 일제히 시작되었다. 그는 열한 시에 시작되는 3교시부터 감독관으로 들어가도록 되어 있었으므로 아직 여유가 있는 셈이었다.

첫째 시간이 끝나자 감독관으로 들어갔던 교수들과 조교들이 옆구리에 답안지 봉투를 하나씩 끼고 돌아오는 모습이 보였다. 원래 감독관들이 회수해 온 답안지는 일단 각 단과대학 교무과로 수합된 다음, 이삼일 지난 후에야 비로소 각 교과목 담당교수의 손에 돌아가게 되고 그때부터 정작 채점이 시작되는 것이 관례였다.

각 고사장 감독관들이 별다른 이상 없이 답안지를 회수해 오는 걸로 보아서는 우려했던 것과는 달리 첫 시간의 시험은 그런대로 무사하게 치러진 듯했다. 얼마 후에, 교무과에서 집계해 보았더니 응시율이 칠십 퍼센트 정도에 지나지 않았다는 소문이 들려오긴 했지만 어쨌든 그 정도의 결시율은 예상했던 터였다. 하지만 사실은 그게 아니었음을 그는 곧 알게 되었다. 시험 거부 움직임을 주도하는 학생들은 벌써 첫째 시간부터 고사장 입구마다 지키고 서서, 시험을 치르기 위해 강의실로 들어가려는 학생들을 막을 계획을 세워두고 있었다고 했다. 그러나 기미를 미리 알아차린 학교 당국에서는 재빨리 이날 새벽에 기습적으로 모든 고사장을 변경시켜 버렸고, 그 바람에 학생들 사이에 혼선이 빚어져서 막상 첫 시간은 어느 곳에서고 별다른 충돌 없이 넘어갈 수가 있었던 것이었다. 그리하여 급기야 일이 터진 것은 두 번째 시간이 바로 직후인 오전 열 시 오 분경이었고, 그 첫 번째 발단은 교양과정부 건물 앞 광장에서였다.

열 시 오 분.
도서관을 마주 보고 있는 교양과정부 4층 건물 앞 광장은 별안간 늘어나기 시작한 인파로 잔뜩 붐비기 시작했다. 광장 중앙은 물론이고 주변 화단의 잔디밭에까지도 수많은 학생들이 웅성거리며 모여 서서 한결같이 현관 쪽을 지켜보고 있었다.
흰색 페인트로 산뜻하게 단장된 눈앞 4층 건물의 맨 아래층 현관 입구 계단엔 제복 차림의 수위 십여 명이 이쪽으로 얼굴을 향한 채 일렬 횡대로 늘어서 있는 모습이 보인다. 두 번째 시간 시험이 시작된 지 정확히 오 분이 지난 시각이다. 감독교수들은 이미 시험지를 가지고 고사장에 들어가 있었고, 미리 해당 강의실을 찾아 들어와 자리에 앉아 기다리고 있던 학생들만으로 이제 마악 시험을 치르고 있는 상황이었다.
광장에 모여 서성거리고 있는 학생들은 저만치 강의실 유리창 안쪽에서 책상에 앉아 답안지를 들여다보며 앉아 있는 또 다른 학생들의 모습을 한동안 불만과 조금은 조바심에 찬 시선으로 착잡하게 올려다보고 있었다. 광장의 그들로서는 다 함께 거부하기로 한 시험을 지금 저희들끼리만 얌체같이 들어가서 치르고 있다는 데에 대한 불만과, 다른 한편으로는 행여 이러다가는 팬시리 결시한 자신들만 일방적인 피해를 당하게 되는 건 아닐까 하는 조바심으로 불안해하고 있었다. 더구나 이날 아침 교내 곳곳에 나붙은 교수회의의 결의문에는, 무척 강경한 기세로, 금번 중간고사는 응시자만을 대상으로 성적 평가를 할 방침이며 결시자에 대해서는 교칙대로 전원 영점 처리를 할 것이라는 구절이 분명히 들어 있었기 때문이었다.

"저럴 수가 있나. 저 애들은 뭐야. 어째서 저 안에 들어가 앉아 있지?"

"즈이들만 시험을 보고 학점을 받아야겠다는 심보지 뭐겠어. 이기주의자들!"

"배신자, 쓸개도 없는 족속들야."

"죽든 살든 끝까지 행동 통일하기로 해놓고 이제 와서야 저희들만 슬쩍 빠지겠다니, 말도 안 돼."

"야, 어쨌든 저걸 막아야 할 것 아냐. 이러다간 공연한 우리들만 억울하게 당하는 건 아닐까?"

광장 쪽은 저마다 강의실 안쪽의 '변절자'들에 대해 분개하고 있었다. 더구나 그들의 수효가 의외로 이쪽보다 훨씬 더 많아 보인다는 사실 때문에 당황해하는 눈치가 역력했다.

―에, 학생 여러분. 어서 고사장으로 돌아가 시험을 치르기 바랍니다. 에에, 이미 발표했듯이 이번 중간고사는 단 한 명의 응시자만으로도 평가를 내릴 방침임을 이 자리에서 에, 분명하게 밝혀드립니다.

문득 확성기를 통해 누군가의 목소리가 들려왔다. 학생들의 시선이 일제히 현관 입구의 돌출된 계단 위로 집중한다.

학생과장 K교수가 확성기를 쥔 채 계단 위에서 거듭 설득조로 소리치고 있고 그 주위로는 제복 차림의 수위들과 몇몇 교수들이 현관문을 가로막고 서 있는 모습이 보인다. 그런 일에는 으레 불려나와 곤욕을 당하는 데에 이미 이력이 나 있는 수위들이지만 이날은 워낙 많은 수효의 학생들 앞에 서 있으려니 어쩔 수 없이 겁이 나는 모양이다. 그들의 얼굴은 하나같이 누렇게 질려 있고 자세는 어느 때보다도 더 딱딱하게 굳어 있다.

대략 이삼십여 명 되어 보이는 교수들은 대부분 어쩔 도리 없이 그 자리에 나오기는 했지만 어차피 그처럼 곤란한 일까지 자신들이 나서서 손수 맡을 수야 없지 않겠느냐는 듯한 어정쩡한 표정을 한 채, 현관에서 저만치 떨어진 화단가에 그들끼리 엉거주춤 모여 있다. 그래도 비교적 분주하게 이리저리 뛰어다니며 만일의 경우를 대비하는 쪽은 이런저런 보직을 맡고 있는 교수들이다.

"이봐, 오선생. 조교 선생들 중에서 아직까지 안 나온 사람은 없어?"

학생과장 K교수가 ㅂ학과 조교 곁으로 다가오며 묻는다. 그 역시 잔뜩 긴장해서 어딘가 허둥대고 있는 기색이다.

"글쎄요. 제 보기엔 다 모인 모양입니다만……."

그러자 학생과장 K교수는 한쪽에서 어정거리고 있는 칠팔 명의 조교들을 손짓해 부른다. 그때까지 한켠에서 돌아가는 눈치만 살피고 있던 조교들이 그의 앞으로 모여들었다.

"ㄱ학과, ㅁ학과, ㄹ학과가 왔고 에, 또 ㅂ학과, ㅅ학과, ㄷ학과……."

K교수는 수첩을 들여다보며 하나 하나 점검해 나간다. 명단을 미리

준비해 왔던 모양이다.

"가만 있자. 조교 선생들 중 세 명이 빠졌잖는가. ㄴ학과 양선생하고 ㅍ학과 최선생, 그리고 ㅊ학과도 없군. 이 사람들 어딜 갔는지 아는 사람 없소?"

누구도 얼른 대답을 못하고 우물쭈물하자 이내 K교수의 얼굴이 벌겋게 달아오르며 대단히 화난 표정으로 바뀐다. 이렇게 다급한 상황에 도대체 어딜 쏘다니는 거야, 이 사람들 정신 나간 친구들 아냐, 어쩌고 큰소리로 투덜대는 그의 살찐 볼따구니가 연신 씰룩거리고 있다.

"최선생은 방금까지 여기 있었는데…… 어딜 갔을까?"

조교 하나가 조금은 주눅이 든 기색으로 주변을 살피는 시늉을 했고,

"체, 이번에도 또 빠졌구먼. ㄴ학과 양선생은 꼭 이런 때만 되면 안 보이더라."

하고 또 다른 조교는 그 틈에도, 무슨 연유에선지 모르지만, 그 자리에 없는 동료 한 사람을 겨누고 찍는 소리를 던진다. 이윽고 K교수는 수첩을 접더니 그들을 휙 둘러보며 격앙된 어조로 내뱉었다.

"그나저나 여러분들은 여기서 뭘하고 있는 거요? 시험을 방해하려는 학생들이 강의실로 밀고 쳐들어가려고 한다는데, 그걸 빨리 막아야 하지 않겠소?"

"수위 아저씨들이 저렇게 서 있지 않습니까, 과장님."

"그러니까, 수위들한테만 떠맡겨 놓은 채 뒷짐이나 지고 구경하고 있을란다 이 말이오 지금? 아니면, 우리 교수들더러 아예 팔뚝 걷어붙이고 직접 나서라는 얘기요?"

"아니 저, 그런 뜻이 아니라……."

"아니긴 뭐가 아뇨. 조교 선생들처럼 젊은 사람들이 몸으로라도 막아야 하는 게 당연하잖소. 그게 조교 선생들의 첫 번째 임무가 아니냔 말

요. 내 말이 어째 틀렸소? 어서 저 앞에 나가 서 있으라구."

안경 너머로 눈알을 부라리며 그렇게 함부로 내뱉듯 하고 나서 K교수는 홱 몸을 돌이키더니 저쪽으로 휘적휘적 걸어가 버렸다.

"젠장할. 자기 혼자 무슨 충성이라구. 아니 우리들은 뭐 자기 집 머슴 놈들이나 되는 줄로 아나."

"놔둬요. 마르고 닳도록 해먹으려면 그 정도는 해야겠지 뭐."

"아아, 억울하면 출세하쇼. 이게 어디 어제 오늘만 당하는 일인가."

그들은 모두 일그러지고 부어터진 얼굴로 K교수의 뒤통수에 대고 저마다 작은 소리로 한마디씩 투덜거리면서도, 결국 도리 없이 수위들이 서 있는 현관 계단 쪽으로 어슬렁어슬렁 걸음을 옮겨가고 있었다.

이윽고 현관 쪽에서 시끄러운 소리가 들려오기 시작한다. 현관문을 통해 고사장 안으로 들어가려는 한 무리의 학생들과 한사코 길을 막고 서 있는 수위들 및 몇몇 교수들 간에 약간의 승강이가 오가고 있는 참이다. 대열 맨 선두엔 확성기를 든 청바지 차림의 남학생이 구호를 외치고 있고 다른 목소리들이 그에 합세한다. 필사적으로 들어가려는 측과 그것을 완강하게 막으려는 측 사이의 밀고 당기기가 계속되는 동안 누군가의 선창에 따라 학생들이 노래를 부르기 시작한다.

삼천만 잠들었을 때 우리는 깨어, 허이 허이…… 노래와 함께 그들은 서로서로 어깨동무를 하고 원을 만들어 천천히 하나 둘 뛰어 들어오면서 원은 차츰 더 크고 넓어져서 빠르게 돌아가기 시작하고, 그에 따라 노래 역시 더 힘차게 빨라져 간다. 그러나 그들을 지켜보는 현관 계단 위 사람들의 표현은 오히려 딱딱하게 굳어가면서 주위는 불안과 긴장감으로 점점 부풀어가는 느낌이다. 손가락 깨물며 맹세하던 날…… 그렇게 노래가 이어져 가던 어느 순간, 원 외곽의 회전 속도가 급작스레 빨라지더니 돌연 그 원의 한 축이 덜컥 무너지면서 돌출된 대열의 선두가 눈 깜짝할 새에 궤도를 이탈해 곧장 현관 유리문을 향하고 돌진해 들어갔다. 두 개의 힘이 완강하게 충돌한 것도 바로 그 순간이다.

유리문이 떨어져 나갈듯 우지끈 우지끈 흔들리고, 으잇샤 으잇샤 하는 함성 소리, 뭐라고 날카롭게 외치는 소리, 잡고 뿌리치고 밀고 당기는 손짓과 몸짓, 그리고 그들을 보고 뒤쪽에서 보내는 환호와 박수 소리…… 대형 유리문을 사이에 둔 채 흡사 한바탕 커다란 싸움판이 벌어진 듯한 느낌이다. 처음엔 막고 밀어내는 수위들의 힘도 만만치는 않았으나 밀고 들어가려는 수효가 워낙 많았으므로 어차피 승부는 뻔한 것이었다. 어쨌든 양쪽의 힘이 맞부딪친 그 순간부터 갑자기 불똥이 튀기듯 격렬한 몸과 몸의 부딪침으로 바뀌어져 버리고 말았다. 그 북새통에 수위들 뒤에 서 있던 교수들 중엔 몸이 저만치 팅겨져 나가 하마터면 넘어질 뻔한 사람도 있고, 아예 서너 걸음쯤 뒤로 떠밀려 가면서 볼품없이 팔을 허우적거리며 고함을 질러대는 사람도 있다. 그동안 밀고 들어가는 쪽이나 막으려는 쪽이나 흥분이 절정으로 치달아 오르고 말았다. 단숨에 벌렁 뒤로 떠밀린 교수들은 그처럼 자기들에게조차 거침없이 몸으로 밀고 들어오는 학생들의 무례하고도 난폭한 행동을 도저히 스승으로서 더 이상 방관할 수 없노라는 사명감 내지는 의무감까지 동원하여 벌겋게 흥분해 버렸고, 학생들은 또 그들대로 지금 교수들이 자신들의 외로운 앞길을 그렇듯 자발적이고도 적극적으로 나서서 가로막고 방해하고 있다는 사실에 대해 무섭게 분노하고 있었다. 어쩌면 그 순간만은 한쪽의 눈에는 모조리 어용교수만 보였고, 반대로 다른 쪽의 눈엔 깡그리 불량스럽고 막돼먹은 학생들만 보였는지도 모를 일이다. 어쨌든 그들은 모두가 상대쪽에 대해, 스스로도 까닭을 알 수 없는 엉뚱한 분노와 적의에 사로잡혀 허둥거리고 있었다.

"교수님. 왜 앞길을 막으시려는 겁니까?"

"자네야말로 대체 왜 이러는가. 자네들이 시험을 거부하겠다면 할 수 없는 일이지. 그렇지만 응시를 원하는 다른 학생들을 방해할 권리는 자네들에겐 없어."

"왜 없습니까. 전체가 다 이번 중간고사를 거부키로 결정했는데……."

"누구 맘대로 결정을 해? 결정을 내린 건 필시 자네들 몇 명뿐이겠지."

"아닙니다. 일단 전체 의사로써 거부키로 합의했으니 누구든 그대로 따라야 할 것 아닙니까."

"안 된다니까. 몇 번이나 말해야 알아들어?"

"왜 안 됩니까. 우리는 좋아서 뭐, 이러는 줄 아세요? 우리는 밖에서 이러고 있는데 저희들만 시험을 보겠다니, 나쁜 자식들."

"나쁜 쪽은 오히려 자네들야. 왜 선량한 학생들에게까지 방해를 놓으려는 거야."

"교수님! 제발, 이러지들 맙시다. 학생회장 선거를 방해한 건 학교 쪽에서 먼저였잖습니까?"

"무슨 소리야 그건."

"제 말이 틀렸습니까. 그럼 왜 하필 우리가 정해 놓은 총학생장 선거 기간 동안에 중간고사를 치르겠다는 겁니까?"

"이봐. 내 말 좀 들어봐. 중간고사 기간은 학기 초에 이미 정해져 있던 거야."

"거짓말입니다. 원래의 학사 일정표대로 한다면 시험은 내주부터 시작해야 맞는다구요. 쓰발."

"뭐, 뭐? 자네 지금 뭐라고 했지? 듣자듣자 하니까 이 녀석이, 누구한테 욕을 해!"

흥분한 교수가 남학생의 어깨를 덥썩 잡아 흔들어댄다.

"뭐라구? 이런 기막힌…… 자네, 이름이 뭐얏, 어느 학과 소속야?"

"놓으란 말예요, 이것 놔요!"

학생은 빠져나가려고 몸을 마구 비틀어대고 두 팔을 허우적거리기 시작한다. 그걸 본 다른 학생들이 그쪽으로 우르르 몰려들었다.

"뭐야 뭐. 어째서 멱살을 잡고 그러는 거요, 지금?"

"아니, 교수라고 해서 학생을 멋대로 구타해도 좋다는 법이 있나? × 같이 말야."

"뭐가 어쩌구 어째. 너 이 자식! 지금 너 뭐랬어!"

우우. 더 많은 수효가 그쪽으로 몰려온다. 흥분한 대로 흥분한 교수가 이번엔 곁에서 시비조로 거들고 나선 또 다른 남학생의 멱살을 와락 움켜쥐고 흔든다.

"넌 누구야? 너 같은 놈도 대학생이냐? 응?"

"어어. 이거 말로 합시다. 정말 이래도 되는 겁니까?"

멱살을 잡힌 쪽은 빠져나가려고 버둥질을 친다. 그러다가 무심코 마구 휘두른 주먹이 엉뚱하게 교수의 옆구리를 세차게 때리고 말았다. 그 바람에 얻어맞은 쪽은 머리끝까지 분노해 버렸다. 그동안에도 구경꾼들은 더 많이 몰려들었고, 그걸 말리려고 다른 교수들도 허겁지겁 달려 왔다. 하지만 그 북새통에 누굴 말리고 구해 내고 할 겨를도 없이 오히려 그들마저 한 덩어리로 휩쓸린 채 이리저리 밀려 다니기 시작한다.

"아니, 세상에, 이럴 수가 있담. 신성한 대학에서 이게 무슨 꼴들이야!"

"이놈들아. 사일구 때는 이러지 않았다. 이 못된 놈들아아."

그 광경을 지켜보며 한 교수는 하릴없이 발만 동동 굴러댈 뿐이다.

"어용교수 물러가라."

돌연 누군가 외쳤다. 그러자 여기저기에서 다양한 구호가 터져나오기 시작한다. 중간고사 거부한다. 어용작태 해명하라아. 우리는 온몸으로 우리의 학원을 사수한다. 사수한다아.

어느 틈에 광장의 인파는 훨씬 더 불어나 있었다. 도서관과 교양과정부 건물 사이의 넓은 공간은 때 아닌 난장이 들어선 것처럼 북적이는 인파로 와자지껄 소란스럽고 갈수록 부산하게 꿈틀거리기 시작한다. 현관 계단 근처엔 이쪽저쪽 분간할 수도 없을 만큼 한 덩어리가 된 사람들이 밀고 당기기를 계속하고 있고, 여기저기서 어지러이 터져나오는 구호와 고함소리로 가득 찼다. 그 틈에 일단의 학생들이 현관 측면을 통해 수위들의 저지선을 뚫고 건물 안으로 들어가는 데 성공했다. 그들은 일제히 복도로 돌진해 들어가더니 각기 2층 3층 4층으로 뿔뿔이 흩어져서 강의실 문을 닥치는 대로 열어젖히고 들어갔다.

맨 처음으로 표적이 된 곳은 2층 첫 번째 칸인 201호 강의실이다.

쫘당, 문이 세차게 열리는 순간, 시험을 치르고 있던 학생들의 안색이 삽시간에 허옇게 질려버렸다. 감독관인 L교수 역시 그 자리에 굳어버린 채 입을 벌리고 멍멍하니 그들을 쳐다보고 있을 뿐이다.

"여러분. 이거 뭡니까. 혼자만 살겠다고 몰래 슬쩍 들어와서 시험을 보다니, 부끄럽지도 않습니까?"

"학생회는 누구를 위한 것입니까, 여러분. 우리가 누굴 위해 시험을 거부하기로 했습니까, 네?"

뛰어 들어온 대여섯 명의 남학생들이 앞에 우뚝 버티고 서서 그렇게 벼락같이 호통을 친다. 그 음성은 배신자들을 향해 심판을 내리듯이 무척 준엄하고 단호하다. 답안지를 앞에 놓고 앉아 있던 오륙십 명가량의 수효가 일시에 모두 빳빳이 굳은 채 누구 하나 입술도 벙긋해 보지 못한다. 이 순간 그들은 죄인이다. 그들은 스스로 떳떳하지 못한 짓을 했다는 생각 때문에 잔뜩 풀이 죽어 있다. 이내 심판자들은 누구를 가릴 것도 없이 눈에 뵈는 대로 답안지를 함부로 빼앗아 그 자리에서 발기발기 찢어내기 시작한다. 몇몇은 그걸 보고 놀라 엉겁결에 답지를 급히 감추기도 했고, 또 더러는 책상 위에 그대로 둔 채 일어나버리기도 했다. 우당탕 우당탕. 곧 책상이 뒤엎어지기 시작하고 여학생들은 비명을 지르며 강의실 밖으로 급히 쫓겨 나갔다.

"이, 이게 무슨 짓들인가 응?"

두꺼운 안경을 쓴 Y교수는 얼이 빠진 듯 하릴없이 소리친다. 순식간에 고사장은 엉망이 되었고, 계획대로 일을 마친 그들 '특공대'는 이번엔 다음 강의실을 찾아 우르르 몰려나가 버린다. 이어 2층의 다른 강의실에서도 와당탕 와당탕 책상 나동그라지는 소리가 들려온다. 그 모두가 대단히 짧은 동안에 벌어진 일이었다.

"교수님, 우리들은 이제 어떡하죠?"

"시험은 그래도 계속 봅니까?"

한동안 먹먹하니 교단 위에 서 있던 Y교수는 그제야 고개를 세운다. 강의실은 한바탕 돌풍이 쓸고 지나간 뒤처럼 어수선하기 그지없는 풍경이다. 제멋대로 흐트러지고 넘어뜨려진 책상들, 바닥 곳곳에 밥알처럼 허옇게 널려 있는 답안지의 잔해, 이러지도 저러지도 못하고 엉거주춤 벽에 기대어 서 있는 학생들 서넛, 그리고 한 여학생이 책상에 엎드려 쿨적쿨적 울고 있는 모습도 보인다.

"교수님, 이 답안지는 어떻게 해야 됩니까."

Y교수는 답안지를 손에 쥔 채 한결같이 겁먹은 표정으로 자신의 눈앞에 서 있는 학생들을 비로소 발견한다. 그들은 그 소란 속에서도 요행으로 답지를 빼앗기지 않은 학생들이다. Y교수는 얼른 정신을 수습한다. 어차피 이런 분위기에선 시험을 계속하기란 틀린 일인 것이다.

"아참, 답안지. 좋아요. 그건 모두 나한테 지금 제출하세요."

"어머. 난 아직 두 문제밖에 풀지 못했는데."

"난 이름도 아직 못 썼어요. 맨 뒷자리에 있었거든요."

"괜찮아요. 그렇지만 여러분들은 조금도 걱정할 필요 없어요. 여러분들은 분명히 이 과목의 시험을 치렀으니까, 결시한 학생들하고는 당연히 구별되어 유리한 평가를 받을 겁니다. 그게 학교 방침이니깐. 자, 어서 답안지에 학번과 이름만 정확히 기입해서 제출하세요."

그러자 비로소 안심한 듯 여럿이 다투어 답안지를 그의 손에 쥐어주고 나간다. 하지만 시험을 끝냈다는 안도의 표정이나 웃는 얼굴은 아무에게서도 찾아낼 수가 없다. 정말 이걸로 해서 시험을 치른 셈인가, 또 교수의 말을 그대로 믿어도 좋은 건가 미심쩍어하면서 뭔가 찜찜하고 불편한 기색들이다.

"교수님. 전 어떡하면 좋아요. 아까 그 애들이 답안질 빼앗아가 버렸어요."

"저두 마찬가집니다. 답지랑 문제지까지 몽땅 채갔습니다."

"아직 한 문제도 미처 못 풀었는데, 그 애들이 이렇게 박박 찢어버렸어요."

어느 여학생은 발기발기 찢긴 종이 조각을 한움큼 Y교수의 코앞에 펼쳐 보이며 얼굴을 잔뜩 찡그린다. Y교수로서도 이런 경우엔 어떻게 해야 할지 퍽 난감하다. 그러나 만일의 사태가 발생할 경우엔 응시자들의 입장을 최우선으로 보호해 주도록 하라는 학교 당국의 지시를 얼른 상기해 낸다.

"그럼 그 찢어진 답안지라도 이리 제출해요."

누더기가 된 답안지를 한 움큼 쥔 여학생을 의아한 낯빛으로 그것을 교탁 위에 놓았고, 교수는 그걸 손바닥으로 다리미질을 하듯 대충 반듯하게 펼쳐본다. 다행히 네 조각뿐이므로, 돌아가서 테이프로 잘 붙여 보면 어찌 되겠지 싶은 모양이다.

"안 돼요, 교수님. 전 찢어진 조각조차 없는 걸요."

"저도 그래요. 너무 무서워서 돌려달라고 할 수도 없었어요."

"허참. 그럼 어떡한다? 내게도 이젠 남은 답지가 더 이상 없는데."

Y교수는 잠시 궁리한다.

"좋아요. 하여튼 여러분은 걱정할 필요는 없어. 내가 종이를 줄 테니까, 답안지가 없는 사람은 여기에 소속 학과하고 학번, 성명을 기입해서 내게 제출하도록."

"교수님, 그렇게만 해도 학점을 받을 수 있을까요?"

"그건 염려 말라니까. 여러분들은 분명히 시험 거부자가 아니니까 당연히 학점을 받을 권리가 있다구."

"이름만 적어 내두요?"

"그렇대두. 시험 거부자는 모두 영점 처리할 거야. 그게 학교 방침이라구. 암."

답안지조차 없는 학생들은 그래도 여전히 안심이 안 된다는 듯한 표정이긴 하지만, 어쨌든 Y교수가 급히 자기 수첩에서 찢어진 종이쪽에 차례대로 각자의 이름을 적어 넣는다. 그동안에도 다른 이웃 강의실에서는 한참 요란한 소음이 터져나오고 있는 참이다. 우당탕 우당탕 책상이 넘어지는 소리. 와아아 함성소리. 두두두두…… 다급한 발소리. 얼핏 무슨 때 아닌 운동회가 실내에서 벌어지고 있는 듯한 갖가지 소음들이 강의실마다 전염병처럼 차례차례 번져가기 시작하고 있었다.

2층 205호 강의실에선 사십대 초반의 여교수와 젊은 전임강사가 함께 시험을 감독하고 있다. 옆 강의실에서 들려오는 요란한 기척에 뭔가 심상찮은 일이 닥쳐오고 있음을 짐작하고 그들은 긴장된 시선을 주고

받으며 초조하게 책상 사이를 서성거리고 있는 참이다. 칠십육 명의 응시 예정자 가운데 입실을 완료하고 시험지를 배부받은 학생은 모두 사십삼 명이었다. 비교적 저조한 응시율인 셈이다. 학생들 역시 책상 앞에 앉아 연신 불안한 시선으로 교수의 눈치를 살피고 있다.

그때 마침내 강의실 앞쪽 문이 덜커덩 열렸고, 안에 있는 모두의 철렁한 눈길이 일제히 그곳으로 몰렸다. 남학생 하나가 먼저 거침없이 뛰어 들어오더니 의외로 아무 말도 없이 책상과 책상 사이로 난 통로를 재빠르게 돌아다니기 시작한다. 여교수는 그가 손에 무엇인가를 들고 흔들어 뿌리고 있음을 알았다. 그것은 정구공을 담는 길쭉한 원통형의 깡통인 듯싶었는데, 거기에서는 둥글고 예쁜 공 대신에 송화가루 같은 연두색 뽀얀 분말이 풀풀풀 쏟아져 나오고 있다. 그것들이 강의실 바닥과 책상 위로 뭉텅뭉텅 흩뿌려져 쌓이는 동안 학생들은 일제히 손으로 코, 입을 감싸쥔 채 자리에서 일어나 황황히 강의실을 빠져나가기 시작하고 있다. 시력이 나쁜 편인 여교수는 뒤늦게야 그것이 무엇인가를 깨달았다.

"여, 여봐요, 학생. 이게 무……."

이게 무슨 짓예요, 라고 말하려던 순간 그녀는 헉 하고 입을 다물었다. 숨통이 칵 막혀왔기 때문이다. 고춧가루를 한입 가득 들이마신 것같이 눈물 콧물이 핑 솟구치고 얼굴이 따끔거려 오면서 도저히 눈을 뜰수가 없다. 억억, 구역질과 함께 기침까지 캑캑 해대며 고통스러워하는 그녀를, 앞서 날쌔게 혼자 강의실을 빠져나갔다가 다시 돌아온 젊은 전임강사가 부축해서 복도로 급히 데리고 나갔다.

"최루탄입니다. 전경들이 쏜 불발탄을 주워온 모양이죠. 원, 아무리 그렇다지만, 그걸 저희들 손으로 저희가 공부하는 강의실에 뿌리다니……." 젊은 강사는 연신 눈물 콧물을 줄줄 흘리며 그렇게 말했다.

복도는 이미 벌집을 쑤셔놓은 꼴이다. 콜록콜록 기침을 하고 재채기를 토해 내는 사람, 아예 털썩 주저앉아 눈물 콧물로 범벅이 된 채 울음을 터뜨리고 있는 여학생들…… 같은 층의 십여 개 강의실에서 한꺼번에 쏟아져 나온 사람들이 눈도 제대로 뜨지 못한 채 서로 먼저 빠져나가기 위해 밀고 밀리느라 아우성이다. 그런데 놀랍게도 그 지경에서도 상당수의 학생들은 손에 답안지를 챙겨들고 우왕좌왕하고 있다. 시험 시작 십 분 만에 그 꼴이 되었으므로 그들 대부분이 미처 답안지에 손도 대보지 못한 채로일 것임은 뻔하다. 어쨌든 그런 판국에도 악착같이 학점에 매달리는 그들의 집착력은 무서울 정도다.

"답안지에 학번과 이름만 적어서 제출하면 된대."

"진짜? 우리는 그런 얘기도 못 들었는데."

"아냐. 응시자는 일단 모두 구제를 받을 수 있다고 했어. 너도 빨리 적어서 내. 교수가 가기 전에."

그 틈에도 학생들은 소속과 이름만 기입된 빈 답지를 급히 교수에게 제출했고, 교수는 연신 징징 울어대면서도 그것들을 회수했다. 그런 한편에서는 그 답안지마저 기어코 빼앗으려는 쪽과 그걸 쉽사리 빼앗기지 않으려는 쪽 사이에 군데군데 실랑이가 벌어지기도 했다. 그중 몇몇 여학생들은 제법 눈치 빠르게도 답안지를 가슴에 숨기고 급한 김에 화장실로 뛰어 들어갔다. 그녀들은 그 안에서 급히 이름을 적어 넣기도 하고 더러는 문제를 풀어 서로서로 도와가면서 답을 써넣기도 했다. 하지만 화장실조차 전혀 안전한 공간이 아님을 그녀들은 이내 깨달았다. 덜컹 문이 열리며 확성기를 쥔 남학생이 불쑥 들어섰기 때문이다. 정신 없이 쓰고 있다가 미처 비명을 질러볼 사이도 없이 그녀들은 답안지를 간단히 빼앗겼다.

"어머, 돌려줘요."

"세상에. 이런 법이 어딨어요."

발만 동동 굴러대는 그녀들의 눈앞에서 여자용 화장실 문이 거칠게 닫혔고, 남학생은 그 노획물을 쥐고 다시 복도로 달려가 버렸다.

3층의 303호 강의실은 합동 강의실이라고 불리는 대형 강의실이다.

한꺼번에 이백여 명을 수용할 수 있을 만큼 넓은 그 강의실에 앉아 있는 학생은 고작 사십여 명에 지나지 않았다. 감독관은 세 명으로, 교수 두 사람과 조교 한 명이었는데, 그들은 맨 아래층과 2층에서 소동이 벌어지는 동안 약 삼사 분 정도의 시간을 벌 수가 있었으므로, 그 사이 신속하게 학생들의 답안지를 모두 회수하는 데 성공했다. 그리하여 아래층에서부터 숨을 헐떡이며 와와 소리와 뛰어 올라온 일단의 학생들이 출입문을 열어젖혔을 때는 이미 강의실 안에 있던 응시자들 대부분이 빠져나가 버린 직후였다. M학과 조교인 전선생은 문이 열리기 바로 직전, 회수한 답안지 묶음을 저고리 안주머니에 아슬아슬하게 집어넣었다.

문을 박차고 쏟아져 들어온 학생들은 한동안 텅 빈 강의실을 어리둥절해서 들여다보다가 슬금슬금 물러났다. 그들 감독관 세 사람은 그 사이 복도를 조심조심 빠져나왔다. 교수 두 사람이 앞장을 섰고 그 몇 걸음 뒤를 조교가 따랐다. 봉투 때문에 불룩 튀어나온 앞가슴을 애써 감추면서 조교는 시치미를 떼고 내심 조마조마해하면서 북적이는 학생들과 매운 공기를 뚫고 걸음을 옮기기 시작한다. 올해 서른한 살이며, 박사 과정에 적을 두고 있는 중인 그 조교는 용케 복도 중앙에 있는 계단까지는 무사히 통과할 수 있었다. 그러나 양복 차림의 그를 어느 틈엔가 학생들은 알아보았다. 계단을 마악 내려서려는 찰나, 누군가 그의 팔을 양쪽에서 홱 나꿔챘고 그는 불시에 결박당한 꼴이 되었다. 이내 웬 손 하나가 그의 불룩한 가슴 안으로 쑥 들어오는가 했더니 영락없이 봉투를 잡아 빼는 것이었다.

"이, 이게 뭐야. 놔! 안 놀 거야?"

조교는 반사적으로 봉투를 움켜쥔 채 버둥거린다. 바로 그 순간 느닷없는 주먹이 휙 날아들었다. 조교는 아이쿠 비명을 지르며, 불이 반짝 켜졌다가 꺼진 듯한 충격과 함께 한쪽 볼따구니를 감싸쥐고 그 자리에 폭삭 주저앉았다. 그러나 그는 곧 벌떡 일어섰다. 어느 틈에 그들은 봉투를 빼앗아 들고 이미 날쌔게 도망친 뒤였으므로 그는 얼굴조차 확인해 보지 못했다. 다만 저만치 달아나는 맨 나중 녀석의 뒤통수가 얼핏 보인 듯했으므로 그는 무섭게 흥분해서 뒤쫓아 달리기 시작한다.

"서라! 거기 안 설 거야! 이 개××들."

그러나 2층까지 허둥지둥 달려 내려오는 사이에 끝내 놓쳐버리고 말았다. 그는 하릴없이 아직 얼얼한 볼을 쓰다듬으며, 행여 누가 그 부끄러운 장면을 보지 않았을까 싶어 내심 걱정이 태산 같다. 하지만 주위의 그 많은 분들이 훤히 지켜보았을 것임은 자명한 일이었으므로, 조교는 새삼 분하고 억울한 생각에 연신 입술을 꾹꾹 짓씹기도 하고 주먹도 불끈불끈 쥐어본다. 이 녀석들, 어디 내 손에 잡히기만 해봐라. 최루탄 가스 탓인가, 조교는 까닭 모르게 빙글 눈물이 돌 뻔해서 혼자 그렇게 씨부렁대었다.

광장에선 한동안 밀고 당기느라 줄다리기를 끝낸 학생들과 교수들이 지금 마악 현관을 통해 꾸역꾸역 밖으로 빠져나오는 또 다른 학생들과 교수들의 모습을 쳐다보고 있다.

희극도 비극도 아닌, 줄거리조차 거의 이해하기 어려운 기기묘묘하고 애매한 영화 관람을 마치고 어두운 영화관에서 금방 빠져나오는 사람들처럼, 그들 모두는 저마다 퍽이나 복잡하고 얼떨떨한 표정들을 하고 어정어정 밖으로 쏟아져 나오고 있었다. 정말이지 그들의 얼굴 표정은 각양각색이다. 뭐가 그리 재미있는지 더러는 깔깔깔 웃음을 터뜨리는 얼굴이 있는가 하면, 죄지은 사람 모양 고개를 떨구고 땅만 내려다보는 심각한 표정도 있고, 눈물 콧물로 범벅이 된 채 아직도 통통 부은 토끼 눈으로 훌쩍대는 쪽도 있다. 안타까워 발을 구르는 여학생 옆에서 더러는 강의실에서 벌어졌던 얘기들을 신이 나서 떠들어대는 남학생도 있다. 교수들은 하나같이 침통한 낯빛을 하고 학생들 틈에 섞여 하나둘 걸어 나오고 있다.

"아이구, 윤교수님, 애쓰셨소이다." 광장에 서 있던 교수가 방금 현관을 빠져나온 동료 교수를 맞이했다.

"이게 무슨 꼴입니까. 대관절 이런 판국에 시험을 치른들 무슨 의미가 있겠습니까."

매운 가스를 몇 모금 마시고 나온 쪽이 대뜸 볼멘소리를 한다.

"글쎄올시다. 이게 어찌된 지경인지 나도 잘 모르겠습니다."

"허참. 난세구만, 난세야."

두 사람은 새삼스레 땅이 꺼져라고 한숨을 내쉰다.

—여러분, 여기를 잠깐 주목해 주십시오—

그때 문득 누군가가 확성기를 잡고 현관 계단 쪽에서 소리를 친다. 광장의 수많은 시선들이 그쪽으로 일제히 쏠렸다. 거기, 흰 머리띠를 질끈 동여맨 남학생이 우뚝 서서 이쪽을 향해 확성기를 휘둘러대고 있는 모습이 보인다. 여러분. 여길 보십시오. 지금 제가 손에 들고 있는 이것이 무엇인지 아시겠습니까. 그는 확성기를 잡지 않은 나머지 손을 번쩍 치켜올리며 비장한 어조로 소리쳤다. 호기심이 담긴 시선들이 곧 그의 손에 쥐어져 있는 하얀 종이쪽을 발견해 낸다.

—여러분. 이건 보시다시피 시험 답안집니다. 제가 왜 이걸 들고 나온 줄 아십니까. 음악과 1학년 김향심 양과 생물학과 유길자 양. 이 두

여학생은 그래도 시험을 보겠다는 일념 하에 화장실까지 몰래 들어가서 정신없이 문제를 풀고 있다가 우리들에게 적발되었습니다. 여러분. 이럴 수가 있습니까아. 꼭 이렇게까지 해야 되겠습니까아.

엉뚱하게도 절규하듯 외치는 소리에 이내 와르르르 한꺼번에 웃음이 터져나온다. 손뼉을 두드리며 재미있어하는 쪽도 있고, 야 그건 좀 너무했다, 유치한 짓 집어쳐라 하고 야유를 보내는 쪽도 있다. 교수들 역시 어이없다는 투로 더러는 웃고 만다. 그러나 그도 잠시뿐, 힘찬 구호와 함께 광장은 다시금 술렁이기 시작한다. 중간고사 거부한다. 총학생회 선거 방해 말라. 어용교수 물러가라. 학원은 우리 힘으로 사수하자…….

한편 저만치 도서관으로 통한 길 한켠에선 또 다른 기묘한 실랑이가 벌어지고 있었다. 누가 거기까지 불러왔는지는 몰라도 영업용 택시 한대가 뒷문을 열어둔 채 학교 본부로 이어져 있는 큰길가에 정지해 있고 그 주위를 꽤 많은 학생들이 한무더기로 빙 둘러싸고 있는 참이다.

"가만, 저기선 또 무슨 일이 벌어진 거야?"

조금 떨어진 곳에 서 있던 학생들은 문득 호기심에 찬 눈길을 그쪽으로 돌린다.

"누가 택시에 학생을 강제로 태워서 끌고 가려는 것 같은데."

"그래? 거, 짭새가 들어온 것 아닐까?"

"가보자!"

대여섯 명의 남학생들이 서슬이 퍼레져서 우루루 달려갔다. 그런데 막상 가까이 가보니 어딘가 좀 이상한 분위기다. 모두들 빙 둘러서서 무엇인가를 얌전히 구경하고 있는 낌새가 암만해도 형사가 나타난 것 같지는 않다. 쫓아갔던 학생들 역시 무슨 영문인가 싶어 발끝을 세우며 사람들 틈으로 머리를 집어넣는다. 택시 뒷문을 열어놓은 채 두 사람이 한참 실랑이를 벌이고 있는 참이다.

"이 자식아. 제발 내 말 좀 들어라. 응."

"안 돼요, 아버지. 아버지야말로 제 말씀 좀 들어보시라니까요, 네."

"오냐. 백번 천번이라도 들어줄 테니 일단 나랑 고향으로 내려가잔 말이다."

"안 돼요, 아버지. 제발."

두 사람은 저마다 간절한 투로 그런 얘기를 옥신각신 주고받고 있다. 뚱뚱한 몸집의 사내는 오십이 약간 넘어 뵈는데, 안경을 걸쳤고 허름한 잠바 차림이다. 사내는 자기 딸인 듯싶은 한 여학생의 팔목을 완강히 움켜잡은 채 그녀를 억지로 택시 안에 밀어 넣으려 하고 있고, 딸은 필사적으로 문에 등을 붙인 채 버티고 있다. 구경하는 학생들은 그녀가 누군지를 알고 있다. 시위가 있을 때마다 확성기를 들고 선두에 나서는 여학생이다. 아마 지금 그녀의 아버지는 어디선가에서 연락을 받고 허겁지겁 쫓아 올라와서 딸을 고향에 억지로 끌고 내려가려 하고 있음에 틀림없다고 그들은 쉬이 짐작한다. 그런 일들은 실상 너무 흔해서 이젠 새삼스러울 것도 없다.

"어서 가잔 말여. 내려가서 얘길 해도 되잖냐. 시방 느그 어머니가 어떤 지경이 되어 있는 줄이나 알어?"

"아버지. 그럴 순 없어요. 내일 꼭 집으로 내려갈게요. 그때까진 제발."

"듣기 싫다니께! 이 자식이 정말 꼭 이럴래!"

안 되겠다 싶은지 사내가 눈을 무섭게 부릅뜨며 돌연 꽥 호통을 친다. 그 바람에 딸은 멈칫했지만, 이내 다시 완강하게 몸을 비틀어댄다.

"너 이 자식. 이게 무슨 막된 꼴이냐. 내가 널 이렇게 가르쳤더냐? 딸자식 대학까지 가르쳐서, 이런 험한 지경을 당할라고 내가 시방까지 뼈가 빠지게 고생한 줄 알어?"

"아, 아버지이."

기어코 딸의 눈에 물방울이 그렁그렁 열리기 시작하고, 분노한 아버지의 얼굴은 금방이라도 폭발할 듯 벌겋게 달아오르고 있다.

"저어, 아버님. 잠깐만 고정하시고 저희들 말씀을 좀 들어주십시오. 네?"

곁에서 남학생 두서넛이 안타까운 표정으로 사내의 팔을 잡으며 호소해 본다. 아마 그 여학생의 동료들인 듯싶다. 그렇지만 뚱뚱한 사내는 매몰차게 그들의 손을 홱 뿌리쳐버렸다.

"뭐 어쩌고 어째야? 왜 내가 느그들 아버지냐? 저리 가. 이건 너희들하곤 상관없는 일인께. 모두 다 똑같이 못된 놈들 같으니라구!"

그 말에 머쓱해진 동료들은 더는 말을 못 붙이고 하릴없이 물러난다.

"아버지. 전 가봐야 해요. 지금은 제가 할 일이 있어요. 책임이 있다니까요. 저를 용서하세요, 아버지."

끝내 여학생은 쿡 울음을 터뜨렸고, 주위는 숙연해졌다. 그래도 사내는 전혀 막무가내다.

"이놈아, 네 마음은 나도 다 이해한단 말이다. 그렇지만 어린 너희들이 대체 뭘 안다고 멋대로 천방지축 날뛰는 거냐, 날뛰긴."

"아버지. 전 어린애가 아녜요. 저도 알 것은 다 알고 있어요."

딸은 답답한 표정으로, 눈물이 그렁그렁한 시선을 들어 아버지를 치어다보면서 발을 동동 구른다. 그러나 오히려 답답한 건 제 쪽이라는 듯 사내는 넓은 가슴팍을 주먹으로 쿵쿵 두드리며 마구 고함을 지른다.

"뭐 어째, 네까짓 게 알기는 뭘 알어? 이 자식아. 네가 시방 빨갱이가 뭣인지나 알고 이러냐?"

"아버지. 그게 아녜요."

"닥쳐! 느그들이 지금 하고 있는 짓거리가 빨갱이가 아니고 뭐냐. 그 때는 아직 뱃속에서 생기지도 않았을 시꺼먼 놈들이, 머리에 피도 안마른 것들이 세상을 뭘 안다고 감히 정치까지 하려 들어, 응?"

"아, 아버지."

"오냐, 그렇다면 차라리 너랑 나랑 칵 죽어버리자. 우리 식구 모두 농약이라도 훌훌 들여마시고 아주 끝장을 내잔 말이여!"

정말 사내는 드디어 분노가 폭발한 듯싶다. 몸을 부들부들 떨어대면서 금방이라도 그 솥뚜껑 같은 손으로 딸의 뺨을 후려갈기기라도 할 자세였으므로 주위 사람들마저 슬며시 겁을 집어먹었다. 더구나 빨갱이가 뭔지나 아느냐, 너희들 하는 짓이 빨갱이나 매한가지가 아니냐고 호통을 치는 순간에 사내가 주위를 획획 둘러보았으므로 모여 있던 많은 학생들은 사내가 자기들 모두를 한꺼번에 싸잡아서 그렇게 야단을 치고 있는 것으로 여겨져서 저마다 찔끔 무안한 낯빛을 했다.

마침내 사내가 딸의 팔목을 꽉 그러쥔 채 또 한 번 끙 하고 힘껏 뒤로 밀어붙였다. 그 바람에 딸의 작고 여린 몸뚱이가 허망하게 뒤로 밀려나면서 택시 안으로 구겨박히듯 나가떨어진다. 이내 그 뚱뚱한 몸집으로 재빨리 출구를 막으며 사내가 옆자리에 올라타 문을 닫았고, 기다렸다는 듯이 택시가 부릉 시동을 건다. 구경꾼들의 대열이 통로를 열어주자 마침내 택시는 교문 쪽을 향해 질주해 가기 시작했다.

멀어져 가는 차의 뒷모습을 멍하니 바라보고 서 있던 학생들은 공연히 맥이 풀린 듯 어정어정 흩어진다. 빨갱이. 너희들이 빨갱이가 뭔지나 알어. 사내의 격한 음성이 왠지 그들 모두의 가슴에 천근 납덩이의 무게로 쿵쿵 내려앉고 있는 것만 같았다. 어쩌면 그것은 좀 전의 그들 부녀 사이를 가로막고 있는 단절된 벽의 중량이기도 할 것이고, 또한 그들 모두와 저 캠퍼스 울타리 밖에서 살아가는 더 많은 수효의 사람들과의 사이를 가로막은 채 지금이 순간에도 끄떡없이 버티고 선 바로 그 폭력과 거짓 언어의 벽—그 까마득한 장벽의 높이 같은 것인지도 모를 일이다.

저만치 광장에선 여전히 열띤 구호와 노랫소리가 한창 목청을 높여 가고 있는 참이었다.

광장 오른쪽엔 언덕이 있고, 그 언덕 위로는 교수관 3층 건물이 서 있다. 그는 교수관 2층 복도 끝에서 아까부터 유리창을 통해 밖을 내다 보고 있었다. 광장 쪽으로부터 들려오는 소란한 기척에 무슨 일인가 싶 어 복도로 나와보니, 벌써 거기엔 교수들 몇몇이 모여 서서 광장에서 벌어지는 풍경을 줄곧 구경하고 있던 참이었다.

"아차차. 저걸 좀 보시오. 싸움이 생긴 모양이오. 막 치고받고 하는 걸."

"저게 누구요. S학과 서교수 같기도 한데."

"기가 막히는군. 이젠 정말이지 모두가 갈 데까진 다 간 건가. 더 이 상 교수고 뭐고 눈에 뵈는 게 없는 모양 아니오."

팔짱을 끼고 아까부터 지켜보고 있던 A교수가 한쪽을 손가락질하며 분개한 표정을 한다. B교수 역시 자못 침통한 어조로 뇌까린다.

"쳇, 그러기에 뭣하러 막겠다고 나섭니까, 나서길. 말이 좋아 학생지 도지, 도덕적 권위네 예의입네 하는 따위가 땅에 떨어진 지 오랜데, 누 가 누구 말을 듣는다고, 그저 여차하면 교수들만 나가서 막으라고 떠다 미는지 모르겠습니다."

"어찌 보면 학생들 탓만 할 수도 없겠지요. 학생을 지도하는 일이 교 수의 임무라면, 사실상 우리들 쪽에서 스스로 먼저 그걸 포기해 버린 셈인지도 모르니까 말입니다."

"그건 또 무슨 소리요."

"우리가 권력 앞에서 우리의 의무를 지금껏 방치해 두고 있는 동안 우리는 그들을 지도할 자리에서 스스로 도망친 격이나 다름없습니다. 그때부터 이미 교수의 도덕적 권위라든가 신뢰 따위는 당연히 허수아비로 전락해 버린 셈이죠. 아닐까요?"

그러자 A교수는 그렇게 반문하는 C교수를 힐끗 곁눈질로 쏘아보며, 젊은 녀석이 같잖게시리 당돌하다고 여기는 모양이다. 임마. 누군 그걸 몰라. 하지만 그렇게 혼자 잘난 척 지껄이는 넌 그럼 지금껏 뭘 하고 있었어. A교수는 당장 그렇게 쏘아주고 싶은 충동을 꾹 참는다는 눈치다. 그러고는 대신에 광장을 주시하며 입을 비쭉인다.

"학생들 좀 봐. 정말 당당하구만. 세상이 자기들밖엔 아무도 없다는 거야 뭐야."

"저들이 저렇게 당당할 수 있는 이유가 뭘까."

B교수는 한 손으로 턱을 문지르며 혼잣말처럼 중얼거린다.

"흠, 아마 저들은 자신들이 지금 더없이 위대하고 정의롭고 중차대한 과업을 수행하고 있는 중이니까 그 과업 이외의 다른 작고 하찮은 일들쯤은 무시해도 좋다고, 또 그러므로 주위의 모든 사람들은 자기들의 이런저런 사소한 실수나 잘못 정도는 당연히 눈감아 주어야만 한다고 여기고 있는 모양이지요."

A교수는 여전히 비꼬는 투로 내뱉는다.

"응당 저들은 당당할 수밖에 없겠지요."

"그건 또 왜?"

A교수는 다시 C교수를 실눈을 만들어 훔쳐보며 물었다.

"그들은 현실의 부정적인 제 상황까지 이르게 된 과정에 관한 한은 그 책임에서 제외되어 있으니까요. 그들은 새로운 세대이고, 새로운 것을 꿈꾸고 보다 나은 세상을 요구할 당연한 특권이 있지요. 잘못된 현실의 책임을 엄연히 기성세대인 우리들의 소유로 돌릴 게 뻔합니다. 그러므로 당당해질 수 있겠지요."

"아니, 그렇다고 저희들이 재판관입니까? 세상 사람들 모두를 재판할 특권이 제 손에 쥐어져 있는 것처럼 멋대로 행동해도 좋다는 말이오? 대체 누가 그런 권리를 줬답니까."

"그거야 물론 맞습니다. 비판자나 고발자는 될 수 있을지 몰라도, 어느 누구든 타인에 대한 심판자 혹은 재판관일 수는 없겠지요. 또 그래서도 안 되고."

"어쨌든 가슴 아픈 일이야. 정말이지 어쩌다가 대학이 이런 지경까지 되어버렸는지 몰라." B교수가 푸욱 한숨을 뿜어냈다.

"결국 우리는 이용당하고 있는 거죠. 이를테면 방파제나 완충장치 정도로 말입니다. 교수의 권위라는 허울좋은 딱지 하나만 붙여주고서, 위정자들은 목에 밧줄을 건 채 우리 등을 떠밀어댑니다. 그러니 학생들한테서는 고작해야 권력의 꼭두각시 아니면 마네킹쯤으로밖에 대접받을 수가 없는 거죠…… 사실, 알고 보면 우리들이나 학생들이나 결국 함께 벽 안에 갇혀버린 꼴이지만……."

"글쎄 말입니다. 갇힌 자끼리 이렇게 서로 부딪쳐 피만 흘리고 있으면, 정작 그 덕에 이익을 보는 쪽은 따로 있을 텐데."

그는 교수들의 그런 대화를 귓전으로 흘리며, 모르는 척 한쪽 귀퉁이에 이만치 비켜서 있었다. 문득 팔목을 들여다보니 벌써 열한 시가 가까워오고 있었다.

그는 서둘러 교무과로 향했다. 3교시부터 시험 감독을 나가야 하는 까닭이다. 조교인 그로서는 시험지를 수령해서 감독교수보다 앞서 시험장으로 가야만 했다. 교무과는 한참 분주했다. 두 번째 시간의 시험을 마치고 돌아와 답안지를 제출하러 온 사람들과 다음 시간의 시험지를 수령하기 위해 온 사람들로 좁은 교무과 사무실이 가득 차 있었다. 대부분이 도중에 수라장이 되고 말았으나 그래도 용케 무사히 시험을 치른 과목도 꽤 있는 모양이었다. 하지만 그런 과목마저 감독관들이 지레 겁을 집어먹고는, 학생들을 재촉해서 대충 일찍 시험을 끝내고 돌아온 경우가 많았다.

그들은 모여서 저마다 지난 시간에 겪었던 경험담을 주고받고 있다. 더러는 마치도 적진을 돌파해서 무사히 비밀문서를 가져온 유능한 밀사처럼 연신 벙긋거리며 자신의 성공 사례를 늘어놓는 사람도 있다.

"난 말야, 답안지를 가지고 나오다가 계단에서 그놈들을 만났다구. 우우 쫓아오는데, 급한 김에 할 수 있어야지. 엉겁결에 계단에 털썩 주저앉으면서 엉덩이로 이걸 슬쩍 깔고 앉아버렸지. 아 그랬더니 안 되겠던지 그 녀석들이 그냥 지나가 버리더라니까, 글쎄. 허헛." 오십이 넘은 그 교수는 자신의 기지가 놀랍지 않으냐는 듯 유쾌하게 웃는다.

"아이구. 전 멋모르고 들고 나오다가 영락없이 들치기를 당할 뻔했습니다. 여기 있는 조교 선생이 빼앗아왔길 망정이지, 이걸 좀 보세요. 봉투가 다 찢겨 나갔지요?"

"그러니까 담부턴 저처럼, 이렇게 답안지는 호주머니에 숨겨놓고, 빈 봉투엔 남아서 필요없는 시험지 몇 장만 담아가지고 나오시라구요. 보세요. 봉투는 빼앗겨도 이렇게 진짜 답안지는 고스란히 가져왔잖습니까." 젊은 전임강사는 재치있는 자신의 행동을 과시하듯 꼬깃꼬깃 접힌 답안지 뭉치를 안쪽 호주머니에서 꺼내 보이며 씨익 웃는다.

"아니, 이교수님은 왜 눈이……."

"예? 아, 최루탄을 뿌리는 통에 뒤도 안 돌아보고 그냥 도망쳐 왔지 뭡니까. 거 참, 어찌나 눈물이 쏟아지고 맵던지 정말 죽는 줄 알았습니다."

아직도 충혈된 눈을 한 그는 새삼 애치, 하고 재채기를 했다.

"최루탄을 뿌렸습니까?"

"모르셨어요? 불발탄을 주워왔다더군요. 오늘 쓰려고 말이죠."

"사대 여선생 한 분은 최루탄을 담은 종이 봉지에 맞아 얼굴이 통통 부었다더라니까요, 글쎄."

"원, 무슨 이런 일이 다 있누. 쯧."

"아예 난장판야. 이래가지고서야 무슨 시험을 치른다고 그러는지 모르겠어. 내가 맡은 과목은 응시율이 절반도 채 못 되던걸."

여느 때 같으면 봉투만 넘겨주고 두말없이 각자 연구실로 돌아가 버렸을 그들은 이날따라 어딘지 열에 들떠 상기된 얼굴을 하고 그렇게 한두 마디씩 던진 다음에야 교무과를 나서는 것이었다. 그는 책상 위에 어지러이 널려 있는 많은 봉투 가운데서 제 몫의 봉투를 찾아 들었다. 시험지와 답안지가 담겨진 그 봉투는 단단히 밀봉이 된 채 겉장에 감독관 이름이 적혀 있었다. 그는 ㄹ학과의 L교수와 함께 편성되어 있음을 알았다.

"아니 정선생은 지금 뭘 하시는 겁니까."

그는 문득 곁에서 뭔가 한참 열심히 손을 놀리고 있는 동료 조교인 정선생을 발견했다. 정선생은 얼핏 보니, 갈기갈기 찢어진 여러 조각의 종이 부스러기를 책상 위에 늘어놓고는 그것을 짜맞추려고 애를 쓰고 있는 중이었다.

"쫓아가서 겨우 빼앗아오긴 했는데, 이렇게 엉망이 되었지 뭡니까. 그래서 셀로판 테이프로 붙여보고 있는 거요. 내 참."

정선생의 손엔 둥근 테이프 말이가 하나 들리어 있다. 종이쪽을 꼼꼼히 맞추어 펴고 그 위에 테이프까지 붙이는 작업을 지켜보다가 그는 불현듯 현기증이 일어나는 느낌이다.

"이거, 받으세요. 응시자 명단이오." 한쪽에선 이제 막 시험장에서 돌아온 ㅅ과 교수가 종이 한 장을 직원에게 들이밀며 그렇게 말한다. 그는 답안지를 회수할 수가 없어서, 대신에 명단만 적어 가져왔노라고 했다.

"그러니까 여기 적힌 학생들은 꼭 구제되어야 합니다. 아시겠소? 내가 직접 그 학생들과 약속을 했단 말입니다."

"아무렴. 응시자들에게 응당 혜택이 돌아가야 한다구. 불순 학생들과는 반드시 구분이 돼야지, 암, 그래야 원칙이고 공평한 처사라니까."

곁에서 다른 사람이 지지하고 나선다.

그때 또 다른 한패가 사무실로 들어서고 있었다. 그중엔 아까 교양과 정부 건물에서 뺨을 맞았다는 조교도 눈에 띈다.

"참, 그게 정말인가? 뺨을 얻어맞았다면서." 어디서 그 소문을 들었는지, 나이 지긋한 교수 한 사람이 눈이 뚱그레져서 묻는다.

"예, 그냥 조금……."

조교는 창피하게 여기는 듯, 슬며시 고개를 숙이며 얼버무린다. 주위의 시선들이 그 운수 나쁜 조교의 얼굴로 일제히 쏠린다. 그러고 보니 한쪽 뺨이 어쩐지 빨갛게 부어오른 것 같기도 하다.

"그걸 그냥 뒀소? 멱살을 잡아 당장 끌고 와야지."

누군가 자기 일처럼 분통을 터뜨렸지만 정작 당사자는 시무룩하게 봉투만 뒤적이고 있었다.

"아니, 저게 대학생야? 아예 폭도구만, 폭도야!" 별안간 누군가 큰소리로 내뱉으며 사무실로 들어왔다. 돌아다보니 직원인 안씨다. 잠시 복도에 나갔다가 창 너머로 광장 쪽을 구경하고 온 모양이었다. 순간 그는 또 한 번 까닭 모를 현기증으로 머릿속이 핑글 솟구치는 듯한 충격을 받았다. 폭도라니…… 그건 그해 오월 이후로 어느덧 모두의 귀에 익어버린 낱말이었다. 몽둥이와 돌도끼와 무쇠칼을 흉폭하게 휘두르며 초원이나 밀림 속을 짐승처럼 휘두르며 다녔을 저 까마득한 원시시대의 사내들에게나 어울릴 법한 그 섬뜩한 낱말은 느닷없이 이 과학만능의 시대에 부활해 나와서 어느 틈에 이 땅에서 가장 흔하게 통용되는 대명사가 되어 있는 것이었다. 그는 그 놀라운 말을 가래침같이 거리낌없이 뱉어낸 직원 안씨의 얼굴을 한순간 질린 시선으로 바라보았다. 그리고는 이내 봉투를 옆구리에 낀 채 사무실을 빠져나왔다.

이게 아닌데. 이렇게 되어가는 게 결코 아닐 텐데……. 그는 복도를 걸어 나오며 연신 고개를 흔든다. 얼핏 모든 것이 하나의 게임으로 변해가는 것 같기도 했다. 교무과 안에서 떠들썩하게 얘기를 나누고 있는 쪽도 그러하고, 저 바깥 광장에서 서로 답안지를 빼앗고 빼앗기며 벌떼처럼 웅성거리고 있는 쪽도 마찬가지일 터였다. 시험을 거부하겠다는 쪽이나 그걸 강행하는 쪽이나 애초에 저마다 내걸었던 명분조차 망각해버린 듯했다. 왜 시험을 거부해야 하는지, 또는 왜 그걸 강행해야 하는지, 정작 그 이유는 어느 틈엔가 저만치 뒷전으로 밀려난 채로, 그들, 서로 완강한 힘으로 맞물린 두 개의 축은 그저 눈앞에 보이는 상대편을 밀어 넘어뜨리기 위한 힘겨루기 게임에만 여념이 없는 것 같기도 했다. 어찌 보면, 지금 이 순간 그들에겐 답안지를 빼앗느냐 아니면 지키느냐 하는 그 기괴한 문제만 남아버리고 만 것인지도 모를 일이었다.

그는 현관을 나섰다. 고사장으로 가는 길인 듯 교수들 여럿이 바쁜 걸음을 역시 옮기고 있었다.

원, 이런 식으로 시험을 치러봤자 뭐하누. 책임자들이 한번 나와서 직접 자기들 눈으로 봐야 형편을 알 거 아닌가. 책상에만 앉아서 뭘 알겠누. 글쎄 말입니다. 문제를 풀기는커녕 몇 분 만에 후딱 이름만 적어서 내는 게 무슨 시험입니까. 이걸로 또 평가는 어떻게 하구요. 언어도 단이지……. 너나 없이 머리 돌아가는 게 고작 그 정도니깐 세상이 온통 이 지경이지. 뭐든지 그저 무슨 야바위꾼들이 눈속임하듯, 대충 어떻게 넘겨만 놓고 보면 될 거라고 여기고 있는 판국이니, 쯧쯧.

그들은 저마다 착잡한 표정으로 쑥덕이며 시험장을 찾아가고 있었다.

"교수님. 전 정말 억울해요. 전 그 애들하곤 달라요. 꼭 시험을 보려구 했는데, 글쎄 그 애들이 억지로 길을 막고 못 들어가게 했어요. 정말예요." 화단 옆에서 어떤 여학생이 지나가던 교수에게 달려와 거의 울먹이며 그렇게 말하는 것을 그는 들었다.

교정의 분위기는 갈수록 어수선해져 가는 느낌이다. 어느덧 광장의 인파는 흩어진 모양이었으나 교정 여기저기에 학생들은 무리를 지어 앉아서 노래와 구호를 외치고 있었다. 각 학과별로 이삼백 명씩 따로 모여서, 시험장에 몰래 들어가는 인원이 생기지 못하도록 결속을 다지고 있는 중이라고 했다. 그렇게 해서라도 혹시 자기들만 피해를 보는 게 아닌가 싶어 불안해하고 있는 대부분의 학생들을 안심시키고 또 그들의 이탈을 방지해 보자는 의도인 듯했다. 하지만 그렇게 모여 있다가도 적지 않은 수의 학생들은 눈치껏 대열을 빠져나와서 시험장으로 들어갔고, 그 때문에 소위 특공대 격인 학생들이 답안지를 빼앗기 위해 시험장으로 우르르 몰려 들어가는 소동이 벌어지곤 하는 것이었다.

그는 인문관 앞을 지나 사회관 건물 쪽으로 걸음을 옮겼다. 등나무 벤치 부근에 모여 있는 수많은 학생들의 시선이 시험지를 품에 안고 지나쳐가는 감독교수들에게 흘금흘금 달라붙고 있었다.

"김선생. 몸조심하시오."

"이교수님께서두요."

"정신 바짝 차려야지, 다치면 괜히 제 몸뚱이만 서럽지요."

"암요. 난세엔 충성보다야 각자 몸보신이 상책인 게요. 허헛."

사회관 현관 앞에 이르자 그들은 그렇게 농담처럼 한마디씩 주고 받으며 각자 배정된 고사장을 찾아가기 위해 흩어졌다.

그가 맡은 곳은 3층의 계단식 강의실이었다. 강의실로 그가 들어섰을 때 감독관인 L교수는 의외로 먼저 와서 기다리고 있었다. 곧 봉투를 뜯어 문제지와 답안지를 나누어주었고, 열한 시 정각에 시험은 시작되었다. 모두 육십칠 명. 육십 퍼센트를 약간 상회하는 응시율이다.

처음부터 실내엔 무거운 침묵이 흐르고 있었다. 마치도 저마다 팽팽히 부풀어 오른 풍선을 하나씩 엉덩이 밑에 깔고 앉아 있는 것처럼 그것은 어딘가 대단히 불안하면서도 조마조마한 침묵이었다. 시험지를 받아들고 나서도 학생들은 밖에서 들려오는 작은 소음에도 멈칫 놀라는 기색으로 주위를 돌아다보곤 했다. L교수 역시 이따금 고개를 들어 복도 쪽으로 시선을 돌리곤 한다. 답을 하나라도 더 적어 넣기 위해 서두르고 있었지만, 대부분 관심은 바깥 동정에만 쏠려 있어서 모두 허둥대고 있는 눈치가 역력했다. 그들로서는 어차피 도중에 중단될 시험이라면 차라리 그 순간이 빨리 닥쳐오기를 내심 바라고 있는지도 모를 일이다.

아니나 다를까. 십 분이 채 되기도 전에 드디어 요란한 기척이 맨 아래층에서부터 들려오기 시작한다. 함성소리. 발소리. 우당탕 책상이 넘어지고 문짝이 세차게 열어젖혀지는 소리…… 그리고 기어코 여럿의 다급한 발자국 소리가 2층 계단을 따라 어지럽게 올라오기 시작했다. L교수가 황황히 강의실 출입구 쪽으로 걸어가고 있었다. 실내를 팽팽하게 채우고 있던 긴장은 순간 급속도로 팽창했고 학생들의 당황한 시선이 허둥거리기 시작했다. 뒤쪽의 몇몇은 벌써 자리에서 슬금슬금 일어나고 있었다.

순간 그는 바로 맨 앞줄에 앉아 있는 한 여학생의 허옇게 질린 낯빛을 보았다. 머리를 뒤에서 귀엽게 묶은, 앳된 얼굴의 1학년 여학생은 놀랍게도 바르르 손을 떨고 있었다. 그녀의 자그마한 손에 쥐어져 있는 볼펜이 낚시찌처럼 떨리는 모습을 보는 순간 그는 왠지 콧날이 시큰해져 왔다. 떨고 있는 건 그 여학생만은 아니었을 것이다. 스산하게 허둥대는 그들 모두의 시선은 어떤 죄책감 때문에 더욱 흐려져 있었다. 그리고 그 짧은 순간을 아슬아슬하게 지탱하고 있던 긴장감은 마침내 거칠게 열리는 문과 함께 산산조각으로 허물어져 내리고 말았다.

그 다음에 일어난 일은 이미 정해진 순서대로였다. 여기저기 답안지가 함부로 찢겨져 나갔고, 아무도 반항하지 못하고 순순히 자리에서 일어났다. 한쪽은 심판자들처럼 당당했고 다른 쪽은 죄인들같이 말없이 그것들을 넘겨준 채 다만 부끄러운 시선을 감추느라고 허둥거렸을 뿐이다. 맨 앞줄의 여학생은 책상에 얼굴을 묻고 울고 있었다. 하지만 그 모든 일이 일어나고 있는 순간에도 그는 꼼짝도 못하고 망연히 지켜보고 있을 뿐이었다. 온몸이 빳빳하게 굳어버린 듯 손가락 하나 발끝 하나 움직일 수가 없었다. L교수 역시 입을 떡 벌린 채 망연히 서 있었다. 그렇게 판결은 간단하게 내려졌고 심판의 의식도 그것으로써 끝이 났다.

한차례 돌풍이 스치고 지나간 강의실엔 무거운 침묵이 되돌아와 자리를 잡고 있었다. 상당수가 시험장을 떠났지만 그래도 그때까지 남아 있던 응시자들은 하나 둘 교단 앞으로 모여들었다. 용케 빼앗기지 않은 학생들은 거의 백지 그대로인 답안지를 제출했고, 나머지는 여분의 시험지를 받아 다시 이름을 적어 내고 나서 말없이 강의실을 떠났다.

그가 답지를 모두 모아서 봉투에 집어넣었을 때, L교수는 그것을 받아 들더니 교탁 쪽으로 걸어갔다. 그러고는 말없이 만년필을 꺼내었다. 그는 교수의 잔뜩 굳어 있는 옆얼굴을 흘깃 훔쳐보았다. L교수는 마침

내 떨리는 손으로 다음과 같이 봉투 위에 적었다.

"열한 시 십 분경, 주동 학생들의 난입으로 인하여 더 이상 시험을 계속할 수 없었기, 이에 응시학생들의 답지 및 명단을 제출함. 감독교수 정 ○○○, 부 ○○○." L교수의 지시대로 그는 자신의 이름 옆에 사인을 했다. 그리고 봉투를 들고, L교수와 함께 강의실을 나섰다. 다른 강의실에서도 감독관들이 하나 둘 빠져나오고 있는 모습이 보였다. 한결같이 먹먹하고 허탈한 표정들이다. 누구도 올 때처럼 천연스레 우스갯소리를 하거나 웃음을 지어 보이지 않았다.

"잠깐. 자네, 나 좀 보게나."

현관을 나설 즈음, L교수가 걸음을 멈추고 문득 그를 불러 세웠다.

"생각해 보니까 자네는 젊어서 위험하겠어. 그 봉투는 날 주게."

교수는 답안지를 여러 겹으로 접어서 자기 저고리 안쪽 주머니에 집어넣고는 앞장을 섰다. "자넨 내 뒤에 바짝 붙어서 따라오게나. 설마 나 같은 늙은이한테까지야 무슨 짓을 하려구."

교수는 행여 누가 들어서는 안 될 비밀얘기라도 하듯 지나치게 굳은 표정으로 빠르게 속삭이듯 말했으므로, 그는 하마터면 피식 웃음이 터져나올 뻔했다. L교수는 퍽 겁이 많은 사람인 모양이었다.

그때였다. 불현듯 어디선가 뻥뻥 폭음이 들려오기 시작했다. 교문 쪽이었다. "또 한바탕 시작하려는가 보구먼."

L교수가 고개를 돌리면서 중얼거린다. 저만치 교문 안쪽에 한 떼의 학생들이 몰려 있고, 그들의 머리 위로는 어지럽게 파열하는 최루탄의 하얀 분말이 연기 모양 뭉글뭉글 피어오르고 있는 모습이 보인다. 대열은 학교 밖으로 진출을 시도하려는 모양이었으나 그들의 앞엔 육중한 철문이 굳게 닫혀져 있는 채로였고, 그 철문 바깥 쪽엔 갑옷 차림에 투구를 쓴 전경 대원들이 겹겹이 진을 치고 있는 중이다.

사회관을 나와 경상대학 앞을 지날 때까지 그들은 여러 명의 교수들과 만났다. 모두가 답안지를 제출키 위해 교무과로 가는 길이었으므로 칠팔 명이 한덩어리가 되어 앞서거니 뒤서거니 교수관을 향해 걸음을 옮겼다. 그들 중엔 여교수 세 사람도 끼어 있었다. 교정은 어디에나 한꺼번에 쏟아져 나온 학생들로 넘쳐흐르고 있는 참이다. 뺑뺑…… 여전히 무수한 파열음은 교문 쪽에서 터져나오고 있었다. 이윽고 인문관 건물 가까이까지 왔을 때였다. 앞서 가던 교수들이 무엇 때문인지 주춤 걸음을 멈추었다.

"저것 봐요. 암만해도 저 애들이 우리가 나타나길 기다리고 있는 것 같은데." L교수가 등나무 벤치 부근을 손가락으로 가리키며 걱정스런 낯을 한다. 거기엔 유난히 많은 학생들이 모여 웅성거리고 있었다.

"설마 무슨 일이야 있을라구요."

"아닙니다. 아까도 그런 일이 있었는데, 지나가는 사람에게 갑자기 달려들어서 시험지를 채가 버렸다니까요. 글쎄."

"어머머 그럴 수가." 그들은 반신반의하면서도 어쨌든 그 앞을 지나가야 한다는 사실 때문에 갑자기 저마다 맘이 불편해지는 모양이다. 특히 여교수들은 은근히 겁을 집어먹은 눈치다.

"좋은 수가 있소. 이 길로 갈 게 아니라 인문관 뒤쪽으로 빙 돌아서 가면 안전할 겁니다." 한 사람이 인문관 뒤편을 가리키며 말한다.

"하지만 저긴 길이 없을 텐데요."

"왜 없습니까. 가면 그게 다 길이지요. 좀 멀긴 하겠지만 풀밭을 질러가면 될 겁니다."

그는 그쪽으로 언젠가 가본 적이 있었다. 건물 뒤로 돌아가면 재래식 옥외 변소와 쓰레기 소각장이 있었다. 그렇지만 넓은 길을 빤히 눈앞에 두고도, 지독한 악취 때문에 코를 싸쥔 채 파리 떼와 쓰레기가 엉망으로 널려 있는 더러운 뒷마당을 질러가야 한다는 것은 어딘가 우스꽝스럽고 또 교수 체면에 쑥스러운 짓이 아닌가 하는 생각에 그들은 잠시 망설이고 있는 참이었다. 하지만 그래도 봉변을 당하느니 차라리 뒷길로 돌아서 가는 것이 안전하다는 판단이 선 모양이었다.

"자네들도 따라오지 그래."

L교수는 여교수들을 앞세우고 그쪽으로 걸어가면서 손짓을 했다. 하지만 그는 다른 두 사람과 함께 그냥 오던 길을 따라 걸음을 옮기기 시작했다. 인문관 앞을 지나쳤지만 아무 일도 일어나지 않았다. 학생들은 대부분 고개를 빼들고 서서 교문 쪽의 공방전을 주시하고 있는 참이었다.

—캠퍼스를 그리스도의 품 안으로!

도중에 그는 그런 색다른 구호를 외치는 대열과 마주쳤다. 어느 종교 서클인 듯, 스무 명 남짓한 남녀 학생들이 행진해 오고 있었다.

—고통받는 대학인이여, 회개합시다. 나와 대학과 이 민족에게 평화와 통일이 오도록 우리 모두 주 그리스도 앞으로 나아갑시다.

회개합시다아. 회개합시다아. 그들은 확신과 긍지에 찬 얼굴로 저마다 목청 높여 외치며 군대식으로 발을 맞춰 정연하게 행진해 지나갔다. 그들이 이마와 앞가슴에 두른 흰 띠에는 "캠퍼스 복음회"라는 청색 글씨가 선명히 찍혀 있었다. 주변의 다른 학생들은 그 색다르고 조금은 엉뚱한 대열의 출현에 대해서 대부분 무관심했다. 그래도 더러는 재미있다는 듯 킬킬대거나 뭐라고 야유를 보내기도 했다. 하지만 그럴수록 복음을 외치는 그들의 표정은 한층 더 신념과 사명감으로 환하게 피어오르는 것처럼 보였다.

—회개와 화해로 사랑을 실천합시다아. 시대의 고통을 사랑으로 이겨냅시다아.

어딘가 터무니없이 행복하고 자신만만하며 신념에 가득 찬 얼굴로 그들이 로봇처럼 팔을 흔들며 지나가는 모습을 지켜보면서 그는 왠지 머릿속이 엉망으로 헝클어져 가는 듯한 막막한 느낌을 지워버리기 어려웠다. 아닌데…… 이게 아닐 텐데…….

그런 어느 순간이었다. 별안간 그는 헉 하고 고통스런 숨을 들이마셨다. 눈앞이 아찔해 오면서 눈물 콧물이 핑 돌았다. 목이 타는 것 같았고 구역질이 마구 치밀어 올랐다. 최루탄 가스였다. 여기저기서 기침과 비명소리가 한꺼번에 터져나오면서 모두들 황급히 가스를 피해 흩어지기 시작하고 있었다. 교문 쪽에서 터뜨린 최루탄 분말이 어느새 바람을 타고 그곳까지 불어오는 참이었다.

교정은 삽시에 온통 폭격이라도 맞은 꼴이었다. 보기 드물게 독한 가스였다. 무심코 한 모금 들이마셨는가 싶었는데 벌써 목이 꽉 막히고 눈이 떠지질 않았다. 그는 손수건으로 코와 입을 틀어막은 채 줄줄 눈물을 흘리며 정신없이 뛰기 시작했다. 도망치지 않는 사람은 아무도 없었다. 학생들도 울며 뛰었고 교수도 울면서 달리고 있었다. 숨쉴 공간을 찾아, 가스를 피해서, 어디로든 너나없이 모두들 허겁지겁 뛰었다.

뺑뺑, 삐뺑뺑─뺑…… 그들은 한 덩어리로 몰려 달아나면서, 제각기 등 너머로부터 그 귀에 익은 연쇄적인 파열음을 들었다. 껄껄. 꺼껄껄─껄. 얼핏 그건 영락없는 누군가의 웃음소리처럼 들렸다. 저 교정 울타리 밖을 에워싸고 있는 거대한 벽 뒤편에 누군가 버티고 서서, 지금 허둥지둥 쫓겨가는 자신들의 뒷모습을 지켜보며 한바탕 그렇듯 오만한 웃음을 와자하니 쏟아내고 있는 것만 같았다.

원미동 시인

양귀자

1955년 전북 전주 출생.
원광대 국문과 졸업.
1978년 《문학사상》신인상 당선 등단.
소설집 《귀머거리 새》《천마총 가는 길》 등.
장편소설 《희망》《모순》《천년의 사랑》 등.
이상문학상, 현대문학상, 21세기문학상 수상.

원미동 시인

남들은 나를 일곱 살짜리로서 부족함이 없는 그저 그만한 계집아이 정도로 여기고 있는 게 틀림없지만, 나는 결코 그저 그만한 어린아이는 아니다. 세상 돌아가는 이치를 다 알고 있다, 라고 말하는 게 건방지다면 하다못해 집안 돌아가는 사정이나 동네 사람들의 속마음까지도 두루 알아맞힐 수 있는 눈치만큼은 환하니까. 그도 그럴 것이 사실을 말하자면 내 나이는 여덟 살이거나 아홉 살, 둘 중의 하나이다.

낳아놓으니까 어찌나 부실한지 살아날 것 같지 않아 차일피일 출생 신고를 미루다 보니 그렇게 된 것이라 하는데 그나마 일곱 살짜리로 호적에 올려놓은 것만도 다행인 셈이었다. 살아나기를 원하지 않았을 엄마 마음쯤은 나도 이미 알고 있는 터였다. 아버지는 좀 덜하지만 엄마는 나만 보면 늘상 으르렁거렸다. 꿈도 꾸지 않았던 자식이었지만 행여 해서 낳아봤더니 원수 같은 또 딸이더라는 원성은 요사이도 노상 두고 하는 입버릇이니까 서운할 것도 없었다.

　그것은 뭐 내가 일찌감치 철이 들어서가 아니라, 우리집 사정이 워낙 그러했다. 내가 태어나던 해에 벌써 스물이 넘어 처녀티가 꼭 밴 큰언니에서 중학교 졸업반이던 막내 언니까지 딸이 무려 넷이었다. 마흔 셋에 임신인지도 모르고 너댓 달 배를 키우다가 엄마는 여기저기 용하다는 점장이들한테 다녀보고는 마침내 낳을 결심을 했었다는 것이다. 모든 점장이들이 '만장일치로 아들'이라고 주장해서였다. 그런 판에 또 조개 달고 나오기가 무렴해서였는지 냉큼 쑥 빠져나오지 못하고 버그적거리는 통에 산모를 반죽음시켜 놓았다니 나로서는 입이 열 개라도 할 말이 없는 형편이다. 그렇지만 실제로는 여덟 살이다, 아홉 살이다. 자꾸 이랬다 저랬다 하는 엄마도 과히 잘한 것은 없다. 내가 뭐 뺄셈 덧셈에 시주 까막눈인 줄 알지만 천만에, 우리 엄마는 내가 세 살이 될 때까지도 혹시 죽어주지나 않을까 기다린 게 분명하다.

　내가 얼마나 구박덩이에 미운 오리새끼인가를 길게 설명하고 싶지는 않다. 진짜 하고 싶은 이야기는 그런 따위 너절한 게 아니라 원미동 시인詩人에 관한 것이니까. 내가 여러 가지 것을 많이 알고 있다고는 해도 솔직히 시가 뭣인지를 정확히 설명할 수는 없다. 얼추 짐작하기로 그것은 달 밝은 밤이나 파도가 출렁이는 바닷가에서 눈을 착 내려감고 멋진 말을 몇 마디 내뱉는 것이 아닐까 여기지만 원미동 시인이 하는 것을 보면 매양 그렇지도 않은 모양이었다. 우리 동네에는 원미동 시인 말고도 원미동 카수니 원미동 멋쟁이, 원미동 똑똑이 등이 있다. 행복사진관 엄씨 아저씨가 원미동 카수인데 지난번 전국노래자랑 부천대회에서 예선에도 못 들고 떨어졌다니 대단한 솜씨는 못될 것이었다. 노라 엄마가 원미동 멋쟁이라는 것은 내가 가장 잘 안다. 그 보라색 매니큐어와 노랑머리는 노라 엄마뿐이니까. 원미동 똑똑이는, 부끄럽지만 우리 엄마이다. 부끄럽다는 것은 남의 일에 간섭이 심하고 걸핏하면 싸움질이나 해대는 똑똑이는 욕이나 마찬가지라는 것을 알기 때문이었다.

원미동 시인에게는 또 다른 별명이 있다. 퀭한 두 눈에 부스스한 머리칼, 사시사철 껴입고 다니는 물들인 군용잠바와 희끄무레하게 닳아 빠진 낡은 청바지가 밤중에 보면 꼭 몽달귀신같다고 서울미용실의 미용사 경자언니가 맨처음 그를 '몽달씨'라고 부르기 시작했다. 경자언니뿐만 아니라 우리 동네 사람이라면 누구나 그를 좀 경멸하듯이, 어린애 다루듯 함부로 하는 게 보통인데 까닭은 그가 약간 돌았기 때문이라는 것이었다. 언제부터 어떻게 살짝 돌았는지는 모르지만 아무튼 보통 사람과는 다른 것만은 틀림없었다. 몽달씨는 무궁화연립주택 3층에 살고 있었다. 베란다에 화분이 유난히 많고 새장이 세 개나 걸려 있는 몽달씨네 집은 여름이면 우리 동네에서는 드물게 윙윙거리며 하루종일 에어컨이 돌아가는 부자였다. 시내에서 한약방을 하는 노인이 늙으막에 젊은 마누라를 얻어 아기자기하게 살아보는 판인데 결혼한 제 형 집에 있지 않고 새살림 재미에 폭 빠진 아버지 곁으로 옮겨온 막동이였다. 그것부터가 팔불출이짓이라고 황금부동산의 고흥댁 아줌마가 욕을 해쌓는데, 아들이 아버지와 함께 사는 게 왜 바보짓이라는 건지 알 수가 없었다.

그런 몽달씨에게 친구가 있다면 아마 내가 유일할 것이었다. 몽달씨 나이가 스물일곱이라니까 나보다 스무 살이나 많지만 우리는 엄연히 친구이다. 믿지 않겠지만 내게는 스물일곱짜리 남자 친구가 또 하나 있다. 우리집 옆, 럭키슈퍼의 김반장이 바로 또 하나의 내 친구인데 그는 원미동 23통 5반의 반장으로 누구보다도 씩씩하고 재미있는 사람이었다. 나는 매일같이 슈퍼 앞의 비치파라솔 의자에 앉아 그와 함께 낄낄거리는 재미로 하루를 보내다시피 하였는데 요즘은 내가 의자에 앉아 있어도 전처럼 웃기는 소리를 해주거나 쭈쭈바 따위를 건네주는 법 없이 다소 퉁명스러워졌다. 그 까닭도 나는 환히 알고 있지만 모르는 척하는 수밖에. 우리집 셋째딸 선숙이언니가 지난 달에 서울 이모집으로 훌쩍 떠나버렸기 때문인 것이다. 김반장이 선숙이언니랑 좋아지내는 것은 온 동네가 다 아는 일이지만 선숙이언니 마음이 요새 좀 싱숭생숭하더니 기어이는 이모네가 하는 옷가게를 도와준다고 서울로 가버렸다. 선숙이언니는 얼굴이 아주 예뻤다. 남들 말대로 개천에서 용이 났다고 해도 과언이 아닐 만큼 지지리궁상인 우리집에 두고 보기로는 아까운 편인데, 그 지지리궁상이 지겨워 맨날 뚱하던 언니였다.

참말이지 밝히고 싶지 않지만 우리 아버지는 청소부이다. 아침 새벽부터 저녁 늦게까지 남의 집 쓰레기통만 뒤지고 다니는 직업이라 몸에서 나는 냄새도 말할 수 없을 만큼 지독했다. 아버지만이 아니라 밝히고 싶지 않을 것이 또 있다. 큰언니는 경기도 양평으로 시집가서 농사꾼 아내가 되었으니 상관없지만 둘째언니 이야기는 말하기가 부끄럽다. 둘째언니는 처음에는 버스 안내양, 그 다음에는 소시지 공장의 여공원, 그 다음에는 다방에서 일하더니 돈 버는 일에 극성인 성격대로 지금은 구로동 어디에서 스물여섯 살의 처녀가 대폿집을 열고 있다. 언젠가 한번 가봤더니 키가 멀대같이 큰 남자가 하나뿐인 방에서 웃통을 벗어부친 채 잠들어 있고 언니는 그 옆에서 엎드려 주간지를 뒤적이고 있지 않은가. 그만한 정도로도 나는 일이 되어가는 모양을 알 수가 있었다.

우리 엄마와 청소부 아버지는 딸년들이야 시집 보낼 만큼만 가르치면 족하다고 언니들을 모두 중학교까지만 보냈는데 웬일인지 선숙이언니만 고등학교를 보냈었다. 그래서 더 골치이긴 하지만. 기껏 고등학교까지 나왔으니 공장은 싫다, 차라리 영화배우가 되는 편이 낫다고 우겨

지상을 피우던 언니가 김반장네의 콧구멍 같은 가게가 성이 찰 리 없을 것이었다.

이제 겨우 일곱 살짜리가, 사실은 그보다야 많지만 왜 나이 많은 떠꺼머리 총각들하고만 어울리는지 이상하겠지만 그것은 결코 내 책임이 아니었다. 단짝인 노라를 비롯하여 몇 명의 친구들이 작년과 올해에 걸쳐 모두 초등학교에 입학해 버렸고, 좀 어려도 아쉬운 대로 놀아볼 만한 아이들까지 깡그리 유치원에 다니기 때문에 아침밥 먹고 나오면 원미동 거리에는 이제 두어 살짜리 코흘리개들밖에 남지 않는 것이었다. 설령 오후가 되어도 사정은 마찬가지였다. 끼리끼리만 통하는 아이들이 좀처럼 놀이에 끼워주지 않기 때문에 나는 그만 홀로 뚝 떨어져 나와 외계인처럼 어성버성한 아이가 되어버렸다. 우리 동네에는 값이 싼 유치원도 많고 피아노 교습소도 두 군데나 있지만 엄마는 꿈쩍도 하지 않는다. 단칸방에 살아도 모두들 유치원에 보내느라고 아침마다 법석인데 나는 이날 입때껏 유희 한번 제대로 배워보지 못한 것이다. 아버지가 남의 집 쓰레기통에서 주워온 그림책이나 고장난 장난감이야 지천으로 널렸지만 이제는 그런 것들에도 흥미도 없으니 아무래도 나는 어른이 다 된 모양이었다.

몽달씨와 친구가 된 것은 올봄, 바로 외계인 같던 시절이었다. 럭키슈퍼 앞에서 어슬렁거리며 김반장이 언제나 말동무가 되어주려나 눈치만 보고 있는데 바로 내 뒤에 똑같은 자세로 김반장 눈치를 보는 몽달씨가 있었다. 염색한 작업복 주머니에서 꼬깃꼬깃한 종이를 펼쳐들고 주춤주춤 내 옆의 빈 의자에 앉은 그가 '재숙아' 하고 내 이름을 불렀을 때 정말이지 나는 기절할 정도로 놀랐다. 좀 바보이고 약간 돌았다고 생각했으므로 언젠가는 그가 보는 앞에서도 '헤이, 몽달귀신!' 하고 놀려댄 적도 있었던 나였다. 놀라서 입을 쩌억 벌리고 있는 내게 그가 다음에 건넨 말은 더욱 기가 찼다.

"너는 나더러 개새끼, 개새끼라고만 그러는구나……."

나는 눈을 둥그렇게 떴다. 몽달귀신이라고 부른 적은 있지만 결코 '참말이지 하늘에 맹세코' 그를 개새끼라고 부른 적은 없었다. 그래서 나는 나도 모르게 고개를 마구 저어댔다. 그런 나를 보는지 마는지 그는 계속해서 말했다. 너는 나더러 개새끼, 개새끼라고만 그러는구나…….

지금 생각해도 참 어이가 없는 노릇이지만, 세상에 그게 바로 시라는 것이었다. 김반장이 몽달씨에게 시를 쓴다 하니 멋있는 시를 한 수 지어보라고 했다는 것이다. 그 청을 받고 몽달씨는 밤새 끙끙거리며 시를 쓰려 했으나 도무지 마음 먹은 대로 되지 않아 어느 유명한 시인의 시를 베껴왔는데 그 구절이 바로 그 시의 마지막이라고 했다.

"에끼, 이 사람아. 내가 언제 자네더러 개새끼, 개새끼 그랬는가?"

김반장은 으레 그럴 줄 알았다는 듯 몽달씨 어깨를 툭 치며 빈정대고 말았지만 나의 놀라움은 쉽게 가시지 않았다. 기억을 못해서 그렇지 그를 향해 개새끼, 라고 욕을 한 적이 꼭 있었던 것같이만 생각될 지경이었다. 김반장이야 뭐라건 말건 몽달씨는 그날 이후 며칠간은 개새끼 시를 외우고 다녔고 나는 김반장 외에 몽달씨까지도 내 친구로 해야겠다고 속으로 결심해 두었다. 시인하고 친구가 된다는 것은 구멍가게 주인과 친구 되는 것보담은 훨씬 근사했으니까.

그렇긴 했으나 약간 돈 사내와 오랜 시간을 어울려 다닐 만큼 나는 간이 크지 못했다. 게다가 김반장은 마음이 내키면 언제라도 알사탕이나 쭈쭈바를 내놓을 수 있지만 몽달씨는 그런 면으로는 영 젬병이었다. 그는 오로지 시에 대하여 말하고 시를 생각하고, 시를 함께 외우자는 요구밖에는 몰랐다. 그에게는 시가 전부였다. 바람이 불면 '풀잎에 바람 스치는 소리' 때문에 가슴이 아프고, 수녀가 지나가면 문득 '열일곱 개의, 또는 스물한 개의 단추들이 그녀를 가두었다'라고 부르짖었다. 그는 하루종일이라도 유명한 시인들의 시를 외울 수 있었다. 그것만이 아니었다. 외운 시 구절만 가지고도 몇 시간이라도 대화를 할 수 있다고 그가 말하였다. 그게 바로 시적 대화라고 가르쳐주기도 하였다. 그러기 위해서 그는 밤새도록 시를 읽는다고 하였다. 몽달씨는 밤이 되면 엎드려 시를 외우고, 다음 날이면 그 시로써 말하는 사람이었다.

시를 빼고 나면 나와 마찬가지로 몽달씨도 심심한 사람이었다. 낮 동안에는 꼼짝없이 젊은 새어머니와 한집에서 지내야 하기 때문에 끊임없이 동네를 빙빙 돌면서 시간을 때워나갔다. 내가 김반장과 마주앉아 별로 새로울 것도 없는 이야기를 하다 보면 어느샌가 슬쩍 다가와 약간 구부정한 허리로 의자에 주저앉곤 하는 몽달씨는 나보다 훨씬 강렬하게 김반장의 친구가 되었으면 하는 소망을 품고 있는 것처럼 보였다. 우리들은 제법 뜨거운 한낮 동안 앉기 편한 자세로 앉아 신문을 읽거나 졸거나 하는 무료한 시간을 보내다가 막걸리 손님이라도 들이닥치면 몽달씨와 나는 재빨리 의자를 비워주곤 김반장이 바삐 설치는 모양을 우두커니 바라보곤 하였다. 김반장은 몽달씨가 시가 어쩌구 하며 이야기를 꺼내기라도 할라치면 대번에 딴소리를 해서 입막음을 하기 때문에 몽달씨도 김반장 앞에서는 도통 시에 대한 말을 입에 올리지 않았다. 대신에 내가 원미동 시인의 '시적 대화'를 끊임없이 듣는 형편이었다.

그때까지만 해도 몽달씨보다는 김반장과 함께 있는 것이 더 좋았다. 김반장이 그 커다란 손바닥으로 내 엉덩이를 철썩 치면서 "어이, 재숙이처제!" 하고 불러주면 기분이 그럴싸해서 저절로 웃음이 비어져 나왔고 가끔가다 오토바이 뒷좌석에 앉아 함께 배달을 나가기라도 할라치면 피아노 배우러 가던 계집애들이 손가락을 입에 물고 부러워 죽겠다는 듯이 나를 바라봐 줬었다. 김반장이 말 많은 원미동 여자들 누구하고도 사이좋게 지내면서 야채에다 생선까지 떼어다 수월찮게 재미를 보는 것을 잘 아는 고흥댁 아주머니도 "선숙이가 인물만 좀 훤할 뿐이지 그 집안 꼬라지로 봐서 김반장이면 횡재한 거야"라면서 은근히 선숙이언니를 비양거렸다. 흥, 나는 고흥댁 아주머니의 마음도 알아맞힐 수 있다. 선숙이언니보다 한 살 많은 딸이 하나 있는데 인물이 좀 제멋대로인 것이 아줌마의 속을 뒤집어놓은 것이다. 그러면서도 지난번엔 김반장같은 사위나 얼른 봐야 될 것 아니느냐는 은혜 할머니 말에는 가당찮게도 코웃음을 쳤었다.

"요새 시상에 뭐 부모가 무슨 상관 있답뎌? 그래도 갸가 보는 눈이 높아서 엥간한 남자는 말도 못 꺼내게 하요잉. 저기 은행 대리가 중매를 넣어왔는디도 돌아보지 않습니다. 전문학교일망정 대학물도 일년 남짓 보았고 해서, 아는 게 아주 많다요."

그런 말을 들을 때마다 나는 목구멍이 근질거려서 견딜 수가 없었다. 왜 목구멍이 근질거리는가 하면 나는 또 다른 비밀을 하나 알고 있기 때문이었다. 이것은 정말 특급비밀인데 만약에 이 사실을 고흥댁 아주머니가 알았다가는 어떻게 수습이 되는지 내가 더 걱정인 판이다.

복덕방집 딸 동아언니가 누구와 좋아지내는가는 아마 나밖에 모르는 일일 것이다. 지난 봄에 노라네 집에 놀러갔다가 우연히 알게 된 사실로 노라조차도 영 모르고 있으니 나 혼자만 꿍꿍 앓다 말아야 할 것이긴 하지만, 그날 이후 복덕방 식구들만 만나면 내가 더 안절부절이었다. 여태까지 누구에게도 털어놓지 않은 말이라 좀 망설여지긴 하지만 아이, 할 수 없다. 이야기를 꺼냈으니 털어놓을 밖에. 동아언니는 노라네 대신설비에서 노라 아빠의 일을 거들어주는 노가다 청년하고 연애를 하는 판이다. 그것도 보통 사이가 아니다. 지난 봄날, 노라네 집에 갔다가 노라가 보이지 않아 무심코 모퉁이를 돌아나와 옆구리 창으로 가게를 기웃 들여다보니 그 두 남녀가 딱 붙어 앉아서 이상한 짓을 하고 있지 않은가. 동아언니는 그렇다치고 청년은 땀까지 뻘뻘 흘리면서 언니의 머리통을 꽉 껴안고 있었는데 좀 무섭기도 하였다.

이야기가 괜히 옆으로 흘렀지만 아무튼 선숙이언니가 김반장 같은 신랑감을 차버린 것은 좀 아쉬운 일이기는 하였다. 김반장이야 아직도 미련을 버리지 못하고 있는 터라 나만 보면 지금도 언니가 왔는가를 묻기에 여념이 없었다. 허나 선숙이언니는 처음 떠날 때도 그랬지만 요사이 한 번씩 집에 들를 적에도 럭키슈퍼 쪽은 쳐다보지 않는다. 어쩔 때는 "어휴, 저 거지발싸개같은 자식"이라고 욕도 막 내뱉는데 어떻게 알았는지 이모네 옷가게로 심심하면 전화질이라고 이를 갈았다. 가만히 눈치를 보아하니 선숙이언니도 요새 새 남자가 생긴 것 같고 전과 달리 아무 데서나 속옷을 훌렁훌렁 벗어 던지며 옷을 갈아입는데, 그 속옷이 요사무사하게 생겨서 내 눈을 달뜨게 하곤 했다. 좀 만져라도 볼라치면 언니는 내 손을 탁 때려버렸다.

"어때, 이쁘지? 재숙이 넌 이런 것 처음 보지? 이거, 모두 선물받은 거다."

끈으로 아슬아슬하게 꿰매놓은 저런 팬티 따위를 선물하는 치도 우습지만 그것을 자랑하는 언니는 더욱 밉상이어서 그럴 때면 속도 모르는 김반장이 불쌍해지기도 하였다.

몽달씨가 있음으로 인하여 김반장의 주가가 더 올라가는 점도 있었다. 나야 어린애니까 럭키슈퍼의 비치파라솔 아래서 어슬렁거려도 흉볼 사람은 없지만 동갑내기인 몽달씨가 하는 일도 없이 가게 근처를 빙빙 돌면서 어쩔 때는 나와 같이 쭈쭈바나 쪽쪽 빨고 있으면 오가는 동네어른들마다 혀를 끌끌 찼다.

"대학 다닐 때까진 저러지 않았대요. 저도 잘은 모르지만 학교에서 잘렸대나 봐요. 뭐 뻔하죠, 요새 대학생들 짓거린. 그리곤 곧장 군대에 갔는데 제대하고부턴 사람이 저리 됐어요. 언제나 중얼중얼 시를 외운다는데 확 미쳐버린 것도 아니고, 아주 죽겠어요."

몽달씨 새어머니 되는 이가 김반장에게 하소연하는 소리였다. 럭키슈퍼 단골인 그녀는 '아주 죽겠어요'가 입버릇이었다.

"내 체면을 봐서라도 옷이나 좀 깨끗이 입고 나다니면 좋으련만, 아주 죽겠어요."

말이 났으니 말이지 그 옷차림은 럭키슈퍼의 심부름꾼 복장으로 딱 걸맞았다. 종일 의자에서 빈둥거리기도 지겨운지라 우리는 곧잘 가게 일도 마다 않고 거들었었다. 우리 둘이서 기껏 머리를 짜내어 하는 일이란 게 고무호스로 가게 앞에 물을 뿌려주는 정도였다. 포장이 덜 된 가게 앞길의 먼지 제거를 위해서나 여름 땡볕을 좀 무디게 하는 방법으로는 그 이상도 없어서 김반장도 우리의 일을 기꺼이 바라봐 주곤 일이 끝나면 기분이란 듯 요구르트 한 개씩을 던져주기도 하였다.

그러다 차츰차츰 몽달씨 몫의 일이 하나 둘 늘어갔는데 가게 앞 청소나 빈 박스를 지하실 창고에 쟁이는 일 혹은 막걸리손님 심부름 따위가 그것으로, 몽달씨가 거드는 일이 많으면 많을수록 김반장은 더욱 의젓해지고 몽달씨는 자꾸 초라하게 비추어지는 게 나에겐 참으로 이상한 일이었다. 김반장도 그걸 모르지는 않았을 것이다. 그래서 언젠가는 아주 정색을 하고서 몽달씨 어깨를 꽉 껴안더니 이렇게 말하기도 하였다.

"자네 같은 시인에게 이런 일만 시키려니 미안하이. 자네는 확실히 시인은 시인이야. 이래 봬도 학교 다닐 때 위문편지는 내가 도맡아 써주곤 했던 실력이니까."

그러면 몽달씨는 더욱 신이 나서 생선 잘라주는 통나무 도마까지 깔끔이 씻어내고 널부러져 있는 채소들을 다듬고 하면서 분주히 설치는 것이다. 하지만 이제껏 몽달씨의 시노트를 읽어본 적이 없는 김반장이었다. 몽달씨가 짐짓 아직 자기 시는 읽을 만하지 못하니 유명한 시인들의 시나 읽어보지 않겠느냐고 구깃구깃 접은 종이를 꺼낼라치면 김반장은 온갖 핑계를 다 대서라도 줄행랑을 치면서 그가 보지 않은 틈을 타 머리 위에 대고 손가락으로 빙글, 동그라미를 그려보였다. 그것도 모르고 몽달씨는 언제라도 김반장에게 들려줄 수 있도록 꼬깃꼬깃한 종이쪽지들을 호주머니마다 가득 넣어 가지고 다녔다. 그때쯤엔 나도 몽달씨의 시적 대화에는 질려 있어서 덩달아 자리를 피했고 김반장을 따라 머리 위에 손가락으로 동그라미를 그려댔다. 약간, 아니 혹시는 아주 많이 돈 원미동 시인은 그래도 여전히 럭키슈퍼의 심부름꾼 꼬마처럼 다소곳이 잡심부름을 도맡아 가지고 있었다.

분명히 말하자면 보름 전쯤 그 사건이 일어날 때까지만 해도 나는 김반장이 내 셋째형부가 되어주길 은근히 바라고 있었다. 농사 짓는 큰형부는 워낙이 나이가 많아 늙은 아버지 같아서 싫었고 둘째언니야 아직 공식적으로는 처녀니까 별 볼일 없는 데다 형부다운 형부는 선숙이언니가 결혼해야 생길 터이니 기왕이면 김반장같은 남자가 형부가 되길 바란 것이었다. 하기야 넷째언니도 시방 같은 공장에 다니는 사내와 눈이 맞아서 부쩍 세수하는 시간이 길어지긴 했지만 그래봤자 앞차가 두 대나 밀려 있으니 어림도 없었다. 선숙이언니와 김반장이 결혼하면 누가 뭐래도 나는 럭키슈퍼에 진득이 붙어 있을 수 있는 자격을 갖게 되는 셈이었다. 기분이 내키면 삼백 원짜리 빵빠레를 먹은들 어떠하랴. 오밀조밀 늘어놓은 온갖 과자와 초콜릿과 사탕이 모두 내 손아귀에 있다, 라고 생각하면 어쩔 수 없이 나는 흐물흐물 기분이 좋아졌다.

　그런데 정확히 열나흘 전의 그 일로 인하여 나는 김반장과 럭키슈퍼의 잡다한 군것질감을 한꺼번에 포기하였다. 모르긴 몰라도 이런 나의 처사는 백번 옳을 것이었다. 그 사건의 처음과 끝을 빠짐없이 지켜본 유일한 목격자는 나 하나뿐이었지만 그렇다고 내가 본 것을 누군가에게도 늘어놓지는 않았다. 웬일인지 그 일에 관해서는 입도 뻥긋하기 싫었다. 그런 채로 나 혼자서만 김반장을 형부감에서 제외시켜 버렸던 것이다. 또 하나, 아주 용기를 필요로 하는 일이었지만 그날 이후에는 김반장이 내 엉덩이를 철썩 두들기며 어이, 우리 재숙이처제 어쩌구 할 때는 단호하게 그를 뿌리치고 도망나와 버리곤 하였다. 물론 그가 내미는 쭈쭈바도 받아먹지 않았다.

　그 사건은 초여름밤 열 시가 넘어서 일어났다. 그날은 낮부터 티격태격해 대던 엄마와 아버지와의 말싸움이 저녁에 이르러서는 본격적으로 시작되었다. 넷째언니는 야간조업이 있다고 늘상 열두 시가 다 되어야 돌아오는 처지라 만만한 나만 엄마의 분풀이 대상이 되어서 낮부터 적잖이 욕설도 들어먹었던 차였다. 싸우는 이유도 뭐 그리 대단한 게 아니었다. 아버지가 쓰레기 속에서 주워온 십팔금 목걸이를 맥주 네 병으로 맞바꾸어 간단히 목을 축이고 돌아왔노라는 말을 내뱉은 뒤부터 엄마의 잔소리가 시작된 게 원인이었다. 새삼 길게 이야기할 것도 없고 요지는 맥주 네 병으로 홀랑 마셔버리느니 지 여편네 목에 걸어주면 무슨 동티가 날까 봐 그랬느냐는 아우성이었다. 엄마가 지금 손가락에 끼고 있는, 약간 색이 변한 십팔금 반지도 아버지가 주워온 것인데 짜장 목걸이까지 세트로 갖출 뻔한 것을 놓쳐서 엄마는 단단히 약이 올랐다. 그러던 말싸움이 저녁에 가서는 기어이 험악한 욕설과 아버지의 손찌검으로 이어지길래 나는 언제나처럼 슬그머니 집을 빠져나와 비어 있는 럭키슈퍼의 노천의자에 앉아 있었다. 가끔씩 있는 일로서 머지않아 아버지는 엄마를 케이오로 때려눕힌 뒤 코를 골며 잠들어 버릴 것이었다. 그 다음엔 눈물 콧물 다 짜낸 엄마가 발을 질질 끌며 거리로 나와 재숙아!를 목청껏 부를 판이었다. 그때나 되어 못 이기는 척 들어가 잠자리에 누워버리면 내일 아침의 새날이 올 것이 분명하였다.

집에서 나온 것이 아홉 시쯤, 그래서 김반장도 가겟방에 놓은 흑백텔레비전으로 저녁뉴스를 시청하느라고 내가 나온 것도 모르고 있었다. 장가들면 색시가 컬러텔레비전을 해올 것이므로 굳이 바꿀 필요 없다고 고물 텔레비전으로 견디어내는 김반장의 등허리를 흘낏 쳐다보고 나는 신발까지 벗고 의자 위에 냉큼 올라앉았다. 잠이 오면 탁자에 엎드려 한숨 졸고 있어볼 생각으로 나는 가물가물 감기는 눈을 비비며 이리저리 몸을 뒤척이고 있었다. 거리는 그날따라 유난히 한산했고 지물포나 사진관도 일찌감치 아크릴 간판에 불을 꺼둔 채였다. 우리정육점은 휴일인지 셔터까지 내려져 있었다. 그 옆의 서울미용실은 경자언니가 출퇴근을 하기 때문에 아홉 시만 되면 어김없이 불을 꺼버린 채였다. 럭키슈퍼에서 공단 쪽으로 난 길은 공터가 드문드문 박혀 있어서 원래 칠흑같이 어두웠다. 한 블록쯤 가야 세탁소가 내비치는 불빛이 쬐끔 새어나올 뿐이고 포장도 안 된 울퉁불퉁한 소방도로 옆으로는 자갈이며 벽돌 따위가 쌓여 있었다.

바로 그때 공단 쪽으로 가는 어두운 길에서 뭔가 비명소리도 같고 욕지기를 참는 안간힘 같기도 한 소리가 들려왔다. 아니, 그때 나는 비몽사몽 졸음 속에서 헤매고 있었기 때문에 정확하게 어떤 소리를 들은 것은 아니었다. 이제 생각하면 그 순간에는 분명 잠에 흠뻑 취해 있었음이 분명했다. 그럼에도 불구하고 그 소리를 들었던 것처럼 생각된 것은 꿈속에까지 쫓아와 악다구니를 벌이고 있는 엄마와 아버지의 모습을 보고 있었던 탓인지도 몰랐다. 하여간 허공을 가르는 비명소리가 꿈속이었거나 생시였거나 간에 들려왔던 것은 사실이었다. 움찔 놀라며 눈을 떴을 때는 이미 누군가가 어둠을 뚫고 뛰쳐나와 필사적으로 가게를 향해 덮쳐오는 중이었다. 그리고 그 뒤엔 덫에서 뛰쳐나온 노루새끼를 붙잡으러 온 것이 확실한 젊은 사내 둘이 가쁜 숨을 몰아쉬며 쫓아오고 있었다.

공교롭게도 나는 불빛에서 약간 비껴난 쪽의 의자에 앉아 있었기 때문에 그들의 눈에 띄지 않았다. 더욱 공교로웠던 것은 마침 가게 주변엔 아무도 없었다는 사실이었다. 때에 따라서는 비치파라솔 밑의 이 의자로는 턱도 없이 모자랄 만큼의 사람들이 왁자하게 모여 막걸리타령을 벌이는 경우가 종종 있었다. 대개는 일을 끝내고 돌아가는 공사장의 인부들이었다. 그 사람들이 아니더라도 동네 사람 몇몇이 자주이 의자에 앉아 밤바람을 쐬기도 했는데 그날은 아무도 없었다. 갑작스런 사태에 놀라 어리둥절하는 사이 도망자는 곧장 가게 안으로 들어가 버렸고 뒤쫓아온 사람 중의 하나는 가게 앞에, 또 하나는 마악 가게속으로 들어가는 중이어서 나는 그들의 모습을 비교적 자세히 볼 수 있었다.

"야, 이 새꺄! 이리 못 나와!"

가게 안으로 쫓아들어가면서 소리치고 있는 사내는 빨간색의 소매 없는 러닝셔츠를 입고 있어서 땀에 번들거리는 어깻죽지가 엄청 우람하게 보였다.

"깽판 치기 전에 빨리 나오란 말야!"

가게 앞에 서서, 씩씩 가쁜 숨을 몰아쉬며 이마의 땀을 훔치고 있는 사내는 두 개의 윗저고리를 한 손에 거머쥐고 있었다. 그랬으므로 그도 당연히 러닝셔츠 바람이었지만 소매도 달린, 점잖은 흰색이었으므로 빨간 셔츠에 비해 훨씬 온순하게 보여졌다.

도대체 무슨 일일까. 호기심을 이기지 못한 나는 가게 옆구리의 샛문을 통해 안을 들여다보았다. 그새 사내의 발길에 채여버린 도망자가 바닥에 엎어져 있었고 김반장이 만약을 위해 사내 주변의 맥주박스를 방 안으로 져 나르면서 뭐라고 소리치고 있었다.

"김형, 김형…… 도와주세요."

쓰러진 남자의 입에서 이런 말이 가느다랗게 흘러나온 것은 그 순간이었다. 그와 동시에 빨간 셔츠의 사내가 다시 쓰러진 자의 등허리를 발로 꽉 찍어눌렀다.

"이 새끼, 아는 사이요? 그러면 당신도 한번 맛 좀 볼 텐가?"

맥주병을 거꾸로 쳐들고 빨간 셔츠가 소리질렀다. 김반장의 얼굴이 대번에 하얗게 질려버렸다.

"무, 무슨 소리요? 난 몰라요! 상관없는 일에 말려들고 싶지 않으니까 나가서들 하시오."

그때 바닥에 쓰러져 버둥거리던 남자가 간신히 몸을 비틀고 일어섰다. 코피로 범벅이 된 얼굴이 슬쩍 드러나 보였는데 세상에, 그는 몽달씨임이 분명하였다. 그러고 보니 빛바랜 바지와 물들인 군용잠바 밑에 노상 껴입고 다니던 우중충한 남방셔츠가 틀림없는 몽달씨였다. 아까는 워낙 눈 깜짝할 사이에 가게 안으로 뛰어들었기 때문에 얼굴을 볼 겨를이 없었다.

"이 짜식, 어디로 토끼는 거야! 너 같은 놈은 좀 맞아야 돼."

흰 이를 드러내며 빨간 셔츠가 으르렁거렸다. 순간 몽달씨가 텔레비전이 왕왕거리고 있는 가겟방을 향해 튀었다. 방은 따로 바깥쪽으로 난 출입구가 있었기 때문이었다. 그러나 몽달씨보다 더 빠른 동작으로 방문을 가로막아 버린 사람이 있었다. 바로 김반장이었다.

"나가요! 어서들 나가요! 싸우든가 말든가 장사 망치지 말고 어서 나가요!"

빨간 셔츠가 몽달씨의 목덜미를 확 나꾸어챘다. 개처럼 질질 끌려나오는 몽달씨를 보더니 밖에 있던 흰 러닝셔츠가 찌익, 이빨 새로 침을 뱉어냈다. 두 사람 다 술기운이 벌겋게 오른, 번들거리는 눈자위가 징그러웠다. 나는 재빨리 불빛이 닿지 않는 구석으로 몸을 피했다. 무섭고 또 무서웠다. 저렇게 질질 끌려가는 몽달씨를 위해서 내가 해야 할 일이 무엇인지 알 수가 없었다. 도무지 가슴이 떨려 숨도 크게 쉬지 못할 지경이었는데도 김반장은 어지러진 가게를 치우면서 밖은 내다보지도 않았다.

두 명의 사내 중에서도 빨간 셔츠가 훨씬 악독한 게 사실이었다. 녀석은 몽달씨의 머리칼을 한 움큼 휘어감고서 마치 짐짝을 부리듯이 몽달씨를 다루고 있었다. 끌려가지 않으려고 버둥거리다가는 사내의 구둣발에 사정없이 정강이며 옆구리가 뭉개어졌다. 지나가던 행인 몇 사람이 공포에 질린 얼굴로 그들을 지켜보았다. 구경꾼들이 보이자 빨간 셔츠가 당당하게 외쳐댔다.

"이 새끼, 너같은 놈은 여지없이 경찰서로 넘겨야 해. 빨리 와!"

불 켜진 황금부동산 앞에서 몽달씨가 최후의 발악을 벌여 놈의 손아귀에서 빠져나왔다. 그러나 이내 녀석에게 머리칼을 붙잡히면서 부동산 옆의 시멘트기둥에 된통 머리를 받혔다. 쿵. 몽달씨의 머리통이 깨져나가는 듯한 소리에 나는 눈을 감아버렸다. 숨이 막힐 것만 같았다. 행복사진관과 원미지물포만 지나고 나면 또다시 불빛도 없는 공터가 나올 것이므로 몽달씨를 구해 낼 시기는 지금밖에 없다. 몽달씨가 악착같이 불 켜진 가게 쪽으로만 몸을 이끌어갔기 때문에 길 이쪽은 텅 비어 있었다. 몇몇 사람들이 있기는 하였지만 그들은 섣불리 끼어들지 않고서 당하는 몽달씨의 처참한 꼴에 혀만 끌끌 차고 있었다.

"빨리 가, 이 자식아! 경찰서로 가잔 말야!"

빨간 셔츠가 움켜쥔 머리칼을 확 나꾸어채면 몽달씨는 시멘트바닥에서 몸을 가누지 못해 정말 개처럼 두 손을 바닥에 짚고 끌려갔다.

"왜 이러세요…… 내게 무슨 잘못이…… 있다고……."

행복사진관의 밝은 불빛 앞에서 몽달씨가 울부짖으며 사내에게 잡힌 머리통을 흔들어대다가 녀석의 구둣발에 면상을 짓밟히기 시작하였다. 마침내 나는 내달리기 시작하였다. 두 주먹을 불끈 쥐고 녀석들 곁을 바람같이 스쳐 나는 원미지물포로 뛰어들었다. 가게는 텅 비워둔 채 지물포 조씨 아저씨는 아랫목에 길게 누워 텔레비전을 보느라 바깥의 소동은 까맣게 모르고 있었다.

"깡패가, 깡패가 몽달씨를 죽여요!"

조씨 아저씨는 그 우람한 체구에 비하면 말귀를 빨리 알아듣는 사람이었다. 벼락같이 튀어나와 마침 자기 가게 앞을 끌려가고 있는 몽달씨의 꼴을 보고는 냅다 소리를 질렀다.

"죄가 있으모 경찰을 부를 일이제 무신 일로 사람을 이리 패노? 보소! 형씨, 그 손 못 놓나?"

투박한 경상도 말이 거침없이 쏟아져 나오자 녀석도 약간 주춤했다.

"아저씨는 상관 마쇼! 이런 놈은 경찰서로 끌고 가야 된다구요."

"누가 뭐라카노. 야! 빨리 경찰에 신고해라. 당신네들이 사람 뚜드려가며 경찰서까지 갈 것 없다. 일분 안에 오토바이 올 테니까."

"이 아저씨가…… 이 새끼, 아는 사람이요?"

"잘 아는 사람이니 이카제. 이 착한 청년이 무신 죄를 졌다꼬 이래 반죽여놨노? 무슨 일이라?"

그제야 빨간 셔츠가 슬그머니 움켜쥔 머리칼을 놓았다. 몽달씨가 비틀거리며 조씨 곁으로 도망쳤다.

"아무 잘못도…… 없어요…… 지나가는 사람 잡아놓고…… 느닷없이 때리는데."

더듬더듬, 입 안에 괴어 있는 피를 뱉어내며 간신히 이어가는 몽달씨의 말을 듣노라고 조씨가 잠시 한눈을 판 것이 잘못이었다. 멀찌감치 서서 구경을 하고 있던 사람들 중에서 누군가가 소리쳤다.

"어이, 저 봐요. 저 사람들 도망쳐요!"

정말 눈깜짝할 사이였다. 벌써 공단쪽 길로 튕겨가는 모양으로 발자국 소리만 어지럽고 녀석들은 어둠 속에 파묻혀 버린 뒤였다.

"빨리 가서 잡아야지 저런 놈들 그냥 두면 안 돼요!"

언제 왔는지 김반장이 발을 구르며 흥분하고 있었다. 금방이라도 잡으러 갈듯 몸을 솟구치는 꼴이 가관이었다.

"소용없어. 저놈들이 어떤 놈이라고."

"세상에, 경찰서로 가자고 그리 당당하게 굴더니 도망치는 것 좀 봐."

"그러니까 그냥 닥치는 대로 골라잡아 팬 거군. 우린 그것도 모르고 정말 도둑이나 되는 줄 알았지 뭐야!"

"여기는 가게들이 많아 환하니까 어두운 곳으로 끌고 가서 작신 팰려고 수작을 벌였군."

"그래요, 아까 보니까 저 윗길에서 이 총각이 그냥 지나가는데 불러놓고 시비드라구요. 아휴, 저 총각 너무 많이 맞았어. 죽지 않은 게 다행이야."

"그럼 진작에 말하지 그랬어요?"

"누가 이 지경인 줄 알았수? 약국에 가는 길에 그 난리길래 무서워서 저쪽으로 돌아갔다가 약 사갖고 와보니 경찰서 가자고 여태도 패고 있는걸."

모여 섰던 사람들이 저마다 한마디씩 떠들어대기 시작했다. 조금 아까까지도 텅 비어 있다시피한 거리였는데 언제 알았는지 이집 저집에서 쏟아져 나온 사람들이 웅성거리며 피투성이가 된 몽달씨를 기웃거렸다. 참말이지 쥐어뜯긴 머리칼하며 길바닥을 쓸고 온 꼬락서니, 그리고 피범벅이 된 얼굴까지가 영락없이 몽달귀신 그대로였다.

"무신 놈의 세상이 이리 험악하노. 이래가꼬는 사말이라 할 수 있겠나?"

조씨가 어이없어하는데 또 김반장이 냉큼 뛰어들었다.

"그러게 말입니다. 하여간 저놈들을 잡아서 넘겼어야 하는 건데……좀 어때? 대체 이게 무슨 꼴인가. 어서 집으로 가세. 내가 데려다 줄게."

김반장이 몽달씨를 부축해 일으켰다. 세상에 밸도 없지, 그 손을 뿌리치지 못하고 몽달씨는 김반장의 부축을 받으며 집으로 갔다.

몽달씨를 다시 보게 된 것은 그로부터 꼭 열흘이 지난 며칠 전이었다. 그 열흘간을 어떻게 보냈는지는 설명하기도 귀찮을 정도였다. 몽달씨와 더불어 다닐 때는 몰랐지만 막상 그가 없으니 심심해서 미칠 지경이었다. 하루가 꼭 마흔 시간쯤으로 늘어난 느낌이었다. 때때로는 럭키슈퍼의 의자에 앉아 있은 적도 있었지만 이미 김반장과는 서먹한 사이가 되어버려서 그다지 자주 찾지는 않았다. 그날 밤, 내가 몰래 가게 안을 훔쳐보고 있은 줄을 모르는 김반장만큼은 예전과 다름없이 졸고 있기는 하였다.

"재숙이처제. 요새는 왜 뜸해? 선숙이언니 서울서 오거든 직방으로 내게 알리는 것 잊지 마라. 그러면 내가 이것 주지!"

김반장이 쳐들어 보이는 것은 으레 요깡이었다. 껍질에는 영양갱이라고 써 있는 이백 원짜리 팥떡인데, 그것을 죽자사자 먹고 싶어하는 것을 아는 까닭이었다. 그러나 흥, 어림도 없지. 선숙이언니가 오게 되면 김반장의 비겁한 행동을 미주알고주알 일러바쳐서 행여 남아 있을지도 모를 미련까지도 아예 싹둑 끊어버리게 하자는 것이 내 속셈이었다. 어찌된 셈인지 선숙이언니는 한 달 가까이 집에는 코빼기도 내비치지 않고 있었다. 얼마 전에 서울에 다녀온 엄마 말로는 양품점이 한 달에 두 번 노는데도 집에는 올 생각 않고 왼종일 쏘다니다 밤 늦게서야 기어들어 온다는 것이다. 게다가 이모가 받아본 전화 속의 남자들만도 서넛이 넘어서, 양품점 전화통이 종일토록 불나게 울려대는 통에 지깐년은 저한테 걸려오는 전화 받기에도 바쁜 형편이라 했다. 엄마를 쏙 빼닮아 말뿐새가 거칠기 짝이 없는 이모가 보나마나 바가지로 퍼부었을 선숙이언니의 흉보따리를 잔뜩 짊어지고 온 엄마의 마지막 결론은 갈데없이 원미동 똑똑이다웠다.

"선숙이 고년, 이왕지사 바람든 년이니까 차라리 탤런트나 영화배우를 시키는 게 낫겠습다. 말이사 바른 말이지 인물이야 요즘 헌다 하는 장미희보다 낫지……."

"미쳤군, 미쳤어. 탤런트는 누가 거져 시켜주남. 뜨신 밥 먹고 식은 소리 작작해!"

그렇게 몰아붙이면서도 아버지는 으레 호흐흐 웃고 마는 게 예사였다. 딸 많은 집구석에 인물 팔아 돈 버는 딸년 하나쯤 생긴다 해서 나쁠 것도 없다는 웃음이 분명했다.

"서울사람들은 눈도 밝지. 선숙이가 명동으로 나갔다 하면 영화배우 해보라고 줄줄이 따라다닌답니다. 인물 좋은 것도 딱 귀찮다고 고년이 어찌 성가셔하는지……."

엄마도 참, 입술에 침도 안 바르고 고흥댁 아줌마한테 이렇게 주워 섬기는 때도 있다. 그러면 여태도 동아언니 콧대가 하늘 높은 줄 모르고 솟아 있다고만 믿는 고흥댁 아주머니도 지지 않고 딸자랑을 쏟아놓았다.

"우리 동아는 요새 피아노도 배우고 꽃꽂이학원도 단닌다고 맨날 바쁘다요. 시방 세상은 그 정도의 신부수업인가 뭔가가 아주 필수라 한다드만."

엄마도 엄마지만 고흥댁 아주머니 말은 듣기에 거북하였다. 대신설비 노가다 청년한테 시집가면 피아노는커녕, 호박꽃 한 송이 꽃을 일도 없을 것이니까. 어른들은 알고 보면 하나밖에 모르는 멍텅구리 같을 때가 종종 있는 법이다. 그 사건 이후, 김반장에 대한 이야기만 해도 그렇다.

"김반장 그 사람 참말이제 진국은 진국인기라. 엊그제만 해도 복숭아 깡통 하나 들고 몽달청년한테 가능갑드라. 걱정도 억시기 해쌓고, 우찌됐건 미친놈한테 그만큼 정성들이는 것만 봐도 보통은 아닌기 맞다."

지물포 조씨가 행복사진관 엄씨한테 하는 말이었다. 세 살 많다 하여 어김없이 형님으로 받드는 엄씨가 고개를 끄덕이며 맞장구 치는 것을 보고 있으면 내 속이 터질 것만 같았다. 그렇지만 이상하게도 그 밤의 일을 속시원히 털어놓을 수가 없었다. 그러고 보면 이 김재숙이야말로 진국 중에 진국인지도 모른다.

몽달씨가 자리 털고 일어난 이야기를 하려다가 또 다른 쪽으로 새버렸지만 몽달씨야말로 진짜 이상한 사람이었다. 오후반인 노라가 등교준비를 해야 한다고 서둘러 저희집으로 가버린 때니까 정오가 조금 지나서였을 것이다. 집으로 가다 말고 문득 럭키슈퍼 쪽을 돌아보니 음료수박스들을 차곡차곡 쟁여놓는 일에 땀을 뻘뻘 흘리고 있는 몽달씨가 보였다. 실컷 두들겨맞고 열흘간이나 누워 있었던 사람이라 안색이 차마 마주 보기 어려울 만큼 해쓱했다. 그런데도 뭐가 좋은지 히죽히죽 웃어가면서 열심히 박스들을 나르고 있는 게 아닌가. 그것도 김반장네 가게에서. 아무리 눈을 크게 뜨고 보아도 몽달씨가 분명했다. 저럴 수가. 어쨌든 제정신이 아닌 작자임이 틀림없었다. 아무리 정신이 좀 헷갈린 사람이래도 그렇지 그날 밤의 김반장 행동을 깡그리 잊어버리지 않고서야 저럴 수가 없다는 게 내 생각이었다.

잊었을까. 그날 밤 머리의 어딘가를 세게 다쳐서 김반장이 자기를 내쫓은 부분만큼만 감쪽같이 지워진 것은 아닐까. 전혀 엉뚱한 이야기만도 아니었다. 텔레비전에서도 보면 기억상실증인가 뭔가로 자기 아들도 못 알아보는 연속극이 있었다. 그런 쪽의 상상이라면 나를 따라올 만한 아이가 없는 형편이었다. 내 머릿속은 기기괴괴한 온갖 상상들로 늘 모래주머니처럼 빽빽했으니까. 나는 청소부 아버지의 딸이 아니라 사실은 어느 부잣집의 버려진 딸이다, 라는 식의 유치한 상상은 작년도 못 되어 이미 졸업했었다. 요즘의 내 상상이란 외계인 아버지와 지구인 엄마와의 사랑 뭐 그런 쪽의 의젓한 것이었다. 아무튼 나의 기막힌 상상력으로 인해 몽달씨는 부분적인 기억상실증 환자로 결정되었다. 그렇다면 이제는 확인할 일만 남은 셈이었다. 오래 기다릴 필요도 없었다. 나는 김반장네 가게일을 거들어주고 난 뒤 비치파라솔 밑의 의자에 앉아 뭔가를 읽고 있는 몽달씨에게로 갔다. 보나마나 주머니 속에 잔뜩 들어 있는 종이조각 중의 하나일 것이었다. 멀쩡한 정신도 아닌 주제에 이번엔 기억상실증이란 병까지 얻어놓고도 여태 시 따위나 읽고 있는 몽달씨 꼴이 한심했다.

"이거, 또 시에요?"

"그래. 슬픈 시야. 아주 슬픈……."

몽달씨가 해쓱한 얼굴을 쳐들며 행복하게 웃었다. 슬픈 시라고 해놓고선 웃다니. 나는 이맛살을 찡그리며 몽달씨 옆에 앉았다. 그리고 아주 낮은 목소리로 물었다.

"이제 다 나았어요?"

"응. 시를 읽으면서 누워 있었더니 금방 나았지."

금방은 무슨 금방. 열흘이나 되었는데. 또 한 번 나는 몽달씨의 형편 없는 정신상태에 실망했다.

"그날 밤에 난 여기에 앉아서 다 봤어요."

"무얼?"

"김반장이 아저씨를 쫓아내는 것……."

순간 몽달씨가 정색을 하고 내 얼굴을 쳐다보았다. 예전의 그 풀려 있는 눈동자가 아니었다. 까맣고 반짝이는 눈이었다. 그러나 잠깐이었다. 다시는 내 얼굴을 보지 않을 작정인지 괜스레 팔뚝에 엉겨붙은 상처딱지를 떼어내려고 애쓰는 척했다. 나는 더욱 바싹 다가앉았다.

"김반장은 나쁜 사람이야. 그렇지요?"

몽달씨가 팔뚝을 탁 치면서 "아니야"라고 응수했는데도 나는 계속 다그쳤다.

"그렇지요? 맞죠?"

그래도 몽달씨는 못들은 척 팔뚝만 문지르고 있었다. 바보같이. 기억 상실도 아니면서…… 나는 자꾸만 약이 올라 견딜 수 없는데도 몽달씨는 마냥 딴전만 피우고 있었다.

"슬픈 시가 있어. 들어볼래?"

치, 누가 그따위 시를 듣고 싶어할 줄 알고. 내가 입술을 비죽 내밀거나 말거나 몽달씨는 그예 시를 읊고 있었다. ……마른 가지로 자기 몸과 마음에 바람을 들이는 저 은사시나무는, 박해받는 순교자 같다. 그러나 다시 보면 저 은사시나무는 박해받고 싶어하는 순교자 같다…….

"너 글씨 알지? 자, 이것 가져. 나는 다 외웠으니까."

몽달씨가 구깃구깃한 종이쪽지를 내게로 내밀었다. 아주 슬픈 시라고 말하면서. 시는 전혀 슬픈 것 같지 않았는데도 난 자꾸만 눈물이 나려 하였다. 바보같이, 다 알고 있었으면서⋯⋯ 바보 같은 몽달씨⋯⋯.

*소설 속에 인용된 시는 순서대로 김정환, 이하석, 황지우씨의 작품임.

누에는 왜 고치를 떠나지 않는가

윤 정 모

1946년 부산 출생.
서라벌예대 문예창작과 졸업.
1976년 장편소설 《광화문통 아이》로 등단.
소설집 《가자, 우리의 둥지로》《에미 이름은 조센삐였다》 등.
장편소설 《그리고 함성이 들렸다》《나비의 꿈》 등.

누에는 왜 고치를 떠나지 않는가

다시 부엌 창문으로 다가섰다. 돌계단에서 이어져 내려간 우리집 뒷길, 그 오른쪽엔 길게 뽕밭이 가로누웠고 왼편으로는 작은 흙벽돌집이 돌아앉아 있다.

이래 봬도 고대광실이 부럽잖은 내 집이여.

번데기 모양 웅크리고 있는 그 집에서 맨 먼저 눈에 들어오는 것은 토벽 위에 걸쳐진 양회굴뚝이다. 아침에 눈 비비고 나와 부엌창을 내다보면 언제나 연기가 피어 오르면서 밤새 잘 잤다는 인사를 보내왔는데 이제는 한 점 연기도 머금지 못한 채 빈 입만 꺼멓게 벌렸고 입 모퉁이엔 자그마한 장독들이 버려진 아이들처럼 옹기종기 모여 앉아 추위에 떨고 있다. 가장 키가 큰 새우젓 독엔 불을 때고 골라낸 참나무숯이 소복이 쌓여 있을 것이고 지난 봄에 해다 말린 고사리나 취나물은 어느 항아리 속에선가 보름장을 기다리고 있을 터인데…… 지난 밤 꿈이 떠오른다. 할머니는 생전의 그 걸걸한 목소리로 나를 불렀다. 그분은 왔었어요, 할머니. 왔었어요! 현관문을 활짝 열고 나간 것 같은데 나는 부엌창 안에 있었고 할머니는 바깥 자드락길에 서서 무연히 아래를 내려다보았다. 그 아랫길에서 여인이 올라오고 있었다. 할머니의 딸이…… 잠이 깼을 땐 새벽이었다. 그렇구나. 오늘이 삼우제…… 삼우제 날 다시 와서 유품을 정리하겠다고 그 여인은 말했었지.

　뽕나무밭 아랫길로 사람이 오고 있다. 삭정이 가지 사이로 어른거려 보이는 사람은 아낙인데…… 그 여인일까. 누비 스란치마를 입고 자드락길을 건너질러 가는 사람은 아랫말 토끼집 부인이었다.

　자드락길 오른쪽, 뽕밭을 낀 도랑에는 우리집에서 내려간 하수구 물이 잉어의 비늘 꼴로 얼부풀어 누웠고 그 물이 넘쳐 빙판이 된 길바닥은 할머니가 뿌려둔 왕겨가 허옇게 켜지어 있다. 이것 봐! 길을 이 꼴로 만들어놓고 이 늙은이더러 물 길러 다니면서 해딱 자빠지란 말요? 엉? 처음 이사를 왔을 땐 한동안 무엇이나 트집을 잡고 닦달질을 하더니…… 어디서 굴러온 여편네가 내 집 위에다 터를 차고 앉은겨? 귀양온 심정으로 이삿짐을 내리던 날 할머니가 괜한 생떼를 부려 나는 또 얼마나 절망했던가. 인사요, 워낙 드세고 욕을 잘해서 할아버지들도 못 당해요, 하면서 나직이 일러주었지만 이미 피해 볼 수 없는 상황이었다. 사람이 싫어 산비탈에다 집을 지은 것이 그만 할머니의 외딴집과 가장 가까운 이웃이 되고 만 것이었다. 그해 가을과 겨울이 가고 봄이 왔을 땐 또 우리의 텃밭을 묵혀둔다고 반나절이나 호통을 쳐댔다. 이것 봐, 어째 밭을 눌켜 두는겨? 풀만 잔뜩 키워 남의 밭으로 풀씨 날으라 그려? 그즈음 내 마음은 덧나고 있는 상처와 같았다. 바람에 티끌 한 점만 날아들어도 머리 끝까지 아파오는 과민성…… 그럼에도 나는 사정하듯 대답했다. 할머니, 남자가 없는 집이라…… 아니, 서울선 논다니를 했나, 기생 버선발을 하다 왔나, 요까짓 이백 평짜리 밭은 쇠스랑으로 찍어 파도 한나절이면 돼여! 어영 걷어붙이고 안 나올겨? 아, 할머니, 왜 이렇게 절 괴롭히세요. 이건 제 땅이에요. 저야 갈든 말든…… 허라, 묵정밭 맹그는 꼴세 보니 서방 내삔지고 온 고 심보통 알 것구먼…… 그래요, 할머니. 남편 빼앗기고 온 사람이 그깟 밭꼴이 보이겠어요? 애까지 빼앗기지 않으려고 도망치듯 산골로 들어온 저에게 밭뙈기가 대체 뭐란 말인가요. 전 이미 된서리를 맞은 여편네예요. 세상이 귀찮단 말예요…… 내가 그렇게 폭발해 버린 다음 날 할머니는 마을 구씨 할아버지를 데리고 와서 소로 우리 밭을 갈아주었다. 그리고 파, 상추, 쑥갓 등 우선 먹어야 할 푸성귀 씨앗들을 뿌려주면서 마치 다른 사람이라도 된 듯 나긋나긋 말하는 것이었다.

"그럴수록이 사람은 일을 해야 하는겨. 새끼가 있잖남. 그래도 새끼랑 살아보것다고 새 집 짓고 온 것 아녀? 그러니 집을 가꿔봐. 앞뒤를 댕기믄서 풀을 뽑구 꽃낭구두 싱거. 산에 가서 두룹을 따오등가. 뭐든 새끼한테 맛나게 해멕일 생각만 해보란 말여. 그런 복이나마 없는 사람이 숱해."

산바람이 우리집 모퉁이 벽을 꺽꺽 씹다가 아래로 달려가서는 할머니 집 석판 지붕 위에서 풍구질을 한다. 하얗게 마른 박줄기가 날아가지 않으려고 안간힘을 하다가 결국 뽕밭 쪽으로 휘익 채여간다.

"스레또 지붕은 가팔라서 푹신하게 풀을 올려줘야 박이 참하게 앉는겨."

박줄기가 한창 간짓대에 어우러져서 처마에 턱걸이를 할 즈음이면 할머니는 지게를 지고 나가 질샷반 가득 풀을 베어와서 저 지붕 위로 휙휙 던져 올리곤 했다.

"호박꽃은 아침 해에 피고 박꽃은 저녁 해에 피지. 옛날 시계가 귀할

땐 박꽃이 활짝 피면 보리쌀을 삶아 저녁을 지은겨."

저녁에 피는 꽃…… 나는 하얗게 피어나는 박꽃을 보면서 밤마다 홀로 벌어지는 내 자궁을 생각했다. 외로움을 삼키고 처연하게 바라보는 나의 달, 그러나 멀리멀리로 달아나기만 하는 그 달…… 나는 그 서러움을 감추고 할머니에게 물었다.

"요즘 좋은 바가지도 많은데 박은 심어 엇다 쓰시게요?"

"서울서 살다 왔담서 그것두 몰러? 잘 여물려서 장에 들고 나가봐, 바가지 공옌가 뭔가 한다는 서울 손님 까치매양 몰려와여."

아, 할머니의 달은 돈…… 홀로 살면서…… 그 뒤부터 어린 박을 타서 박나물을 무쳐와도 나는 그 귀한 나물맛보다 먼저 돈 되는 일이면 무엇에나 악착같아지는 할머니가 궁금했다. 당신을 위한 옷 한 벌은커녕, 자반 한 토막 사다 먹는 일 없이 한사코 돈을 만들려 했던 할머니의 그 질긴 집념…… 당신이 죽으면 마을 공동묘지에 묻어달라는 부탁까지 해놓고 산다는 말을 들었을 땐 혼자 몸이라 스스로 노환을 대비하나보다 여기기도 했다. 그러나 갑자기 허리를 다쳐 눕게 된 할머니에겐 왕진 온 의사 비용조차 지불할 돈이 없었다.

"일어나야 할 턴디. 내년 봄에 삼밭 일이나 해야 서울댁이 줘 보낸 왕진비를 갚을 턴디……."

뽕나무밭 쪽에서 도리깨질하고 온 바람이 할머니의 빈 집을 타악 탁 갈긴다. 이십몇 년 전 삼밭 품꾼으로 따라 들어온 뒤 이곳에 눌러앉게 되었다던가. 손수 흙벽돌을 찍어 쌓아 올렸다는 할머니의 집, 당신이 일궈온 생활의 흔적은 아직도 그대로 남아 있건만 이제 그 집은 타살된 시체처럼 겨울 들판에 버려져 있다. 아, 할머니의 껍질…… 어쩌면 저 집은 그런 격변을 맞고도 살아낼 수밖에 없었던 할머니의 고치, 끊임없이 실을 뽑아 스스로 가두는 누에같이 사람의 죽음 역시 그 인생의 무덤, 숱한 사연을 만들며 서서히 갇혀가는 생애의 무덤인 것일까. 그래서 할머니의 넋은 죽어서도 쉽게 저 집을 떠날 수 없었던 것일까. 자신이 풀어낸 탯줄에 잡혀 오늘도 이승의 자드락길을 기웃거리고 있는 것일까.

바람소리가 무섭게 불어내는 무당의 휘파람소리 같다. 어젯밤에도 바람은 빈 들녘을 휘돌면서 원귀처럼 그렇게 울부짖었다. 그래서 할머니의 꿈을 꾸었던 것일까. 그런데 할머니의 딸은…… 아, 그 여인은 언제쯤이나 올까. 바람이 석판 지붕을 뒤흔들더니 처마까지 쌓인 나뭇단을 짓뜯는다. 상수리나 진달래 삭정이를 베어다 묶은 나뭇단, 저렇게 나무를 쌓아두고도 또 산에 가시느냐고 물으면 일거리가 없는 겨울철 나무나 하지 뭘 하느냐고 낫을 꺼내들더니…… 그러더니 기어이 나무를 진 채 곤두박질을 쳤다던가. 다음 날 아침 굴뚝에 연기가 나지 않아 내려가 보았을 때 할머니는 방바닥에 엎드려 누워 꼼짝도 하지 못했다. 내가 불러온 보건소 진료원은 척추가 절단난 것 같은데 그 몸으로 집까지 왔다는 게 믿어지지 않는다고 말했다. 때마다 약을 먹여드렸지만 할머니는 일어나지 못했다. 차를 불러올 테니 읍내 병원에라도 가보자고 하면 무슨 소리, 곧 일어날 텐데, 하고 오히려 역정을 냈다. 그러나 엿새째 되는 날 녹두죽을 들고 방문을 열었을 땐 할머니의 눈두덩과 입술엔 이미 저승 색이 감돌았다. 가래까지 심하게 끓어 기운이 다 빠져버린 듯한 할머니는 죽그릇을 보고 보일 듯 말 듯 고개를 저었다. 그리고 어깨팍을 움직거려 이불 속에 든 손을 꺼내려고 했다. 내가 이불을 들춰주자 할머니의 송피 같은 손이 내 무릎께로 다가왔다. 꼭 움켜쥔 그 손 안엔 축축하게 젖은 종이가 들려져 있었다. 그 여인의 주소였다.

"이 사람이 누구예요, 할머니?"

친척도 영감도 자식도 없는 혈혈단신이라더니 주소의 임자는 누굴까. 김영내…….

"한 번만…… 한 번만……."

잦아드는 목소리로 할머니가 애원했다. 주소지는 팔십 리 떨어진 읍이었다. 나는 곧 그 여인을 찾아나섰다. 우시장 뒤편 개천가에 블록인지 콘크리트인지 납작하고 네모난 집에서 여인은 살고 있었다. 오십 세쯤 되었을까. 머리가 희끗희끗한 아주머니는 가재골에는 도무지 아는 사람이 없다고 고개를 저었다.

"키가 크시고 깡마르고 오른쪽 다리를 약간 저시는 할머니에요. 내년이 칠순이라던가요."

나는 까닭 없이 난감해져서 할머니의 특징들을 있는 대로 주워섬겼다.

"다리를 저신다구요? 그런 사람 모르는데…… 가만, 혹시 이름이 후분씨라고……."

"이름까진 잘 모르겠구요."

"한데 왜 그러시죠?"

"그분이 지금 앓고 계세요. 한번 뵙고 싶다고 이 주소를……."

그러자 여인의 눈씨에 단박 정기가 몰렸다. 이제야 뭔가 확연히 알아낸 듯한 그런 표정이었다. 더욱이 그럴 때는 할머니처럼 턱뼈가 단단하게 두드러져 보였다.

"먼저 가 계세요. 애들 아부지가 오면 곧 가겠어요."

혹시 딸이 아닐까. 그렇다면 왜 그렇다고 말하지 않을까. 할머니 역시 아이라곤 낳아본 적이 없다고 했는데…… 내 딸아이를 보고 저런 피붙이가 있는 것도 복이라고 했는데…… 집으로 돌아오는 길은 여러 가지로 마음이 어수선했다.

"할머니, 그분 만났어요. 곧 오신대요."

문밖에서 큰소리로 말하면서 외짝문을 열었다. 썰렁한 방 안 공기가 적요와 함께 훅 밀려나왔다. 혹시…… 문고리를 잡은 내 손이 그대로 얼어붙었다. 그러나 할머니의 눈은 그 어둠을 뚫고 한사코 나를 주시하고 있었다. 나는 안도의 숨을 내쉬며 방 안으로 들어갔다. 내 발자국 소리에 가래까지 삼키고 있었던지 할머니는 비로소 깊은 숨결을 토해 낸 뒤 다시금 그르릉거리기 시작했다. 내가 가래 삭는 약병을 찾고 있을 때 북두갈고리 같은 할머니의 손이 내 손을 더듬고 있었다.

"영내야…… 가엾은 새끼……."

가래 끓는 소리 사이사이로 그 말이 흘러나왔다.

"너에게…… 너무 큰 짐을 그것이…… 그것이……."

할머니의 눈이, 연륜만큼 바래어온 그 동공이 내 얼굴에서 헤매고 있었다. 김영내, 그분은 딸이었구나. 그런데 왜…… 그때 할머니의 목에서는 가래 소리가 끄르륵끄르륵 잦아들고 있었다. 그런가 했더니 별안간 할머니가 머리를 꼿꼿이 쳐들었다.

"내 아이들에게 돌려보내 줘! 내 아이들에게!"

가래를 확 뚫고 터져나온 그 말은 평소의 목소리만큼이나 힘이 있었다. 그러나 곧 고개가 뒤로 떨어졌다. 그 말이 할머니가 남긴 마지막 유언이었다. 저녁때까지만 기다려주지 않고 할머니는 숨을 거두었다. 그럼에도 기다림을 포기할 순 없었던가. 문 쪽을 향한 할머니의 눈은 감겨 있지 않았다. 나는 그 운명을 지켜보면서 내 임종을 생각했다. 내가 죽어갈 때도 남편이 없을까. 그렇다면 누가 딸에게 기별해 줄까. 기별해도 얼른 오는 사람이 없다면 나도 이 할머니처럼 타인 앞에서나 아니면 홀로 운명하게 될까. 이제 열두 살짜리 딸애. 그것 낳고 아우를 못본다는 이유로 이혼을 요구당했을 때 여덟 살짜리 딸은 제 아빠에게 대들었다.

"아빠 미워! 미워!"

그래놓고 딸은 자기 방으로 달려가 피아노를 두들겨댔었다. 그 얼마 후 남편은 연거푸 담배를 피워대면서 말했다.

"그 여자가 사내아이를 낳았어. 이해해 줘. 삼대독자라는 게 죄야……."

위자료를 받고 친정으로 짐을 옮기던 날 나는 아이의 손을 잡았다.

"너는 엄마가 낳았다. 엄마랑 살아야 해."

그래도 애비라고 남편이 딸아이 학교로 찾아온다는 말을 들었을 때 나는 그의 손길이 닿지 않는 곳을 찾으리라 다짐했다. 서울에서 삼백 리나 떨어진 이 산골에 집을 짓고 이사를 하던 날, 트럭이 꼬불꼬불 시골길을 달려오던 날, 내 아이가 물었다.

"엄마, 그 집엔 새아버지 같은 사람 없지? 그치?"

"애두, 엄마에겐 너뿐이야."

그러나 딸애가 시집가 버리면…… 남편 덕 없는 여잔 자식 덕도 없다는데…… 아니야, 딸은 달려올 거야. 달려와서 엄마를 돌봐줄 거야. 아니야, 내 딸은 결혼을 해도 엄마랑 함께 살자고 할 거야. 내가 그 애를 길러줬듯이 그 애 역시도 에미를 거두어야 함은 부모 자식 간의 천륜인 거야.

아랫말 이장댁과 부녀회장에게 할머니의 죽음을 알리고 돌아올 때 뽕밭 초입에서 개가 커다란 뼈다귀를 물어뜯고 있었다. 그것은 이빨까지도 그대로 붙은 개의 해골이었다. 끔찍해라. 아무리 짐승이라지만 제 동족의 해골을…… 나는 괜히 을씨년스러워서 곧장 우리 집으로 올라오고 말았다. 아이에게 간식을 만들어주고 부엌 창에 설 때 아래 자드락길로 낯선 남자가 올라오고 있었다. 나는 김영내라는 그 여인의 남편이거나 혹은 친척이 될지도 모른다는 기대감으로 얼른 뛰어내려 갔다.

"박후분씨, 임종하셨다면서요?"

"네."

"혹시 찾아온 사람은 없었습니까?"

그 여인의 남편이라고 하기엔 너무 젊어 보였다. 다시 남자가 물었다.

"이웃에 사시나 본데, 혹시 근자에 할머니를 찾아온 사람……."

"없었는데요."

"할아버지나 혹은 오십 세쯤 된 남자가 밤에 다녀간 일이라도……."

남자의 질문이 너무 사무적이어서 나는 문득 피로를 느꼈다.

"찾아오는 사람이 통 없는 것 같았어요. 한데 선생님은 누구시죠?"

"읍네 경찰서 형삽니다. 할머니의 사망을 확인하려고 나왔어요."

"그건 의사가 하는 일이 아닌가요?"

"네, 작년부터 내가 박후분 할머니의 담당이었죠."

남자가 더 대꾸하기 귀찮다는 듯 방문을 열었다. 막 안으로 들어가려던 남자가 주춤 물러섰다. 할머니의 눈이 마치 남자를 보고 있듯 문쪽을 향해 있었던 것이다.

"눈을 감지 못하셨어요."

얼른 내가 일러주었다.

"아, 그래요."

남자는 비로소 다람쥐 굴속 같은 방 안으로 들어갔다. 이것저것 할머니가 살면서 끌어들인 잡동사니들을 뒤져보기에 내가 문설주에 걸린 전기를 켜주었다. 전깃불 아래 드러난 할머니의 시신은 벌써 심하게 멍든 삶처럼 푸릿했다. 어서 사람들이 와서 염이라도 해드려야 할 텐데…… 남자가 할머니의 시신을 한참 들여다본 뒤 방에서 나왔다. 그의 얼굴은 왠지 밀린 업무를 다 처리한 사람 모양 홀가분해 보였다.

"장례는 마을에서 치러준다죠?"

남자는 그렇게 의례적인 말을 남기고 내려갔다. 그가 내려가는 길목 뽕밭에서는 아직도 개가 해골을 물고 있었다.

뽕밭 반대편에서 아낙이 걸어온다. 윗말에 갔던 토끼집 안주인이 이제야 자기 집으로 돌아가는가 보았다. 점심때가 되어가는데 그 여인은 왜 여태 오지 않을까. 그날 여인이 도착한 것은 해가 서산으로 휙 꺾어 돌았을 때였다. 그러니까 남자가 돌아간 한 시간쯤 후였다. 여인은 자드락길에서 머뭇거리고 서 있었다. 나는 말없이 내려가 할머니의 방문을 열어주었다.

"임종하셨어요. 내가 돌아온 뒤 곧."

여인은 할머니 머리맡에 앉아 오래도록 그 눈을 내려다보았다.

"눈부터 감기시지요."

여인은 내 말을 듣지 못한 듯 꼼짝도 하지 않았다. 그 표정은 슬프다거나 회한이 아닌 무언가 심하게 엇갈려 드는 그런 얼굴이었다. 나는 조심스럽게 할머님이 마지막으로 했던 말들을 전해 주었다. 그러자 여인이 마침내 어머님…… 하고 나직이 탄식했다. 무슨 사연으로 어떻게 서로 소식을 끊고 살았던 것일까. 여인의 수렁 같은 눈이 나에게로 다가왔다.

"부인은 누구신지……."

"윗집에 사는 이웃입니다."

"이 노인이 언제부터 여기서 사셨지요?"

"이십몇 년째라던가요."

"이렇게 지척에 계시면서……."

여인의 눈이 허공을 헤매다가 다시금 나에게로 향했다.

"이 노인이 어떤 사람인지 그것도 아시나요?"

"그저 혈혈단신이란 것밖엔……."

여인의 눈이 할머니에게로 옮겨갔다. 그 눈에서 떨어진 눈물이 시신의 머리카락을 적시고 있었다. 소리없이 한참을 울고 난 여인은 가만히 나에게 물었다.

"이 마을에도 행불자 가족이 많은가요?"

행불자…… 처음 부녀회장이 누군가를 가리켜 행불자 가족이라고 말했을 때 나는 그게 무슨 소리죠? 하고 되물었다. 평범한 가정에서 태어나 부잣집에 시집을 갔고 그나마 복에 겨웠던지 이혼을 당했다는 것 외엔 별다른 사연이 없는 나에겐 얼른 해독할 수 없는 말이었다. 부녀회장은 누구누구를 꼽으며 그렇게 자식 키우면서 혼자 늙어온 할머니들의 남편이 다 전쟁 때 넘어간 사람들이라고 설명했다. 그렇다면 할머니 남편도 행불자? 그런데 왜 당신은 청상과부라고 했을까.

"글쎄요. 다섯 집 정도……"

한참 만에 내가 대답했다. 여인은 할머니가 살아 있는 사람이기라도 하듯이 이불을 여며주며 긴 한숨을 내쉬었다.

"아무 말썽 없이 잘들 살고 있는가요?"

"가난하지만 그런 대로……"

재작년 모를 심을 때였다. 장에 갔다 오던 나는 우연히 들밥을 얻어먹게 되었다. 그때 남보다 일찍 수저를 놓고 논으로 들어가 경운기로 써레질하는 아들을 보고 얌전이 할머니가 혼잣말처럼 중얼거렸다. 저것이 벌써 중늙은이가 되었구먼. 떠날 때의 제 애비보다 늙어버렸으니…… 그 할머니 남편 역시 세 살짜리 아들 하나를 떨구고 간 행불자였다.

"이분은 여맹 일을 하셨어요. 다리를 전다고 하셨는데 그렇다면 아마 그 뒤……"

여맹…… 가끔 할머니가 날 놀라게 했을 때처럼 가슴이 쿵 울렸다.

그리고 그 울림이 그간 내가 이해할 수 없었던 할머니의 여러 가지 행위들을 설명부호로 고리를 지으며 떠올랐다. 그랬구나. 구씨 할아버지와의 그 터무니없던 대거리도…….

"아까 경찰에서 와서 할머니의 사망을 확인하고 갔어요. 그렇다면 항상 감시를 받고 계셨다는 얘긴가요?"

"그건 함께 살아보지 못했으나 잘 모르겠구요…… 이분 같은 경우는 사는 지역을 잠깐만 떠날 일이 생겨도 신고를 해야 하고 인근에 삐라가 많이 떨어지거나 조금만 시끄러운 일이 있어도 먼저 조사를 받아야 한다더군요. 오십이 가깝도록 살아오지만 아직도 이해할 수가 없답니다. 어머님께서 죄를 지었다면 옥살이로 그 죄닦음이 다 되었을 텐데 어째서 십 년 넘게 옥살이를 하고도 자식들에게 돌아올 수 없었는지……하긴 아버지 때문에 더…….'

여인은 이불깃을 지그시 움켜잡은 후 하기 싫은 말을 할 때처럼 아버지가 남로당이었지요, 하고 나직이 이야기를 시작했다.

아버지는 당 중책을 맡고 있었고 어머니는 그 일을 도와 여맹 일을 했다. 부모들의 사상이나 활동 같은 건 구체적으로 알 수 없지만 어머니처럼 여맹 일을 하던 한 젊은 여선생만은 아직도 기억이 생생하다. 그 여선생은 주로 아이들을 정자나무 밑에 모아놓고 노래나 이야기를 들려주었다. 어느날 이런 질문을 했다.

"자, 여기 공부를 일등하는 동무하고 꼴등하는 동무가 있어요. 그 다음에는 시험을 봤지만 꼴등하는 동무가 또 꼴등을 한 거야. 그럼 어느 동무가 더 나쁜 동무야요?"

아이들은 너도 나도 서로 대답하겠다고 손을 들었다. 한 남자애가 지명되었다. 그 애는 아주 씩씩하고 우렁차게 대답했다.

"맨날 꼴등만 하는 동무가 나빠요!"

다른 애들도 일제히 소리쳤다.

"맞아요!"

그러나 젊은 여선생은 슬프다는 듯이 고개를 저었다.

"아니야요. 혼자서만 일등하는 그 동무가 나쁜 거야요."

아이들은 시무룩하게 입을 내밀었다. 여선생이 다시 말을 이었다.

"일등한 동무는 꼴등한 동무에게 자기가 아는 것만큼 가르쳐줘야 해요. 그래서 함께 공부를 잘해야 하는 거야요. 자, 그럼 또 묻겠어요. 힘이 약한 동무에겐 어떻게 해야 한다구요?"

"도와야 해요!"

"여러분들은 훌륭한 어린이들이야요. 정말 배달겨레야요."

그때 여인은 열두 살이었다. 그런 어느 날이었다. 아침에 나간 아버지와 오빠와 엄마까지도 밤이 늦도록 돌아오지 않았다. 아무리 바쁜 일이 있어도 저녁만은 손수 지어주던 어머니라 아이들은 엄마를 기다리다가 저녁도 굶고 잠이 들었다. 그런데 그 다음 날 한밤중에 어머니가 돌아와 조용조용 아이들을 깨웠다.

"어서 일어나 옷들 입어라."

어머니는 가방에 간단한 식량을 챙겨 넣은 뒤 일곱 살짜리 막내동생에게 동저고리를 찾아 입혔다. 아버지와 오빠는? 여인이 물었다. 멀리서 기다리신다. 자, 서둘러라. 그리고 막 방문을 열고 나설 때 그들이 들이닥쳤다. 총을 든 치안대 사람들이었다. 그들은 다짜고짜로 아버지는 어디에 있느냐고 물었다. 어머니는 모른다고 대답했다. 그들은 총대로 어머니의 배를 쿡쿡 밀면서 다그쳤지만 어머니는 자기도 몰라 찾아나서는 길이라고만 대답했다. 두 남동생들은 벌벌 떨면서 울지도 못했다. 그들은 집 안을 샅샅이 뒤져본 뒤 어머니만 끌고 갔다. 그때부터 세 아이들은 버려졌다.

"그나마 집에서 그런 일을 당했던 게 다행이었지요……."

여인은 할머니의 머리카락을 쓰다듬으면서 말했다. 문득 형사가 하던 말이 떠올랐다. 할아버지와 오십 세쯤 되어 보이는 남자들이 찾아온…….

"그렇다면 아버지와 오빠 되시는 분은 그 뒤로 영……."

여인은 그 대답은 생략하고 뒷이야기를 이었다.

집에 버려진 삼남매는 먹으며 굶으며 어머니를 기다렸다. 나중에 이웃집 아저씨가 일러준 대로 치안대로 찾아가 보았지만 어머니는 이미 어디론가 옮겨간 뒤였다. 동생들이 엄마를 찾아가자고 울어댔지만 어디로 어떻게 가야 할지 알 수가 없었다. 고모네도 전부 행방불명이 되었고 전라도 어디로 시집을 갔다는 이모는 주소를 몰랐다. 물 건너에 있는 외갓집은 외삼촌들이 피난을 가거나 국군에 나가 있어서 집이 비어 있었다. 더욱이 아버지 어머니가 꼭 돌아올 것만 같아 집을 비울 수도 없었다. 아침마다 잠에서 깨어나면 두 동생들은 허기진 얼굴로 꿈이야기들을 했다. 누나야 어젯밤에도 형아와 아부질 봤어. 열 살짜리 동생이 입을 열면 일곱 살짜리 동생도 나도 봤어, 하고 거들었다. 그래, 돌아오실 거야, 꼭 오실 거야…… 겨울 동안은 이웃에 밥을 얻어먹거나 우시장 주막을 기웃거리며 순댓국을 얻어오기도 했다. 예부터 우시장이 크게 섰던 곳이어서 장날만 되면 그런대로 후하게 얻어먹을 수가 있었다. 겨울이 지나고 봄이 왔다. 한마을에 사는 같은 또래의 사내애가 와서 오리나무 숲에 너 엄마 같은 사람이 죽어 있더라고 일러주었다. 여인은 혼자 오리나무 산으로 가보았다. 울창한 숲 속 어느 무덤가에 심하게 변질된 한 구의 시체가 있었다. 겨울 동안 얼었다 다시 썩기 시작한 듯한 그 시신은 다행히 엄마가 아니었다. 가슴에 총을 맞았는지 유독 그 부분 살만 펑 뚫려나간 채 부패하고 있는 사람은 꼴등한 동무에겐 어떻게 하는 거야요? 하던 그 머리 긴 여선생이었다. 여인은 무서워서 허둥지둥 산을 내려왔다. 꼴등한 동무에겐…… 하던 말이 자꾸만 뒤따라와 여인은 그 시체에 대한 이야기를 아무한테도 할 수가 없었다. 이미 여선생 동무의 이야긴 금지가 된 세상이란 걸 여인은 잘 알고 있었다.

"그즈음 시절만큼이나 어수선한 소문들이 아이들 사이에도 떠돌고 있었지요. 수많은 왼손잡이들이 총살을 당해 저수지에 던져졌다거나, 산에 숨어 있던 왼손잡이들이 밤에 내려와 치안대을 습격했다, 지프를 타고 가던 코쟁이가 나물을 하던 처녀를 어떻게 했다느니…… 눈으로 확인할 수 없는 이야기들만 떠돌았지요."

지프를 타고 가던 코쟁이…… 여인의 그 말에 재작년 여름 밤 일이 생각났다. 그날도 할머니는 자드락길에 나와 앉아 저물어가는 아랫길을 하염없이 내려다보고 있었다. 여름 밤이면 자주 보는 그런 모습이었다. 삼밭 일이 없어서 우리 밭 김을 매준 날이기도 해서 나는 저녁 설거지를 끝낸 뒤 품값도 드릴 겸 쟁반에다 깡통맥주와 소시지 안주를 챙겨 들고 내려갔다. 잠 안 오는 밤을 위해서 항상 냉장고에 넣어두는 맥주라 깡통은 손이 시릴 만큼 차고 시원했다. 나는 할머니 옆에 쭈그리고 앉아 먼저 맥주 하나를 따드렸다. 한데 맥주깡통을 받아든 할머니가, 양코놈들이 요런 얄망스런 물건 가지고 우리 처자들을 얼마나 홀리고 망쳐놓은지 알어? 제국주의 나쁜 놈들! 하는 것이었다. 나는 너무나 놀라서 그 술은 국산이란 말조차 하지 못한 채 멍하니 할머니를 바라보았다. 잘못 들은 게 아닐까. 도대체 할머니의 입에서 그런 말이…….

"하지만 우리 아버님이 당 일을 하실 때도 우리 마을에선 죽고 죽이는 일이 없었대요. 그건 마을 사람들이 다 알고 또 그렇게 말들 하지요. 정말이래요. 우리 마을에선……."

여인이 몇 번이나 그 말을 강조했다. 그러자 얌전이 할머니의 회갑날에 있었던 기이한 싸움이 낚시에 걸린 듯 불쑥 떠올랐다. 지난해 초봄이었다. 전 주민은 회갑집에 와서 아침식사를 하라고 식전부터 이장이 방송을 해댔다. 일요일이어서 나는 아침에 참석하지 못했다. 할머니가 두 번이나 올라와서 딸아이 이름을 불렀지만 선뜻 일어날 수가 없었다. 지난 밤에 애국가가 나올 때까지 텔레비전을 본 데다 밤이면 되살아나는 남편에 대한 원한으로 잠을 설쳤던 때문이었다. 느지막이 일어나 밥쌀을 씻을 때 할머니가 다시 왔다. 밥은 뭣하러 지어? 잔칫집 두구. 이쁜이 데리고 어여 가여, 했다. 당신도 여태 안 가고 우리를 기다리는 중이라 했다. 마침 딸애도 잡채가 먹고 싶다고 해서 우리는 함께 회갑집으로 내려갔다. 안방과 툇마루에는 먼저 온 손님들이 가득해서 우리는 마당 옆에 만들어놓은 비닐온상에서 상을 받았다. 옆자리에는 이미 할머니와 가장 친한 구씨 할아버지가 친구들과 술상을 벌이고 있는 중이었다. 구씨 할아버지는 할망구, 그새 보고 잡아 날 찾아온겨? 어쩌구 농담을 하면서 할머니에게 술잔부터 안겼다. 할머니는 막걸리 한 사발을 거뜬히 비운 뒤 수저를 들었다. 우리의 음식상이 비워져 갈 무렵 옆자리 할아버지들이 얌전히 할머니의 남편 이야기를 시작했다.

"덕세기 그 사람, 시방 살아 있을까?"

"글씨, 살아 있다믄 오늘 두고 간 마나님 환갑이란 걸 알랑가……."

"그 사람 있었다믄 장구잽이두 부르구 오늘 이 잔치도 결판졌을겨."

"이만만 혀두 없는 살림에 잘 차렸구면."

"근디, 그 사람 새색시와 어린 아들 두구 어떻키 발걸음이 떨어졌으까?"

"그람 어짠다여? 한 깜냥이 있느디?"

"그려, 그 사람 좀 설쳤어."

"워디 치안대 일해 준 사람은 안 그렸어?"

그때였다. 할머니가 수저를 탁 놓고는 불쑥 말참견을 했다.

"전쟁은 왜놈과 양코놈들이 맨든겨. 난 다 알아여. 왜놈들이 무기 장사할려구 멕카도 부추긴겨. 우린 괜한 전쟁을 했던 거란 말여!"

그러자 구씨 할아버지가 불컥 언성을 높였다.

"이놈의 할망구, 또 미친 소리여!"

할머니도 지지 않고 대들었다.

"그려, 이 할바탕구야, 치안대 일한 당신은 워뗳구?"

"난 사람 해친 적 읎어."

"나두 읎어!"

서로 깍깍 소리치면서 없어! 없어!만 외쳐대더니 어느 순간 할머니가 벌떡 일어났다. 그리고 머리에 짐을 이거나 지게를 질 땐 눈에 띌 만큼 절름거리던 오른쪽 다리가 그날은 가볍게 옮겨 가서는 구씨 할아버지의 저고리를 잡아채는 것이었다. 할아버지는 미친 할망구, 미친 할망구 하면서 할머니의 팔뚝을 때렸고 할머니는 드잡이한 손을 놓지 않은 채 두 사람은 나뒹굴기 시작했다. 그런데도 아무도 말리지 않았다. 할아버지들까지 또 지랄들이여, 하면서 히죽히죽 웃고만 있었다. 나는 어쩔 줄 몰라 쩔쩔매고만 있다가 아이를 앞세우고 그 집을 나와버렸다.

"죽고 죽이는 일이 별로 없었던 마을이라서인지 이웃들은 우리 부모가 남기고 간 두어 마지기 논을 소작으로 맡아 쌀이나 보리를 갖다주곤 했지요."

여인이 쉬엄쉬엄 뒷말을 이었다.

"그러나 그 양식만으론 살아갈 수가 없었지요. 나는 학교를 그만두었지만 두 동생들은 학교에 다녔구……."

피난에서 뒤늦게 돌아온 외삼촌이 함께 살자고 했지만 외숙모가 손사래를 쳤다. 그 애들을 맡았다가 누구한테 무슨 곤욕을 당하려구……
여인 역시 어린 마음에도 그렇게 더부살이하긴 싫었다. 잔치나 큰일이
있을 때면 꼭꼭 그 남매들을 챙겨 먹이는 마을 사람들이 있는 한 어떻
게든 살아질 것도 같았다. 어쩌면 삼남매를 살려낸 것은 여인의 누나
된 도리가 아니라 마을 사람들의 보살핌이었는지도 몰랐다. 그래, 그랬
다. 모든 마을 사람들이 그들 남매를 키워낸 것이었다.

"나 역시 소견이 조금씩 차면서 고구마나 옥수수를 쪄다 팔기도 했고
멀리 능금밭에 품을 팔기도 하지만…… 그러나 그 어려움보다 더 무서
웠던 것은……."

이따금씩 경찰이 찾아왔다. 어머니의 소식을 전해 주려고 그렇게 온
것이 아니었다. 혹시 아버지가 다녀간 게 아니냐, 아니라면 너 동생 공
납금을 주고 저기 사놓은 모기장은 무슨 돈으로 샀느냐…… 아무튼 좋
다, 만약 아버지나 오빠가 오거든 면소나 경비대에 알려주어야 한다,
그래야 너희들이 벌을 받지 않는다…….

"우리끼리도 굶어죽지 않고 살아 있으니까 무슨 수로 살아가느냐고
따지는 것입니다. 그리고 신고해 주지 않으면 큰벌을 받게 된다……."

여인은 밤마다 아버지가 올 것 같았고, 만약 아버지가 와도 신고하지
않으면 무슨 벌을 받게 될까, 신고하면 아버진 어떻게 될까 그 걱정에
시달렸다.

"그래도 세월은 빠르더군요. 진종일 모포장에 쭈그리고 앉아 땡볕 속
에 풀을 뜯거나 가을이면 남의 밭을 기웃거리며 무청이나 고구마 이삭
을 주워 나르면서 정신없이 살아오는 사이 내 나이 어느새 이십 세, 혼
기가 꽉찬 겁니다. 외삼촌이 중매해서 우리만큼 가난한 집 둘째아들과
간단한 혼례를 치루었지요. 우리집에 와서 동생들과 함께 산다는 약조
로…… 어린것들만 살아온 집이어서 허물어진 곳도 많았지만 그 양반

이 손을 보아 고치기도 하면서…… 부지런하고 무던한 사람이라 동생들 공부시키는 데도 큰몫을 했지요. 큰동생은 중학만 마쳤지만 그 아랫동생은 고등학교까지 시켰답니다. 아이들도 다 심성이 착해서 엇길로 나간 일이 없고…… 지금은 둘 다 제 앞가림은 하지요. 큰애가 부산에서 시계포를 하고 작은애는……."

혼례를 올린 몇 해 뒤였다. 큰동생은 기술이나 배운다면서 타관으로 나가고 막둥이가 고등학교 졸업반일 때였다. 어느 늦은 아침에 물 건너 사는 외삼촌이 건너왔다. 마침 남편도 저수지에 방죽 쌓는 일을 나가고 집에 없었다. 외삼촌은 방에도 들어가지 않고 마루에 걸터앉아 영내야, 불러놓고 한참이나 말이 없었다. 전에 없던 일이라 얼핏 불길한 생각이 들었다. 혹시 아버지가 오시거나 죽었다는 기별을 가지고 온 것은 아닐까.

"참 이상하지요. 늘 기다려지던 사람은 어머니가 아닌 아버지더란 말이에요. 어머니는 잡혀가는 걸 봐서 아예 못 올 분으로 단념을 하고 있었던지, 아니면 여선생 시체를 보고 어머니도 그렇게 죽은 것으로 믿어버렸던지, 결혼 첫날밤에도 어쩐지 아버지가 올 것 같으면서……."

마침내 외삼촌이 입을 열었다. 영내야…… 누님이 오셨는데 오늘 새벽에 떠나셨다. 옥에서 풀려나셨다더구나. 많이 우시더라. 너에게 너무 큰 고생을 시켰다고. 어린 게 두 동생 데리고 용케도 살아냈다고…… 외삼촌이 가지고 온 소식은 아버지가 아닌 어머니였다. 그런데 떠나다니. 얼마나 사무친 이야기가 많은데 만나지도 않고 떠나다니…… 여인은 생전 처음으로 외삼촌에게 대들었다. 왜 그냥 보냈어요! 어떻게 집에도 오지 않고 그렇게 훌쩍 가버릴 수 있단 말예요! 외삼촌, 찾으러 가요! 당장 가요!

"외삼촌이 달래더군요. 너 엄마 같은 사람은 풀려났다 해도 자유의 몸이 아니다, 너 동생들이 아직 제 앞가림할 나이도 아닌데 무슨 끈터 귀가 걸려 앞길을 번거롭게 할지도 몰라서 내가 너희들을 만나지 말고 그냥 떠나는 게 좋겠다고 말했다…… 외삼촌이 뭔데 그런 말을 해서 어머니를 쫓았을까요. 동생들도 공무원 할 생각은 애초부터 하지도 않았는데…… 휴…… 외삼촌 집으로 차부로 다 찾아보았지만 소용이 없었어요. 이미 어머닌 우리가 모르는 곳으로 종적을 감추신 거지요. 그런데 이 마을에서…… 지척에 두고서도…….”

여인은 젖은 눈을 손등으로 꾹꾹 눌러 닦았다. 차디찬 할머니의 얼굴도 그렇게 젖어 있는 듯했다. 내가 깊이깊이 한숨을 삼킬 때 여인이 다시 입을 열었다.

“동생들하고 살 때는 몰랐는데 애 낳고 살아보니 어머니의 마음들이 다시 짚혀오는 거예요. 어머니가 그렇게 잡힌 것은 아마 우리 삼남매 때문이었을 거예요. 어머니는 오빠만 데리고 떠날 수도 있었어요. 한데 되돌아온 건 우리를 두고 떠날 수 없었던 때문에…….”

아무튼 여인은 체념을 하고 살았다. 날로 그리워지던 아버지 생각도 잊었다. 그 자신에게도 아이가 생겨나고 또 동생들도 성인이 되었다. 한데, 큰동생이 결혼하던 며칠 전이었다. 여인은 제법 큰돈을 우편환으로 받게 되었다. 보낸 사람은 밝혀져 있지 않았지만 직감적으로 어머니란 생각이 들었다. 그러나 주소를 확인할 길이 없었다. 어머니는 주소 확인을 철저하게 봉쇄해 놓았던 것이다.

“그 이후로도 계속…… 결혼식이 있거나 동생들의 생일까지도 꼭꼭 돈을 보내시는 거예요. 어떻게 아시는지 내 아이의 돌까지 챙기셔서…….”

그리고 여인은 나를 빤히 쳐다보면서 되물었다.

“어머님은 나에게 동생들을 키워준 그 빚을 갚고 싶으셨던 것일까요? 그렇다면 동생들은 어디 나 혼자서만 키웠나요? 그이, 마을 사람들, 그 모두가 키워주었는데…… 나 혼자서 키웠대도 그렇죠. 그 애들은 남이 아니잖아요? 내 동생들이에요. 우리도 이젠 밥 걱정 없이 사는데……"

산나물을 해다 팔고, 이일 저일 닥치는 대로 품을 팔고, 아무 밭이나 비어 있는 두렁이면 동부나 옥수수를 심고, 산밤이나 도토리까지 알뜰히도 주워 나르더니 그게 다 딸에게 보낼 돈을 만들기 위한…… 아, 삼밭에서 솎아낸 인삼을 들고 왔을 때 난 왜 잔챙이라고 사주지 않았나, 장날, 대추나 녹두를 펼쳐놓고 파는 할머니를 보고도 어째서 순댓국 한 그릇 사드리지 못했나. 돈이 아까워 국수 한 그릇도 사먹지 않는다는 걸 뻔히 알면서도 나는 차 시간 운운하면서 그냥 오지 않았던가. 면사무소에 볼일이 있어 나갔을 때 절뚝거리며 우체국으로 들어가는 할머니를 난 왜 무심히 봐 넘겼던가…….

여인이 할머니의 눈을 내려다보았다. 침침한 전깃불 아래서 할머니의 눈은 그림자 때문인지 마치도 울고 있는 듯했다. 여인은 그렇게 내려다보고만 있을 뿐 언제까지나 그 눈은 감겨주지 않았다. 어쩌면 한마디 이야기도 나눠보지 못하고, 힘들게 살아낸 푸념도 해보지 못했는데 그렇게 말없이 운명해 버린 어머니의 죽음을 인정하고 싶지 않았던 것일까.

"어머니, 이제 연좌죄도 폐지되었대요. 그런데 어찌하여 돌아오실 생각은 아니 하시고…….."

여인은 북받친 듯 느껴 울기 시작했다. 이불깃을 자꾸만 옮싸주면서, 나는 이미 돌아가신 분, 염을 해야지요, 라고 말하면서 방문을 열었다. 문밖 어둠 속에서는 뜻밖에도 구씨 할아버지가 우두커니 서 있었다.

바람이 나뭇단 하나를 기어이 떨어뜨린다. 굴뚝도 흔들리는 모양이다. 그렇구나. 저 집은 할머니의 고치가 아니다. 언제나 얻어만 입던 남루한 그 옷이다. 당신의 체액으로 뽑아낸 고치, 그것은 괴이쩍은 언행이나 왈왈대던 그 성품도 아니다. 그것은 딸과 아들들…… 그래, 혈육이다. 아니다. 아니다. 할머니의 고치는 그 모든 것이다.

한 아낙이 뽕밭 반대편에서 걸어온다. 두 남자와 함께. 쥐색오바…… 그 여인이었다. 아, 벌써 산소에 들렀다 오는 길이구나. 동생들도 함께…… 그들 일행이 막 자드락길로 꺾어오른다. 지난 밤 꿈…… 당신의 자식들이 저렇게 온다고 할머니는…… 이제 할머니는 저 토담집을 훌훌 떠날 수 있을까.

장례는 이튿날 곧 치러졌다. 여인이 동생들에게 연락해서 시신을 모셔가겠다고 했지만 이장은 자기가 맡은 소관이라 그럴 수 없다고 잘라 말했다. 마을 장정들이 산비탈 곳집에서 낡은 상여를 꺼내와 할머니를 태운 뒤 뒷산 공동묘지로 향했다. 상주노릇을 하던 구씨 할아버지가 상여의 뒤를 따르며 구구울굴 산비둘기처럼 울어댔다. 할머니 부탁이라면 깊은 골 버려진 땅까지 소를 끌고 가 밭을 갈아주던 할아버지, 수틀리면 서로 주먹질까지 하던 홀아비 할아버지, 치안대 일을 도왔다는 그 할아버지와 할머니의 친분엔 어떤 특별한 의미가 있는 것일까.

"엄마, 점심 안 줄 거야?"

등 뒤에서 내 딸이 부른다.

"드리구말구요, 공주님."

내가 활짝 웃으며 뒤돌아 선다. 거기에는 내 이기의 고치가, 그럼에도 순수한 얼굴로 생얼생얼 웃고 있었다.

책상과 돼지

백도기

1939년 전북 군산 출생.
한국신학대학 졸업.
1969년 《서울신문》 신춘문예에 〈어떤 행렬〉 당선 등단.
소설집 《청동의 뱀》《우리들의 불꽃》《벌거벗은 임금님》 등.
장편소설 《등잔》《가롯 유다에 대한 증언》 등.

책상과 돼지

      김마태金馬太는 버스가 송탄 정류장에 닿자 급히 차에서 내려 공중변소로 달려갔다. 그가 달려오자 문간 옆에 비켜 앉아 있던 여자가 숙이고 있던 고개를 치키고 그의 얼굴을 마주 보았다. 그는 급한 손길을 이 포켓 저 포켓에 쑤셔 넣었지만 동전은 손에 걸리지 않았다. 그러자 여인은 말없이 손을 들어 들어갔다가 나오라는 시늉을 했다. 그는 고개를 끄덕이고 나서 안으로 들어가 변소 문을 열고 허리띠를 풀고 바지와 빤스를 까내리고 주저앉아서 그를 지금까지 당황케 하고 괴롭히던 대장 속의 소요騷擾를 쏟아버리기까지의 일들을 거의 동시에 해냈다. 그는 속이 후련해지자 후유 하고 안도의 숨을 길게 내쉬었다. 그러자 문득 오늘 아침 조간신문에서 읽은 어떤 칼럼니스트의 말이 생각나서, 그는 후후 하고 웃었다. '우리 한민족은 손으로 사물을 보고 느끼고 또 따진다. 옷을 살 때도 손으로 꼭 감을 만져보고, 또 쌀 한 말

살 때도 손으로 만져보고 사야만 직성이 풀린다. 관광을 할 때도 눈으로 보는 것만으로는 성이 차질 않아 반드시 손으로 만져본다. 사람의 손이 닿을 만한 곳에 있는 문화재마다 손때가 반지르한 것은 바로 그 때문이다. 서양 사람은 섹스할 때 불을 환히 켜놓고 눈으로 사랑을 진행하는데, 한국 사람은 손더듬이로 사랑을 진행한다. 서양 사람들은 눈을 뜨고 허공을 응시하며 신神을 보려고 하는데, 우리는 두 손을 모아 닳도록 비벼대면서 손으로 신을 느끼려 한다.' 요컨대 그래서 한국 민족은 손재간이 재빠르고 우수한데 왜 국산제품은 끝손질이 좋지 않아 망신을 당하는 일이 많으냐는 얘기였다.

김마태는 엉덩이를 까고 앉은 채로 두 손을 펼쳐들고 찬찬히 들여다 보았다. 아마도 오천 년 역사 동안에 줄곧 변소로만 존재해 온 것처럼 냄새가 지독한 이 틀 안에서 국산제품의 질적인 문제까지 따져볼 의사가 전연 없었으므로, 그는 여기에 들어와서 일을 치를 때까지의 그야말로 전광석화와 같은 자신의 손놀림과 과연 나도 손더듬이로 사랑의 행위를 하고 있었는가 하는 문제만을 반추해 보았다. 그러나 그는 자신의 행위를 돌아다볼 때 '불을 꺼놓고 어둠 속에서' 라는 일방적인 주장에는 쉽사리 동의할 수 없다는 생각을 하였다. 단칸방에 아내와 자식들이 주루루 누워 있을 수밖에 없는 처지에서야 어둠 속에서 소리를 삼켜가며 손더듬이질을 할 수밖에 없겠지만, 천지간에 너와 나만이 있을 정도로 사위가 적막할 때에야 누군들 문을 처닫고 그 안에 방장을 둘러친 뒤 일부러 어둠을 만들어 거기에서 사랑을 펼칠 것인가.

일이 이미 끝났으므로 그는 포켓을 뒤져봤으나 거기에는 휴지로 쓸 만한 것이 없었다. 그러나 그는 심하게 낭패하지는 않았다. 서른아홉 해의 인생을 살아오는 동안 거의 언제나 그는 이런 종류의 낭패를 맛보며 살아왔던 것이다.

국민학교 4학년 때 그의 아버지는 식구들을 가난 속에 버려둔 채 세상을 떠났으므로, 그때부터 김마태의 고통의 시대는 시작되었다. 중고등학교 시절에는 늘 수업료를 못 내 시달렸었다. 고등학교를 졸업한 뒤에 이 년 동안 닥치는 대로 시장바닥에서 일을 하다가 대학에 들어갔는데, 군대에 갔다 온 기간까지 포함해서 무려 십 년 만에 그야말로 간신히 졸업을 했다. 그동안 자진 휴학이 두 번, 데모 주동자로 제적을 당하고 수원 교도소에서 일 년 반 동안 있다가 복학이 되어 그리된 것인데, 그가 1학년 때의 같은 과 여학생이던 이계숙과 결국은 결혼하게 된 사실을 제외한다면, 다시 뇌리에 떠올리기도 싫을 만큼 어둡고 지루하고 고통스런 시절이었다. 그런데 그는 이 모든 파란波瀾의 책임을 신이나 운명에게 돌리지 않았다. 그동안 인간의 무지와 횡포와 오만과 몽상이 저지른 악의 내용이 무엇인가를 그 나름으로 겪어왔기 때문이었다. 그 결과로 그는 이러한 시대 속에서는 출세하거나 악착같이 돈을 벌지 않으려는 자세를 지니고 살아야 한다는 신념 비슷한 것을 터득하게 되었으며, 그러나 기어코 수단 방법을 가리지 않고서라도 출세하거나 돈을 벌려고 하는 자들을 경멸하지는 않겠다는 생각도 하였다. 왜냐하면 그 자신의 내면에서 지금도 여전히 그러한 유혹이 거세게 소용돌이치고 있으며, 언제 어떻게 넘어질지 모르는 나약한 존재가 바로 자신이라는 것을 알고 있기 때문이었다.

그는 혹시 휴지로 쓸 만한 것이 있을까 하여 주변을 살펴보았다. 그러나 보이지 않았다. 그 대신 왼편 벽에 서투르게 그린 여성의 거시기가 나팔꽃처럼 입을 벌린 채 그를 바라보고 있었다. 그리고 그 위쪽에 나팔꽃 이파리를 찌르려는 자세로 야구방망이 형상을 닮은 것이 그려져 있었는데, 방망이를 까맣게 칠해 놓음으로써 작의를 분명히 드러내놓고 있었다. 김마태는 그 두 개의 상징을 통해서 김은숙과 제임스 데버 2세를 연상해 냈다. 아마 그가 그 그림 밑에 써 있는 글씨를 보지 못했더라면 문득 고소苦笑를 할 뻔하였다.

"책상은 책상이고 돼지는 돼지다."

그는 검정색 싸인펜으로 갈겨쓴 그 글을 보면서, 어디선가 그 비슷한 말을 들은 듯한 느낌이 들었다. 그 옆 어름에 볼펜으로 쓴 글이 있어서 고개를 숙이고 자세히 보니까 "책상도 다리가 넷이고 돼지도 다리가 넷이다. 그러므로 착각할 수도 있다. 착각은 자유에 속한다"라는 말이 있었다.

김마태는 마치 몽둥이로 뒤통수를 맞은 기분이 되어 멍하니 앉아 있었다.

그는 누군가 변소 문을 두드리는 소리를 듣고서야 제정신이 들어,

"저어, 휴지…… 휴지가 없는데요?" 하고 말해 버렸다.

"원, 세상에……."

문밖에서 세상과 인생에 찌든 여인의 음성이 들려오더니 부시럭거리는 소리가 나고, 그 뒤에 변소 문틈 사이로 휴대용 휴지가 들어왔다.

"고…… 고맙습니다."

그는 고개까지 꾸뻑 숙여가며 보이지 않는 상대에게 사의를 표한 뒤에 일의 뒤처리를 끝내고 밖으로 나왔다. 그는 여인의 손에 백 원짜리 동전 한 개를 건네주고는 뒤도 돌아보지 않고 걸어갔다. 그는 문득 어깨가 점점 무거워지는 듯한 느낌에 사로잡혔는데 처음에는 혹시 감기 기운이 아닐까 했으나, 그것이 책상과 돼지의 무게 때문일지도 모른다는 생각까지 하게 되었다.

그는 슬슬 걸어서 오산 비행장 정문 쪽으로 향해 갔다. 직접 게이트의 초소에 가서 그 사내를 찾을 생각이었으나, 마음을 돌려 근처에 있는 알오스 서점으로 들어갔다.

"안녕하시오?"

"아이구, 김선생. 오랜만이군요. 왜 그동안 통 안 들르셨어요? 아마 한 서너 달 못 오셨지요?"

흑백 텔레비전을 켜놓고 AFKN의 〈제너럴 호스피털〉의 재방영을 보고 앉아 있던 김마태 나이 또래의 안경 낀 사내가 만면에 웃음을 띤 채 의자에서 일어섰다.

그들은 악수를 했다.

"책 좀 있습니까?"

"아마 김선생님이 찾으시는 책은 없는 거 같은데요? 참 얼마 전에 신문광고를 보니까 번역하신 책 광고가 나왔드구먼요. 그 책 잘 나갑니까?"

"모르겠어요. 요즘 통히 그 출판사에 들러보질 않아서……."

구백 매를 써다 줬으니까 한 장에 천오백 원씩 쳐서 백삼십오만 원을 받아야 하는데, 겨우 오십만 원만 건네주고 출판사에 찾아가면 "아이구 정말 이눔의 짓 못해묵겠습니다아" 이렇게 서두를 뗀 뒤에 어느 출판사가 문을 닫았고 누구는 빚쟁이에게 몰려 피신을 하고 있다는 따위의 얘기를 주절주절 늘어놓는 사장 앞에서 속으로 한숨만 쉬다가 돌아오기를 두어 번쯤 한 뒤로는, 아예 다시 찾아가지 않았던 것이다. 그는 속으로 쓴웃음을 삼켰다.

그때 펄렁 문이 열리고 스무 살가량의 여자가 들어왔다. 그녀는 손에 한 움큼의 책을 책상 위 지금 한창 큰소리로 다투고 있는 텔레비전 앞에다 던져놓고, 껌을 소리나게 각깍 씹고 있었다. 주인 사내는 책들을 대충 간추려보더니 철제 책상 서랍을 열고 돈을 꺼냈다. 김마태는 고개를 돌려 일부러 사내의 손에 들려 있는 돈을 보지 않았다.

"아저씨, 겨우 이거예요? 좀 더 줘봐요."

여자가 투정하는 소리를 듣고 사내는 그냥 허허 웃었다. 여자는 더 이상 조르지 않고 한 뼘쯤 되는 높이의 샌들을 찰카닥거리며 문을 밀치고 나갔다.

여자가 놓고 간 책은 《펜트하우스》와 《플레이걸》, 《이지 드라이버》 같은 책들이었는데, 이달치의 《펜트하우스》 표지의 여자가 젖통을 드러낸 채로 그를 뇌살하려는 눈으로 빤히 바라보고 있었다.

"여긴 좀 어때요?"

"불황이 여기라고 가만 놔두겠습니까?"

사내가 이렇게 말하고 나서 후후 하고 웃었다. 그러자 그도 덩달아 씨익 웃었다.

"요즘에는 미국 애들도 어찌나 짜졌는지 이런 책 나부랭이라도 여자한테 거저 주는 놈이 드물어요. 난 저 애들 속을 모르겠어요. 숏 타임에 겨우 십 불 정도를 받으면서도 양키들만 상대하겠다고들 저러니…… 몇 년 전까지만 해도 국제결혼까지 가는 경우가 더러 있었는데 이제는 하늘의 별따기나 마찬가지예요."

"왜 그럴까요?"

"낸들 알겠습니까만, 이태원에 가면 여대생이라는 애들이 지천으로 깔려 있다는데 여기서 저런 애들하고 결혼하려 들 명청이가 어디 있겠어요?"

그는 N. 마슈의 추리소설 두 권을 빼어들고, 그의 앞으로 다가가 책상 위에 놓았다. 사내는 그 책들을 들고 이리저리 살펴보더니 고개를 쳐들고 물었다.

"이게 누구죠?"

"나도 처음 보는 작간데 뉴질랜드에서는 꽤 읽히는가 봐요. 한번 읽어보려구요."

"천 원만 주세요."

사내는 책을 봉투에 담으면서 말했다.

그는 돈 이천 원을 꺼내어 주었다.

"아뇨. 두 권에 천 원입니다."

사내는 그중의 한 장을 그에게 다시 돌려주었다. 그는 어색한 손짓으로 그 돈을 받았다.

"이래도 됩니까?"

"요즘 누가 그런 책 골라갑니까?"

그러더니 사내는 허허 웃었다.

그때 문이 열리고 고등학교 학생처럼 보이는 아이들 둘이 들어왔다. 그중에서 얼굴에 여드름이 덕지덕지 난 아이가 주저없이 말했다.

"아저씨, 허슬러 이달치 있어요?"

"있는데, 왜?"

"한 권 주세요. 여기선 얼마죠?"

"실례지만 나이가 몇이나 되셔?"

"그런 건 아저씨가 알아서 뭐 허게요?"

"나이 어린 사람들이 그런 책 보면 못써요."

"어허? 아저씨가 웃기시네. 왜 못써요?"

"글쎄, 나중에 봐요. 더 커서 더 여문 다음에 봐도 늦지 않으니까."

"벌써 다아 컸구 다아 여물었어요. 그런 염렬랑 붙잡아 매시고 어서 주기나 하세요. 아저씨도 돈 벌어야 할 거 아녜요? 집에 여우 같은 마나님허고 토끼 같은 새끼들이 우글거리고 있으실 텐데……."

그는 주인 사내의 눈에 불꽃이 이글거리고 있는 것을 보았다. 그러나 그는 애써 웃었다.

"그런 거 머리빡에 쇠똥딱지가 아직 덜 떨어진 애들이 보면 머리 나

빠져서 안 돼요. 돈 버는 건 좋은데 맘이 편찮아서 나 그렇게 못 허겄어."

그러자 또 한 애가 제 친구의 옆구리를 톡톡 건드리며 말했다.

"야, 그만 가자. 저 아저씨가 주게 생겼니?"

"아, 나 참 쪽팔려서! 이거 왜들 이러실까? 아저씨!"

"그만 가잔 말야. 가서 발 닦구 공부나 하라는 말도 못 알아듣니?"

그러더니 팔을 붙잡아 끌고 나갔다.

펄렁 문이 닫히자 사내가 입맛을 다시고 나서 혼잣말처럼 말했다.

"참 이놈의 장사 때려치워야 속 편히 살 텐데…… 주일날 교회에 나가서 쭈그리고 앉아 생각해 보면 여엉 불안해 못 견디겠어요. 처음엔 안 취급했는데 날이 갈수록 그거 아니면 장사가 안 되도록 세상이 변해가니 이 노릇을 어떡헙니까? 이런 게 다아 마음 약한 놈 변명이겠지만, 이런 세상에서 살아가기가 너무 힘이 들어요."

그러더니 사내는 공허하게 웃었다. 그는 입가에 애매한 웃음을 띠며 사내를 바라보았다.

그때 문이 벌컥 열리고 건장하게 생긴 흑인이 들어왔다. 그는 손을 약간 쳐들어 보이며,

"하이."

하고 말했다.

"알로 헤일리. 하우 아유 투데이?"

어느덧 사내는 아까의 공허를 털어버리고 전혀 딴 사람처럼 쾌활해져 있었다.

"오우 파인 땡스. 앤드 유?"

"파인! 파인!"

그는 사내가 외치듯 말하는 소리를 들으며 슬그머니 서점을 빠져나

왔다. 그는 어깨가 갑자기 무거워지는 것을 느꼈다. 마침 눈앞에 공중
전화가 있었으므로 그는 안으로 들어가 포켓을 뒤져 메모지를 꺼냈다.
그는 전화번호를 확인하고 나서 천천히 다이얼을 돌렸다. 신호가 저쪽
으로 가는 소리를 들으며 그는 침을 삼켰다.

"여보세요. 거기가 에어 베이스 안에 있는 식당이죠?"

"그래요. 누굴 찾으세요?"

어떤 여자가 칼칼한 음성으로 그에게 물었다.

"송선생, 있습니까? 매니저라던데?"

"실례지만 누구세요?"

"김은숙씨 일로 온 사람이라고 그래주시오."

"알았어요. 잠깐 기다려보세요."

지배인님, 전화 왔어요. 누구야? 누가 날 찾아? 김은숙씬가 김금숙씬
가 하는 여자 때문에 온 사람이래요. 이런 소리들이 들리더니 이윽고,

"송현식입니다. 김은숙이 일로 오셨다구요?"

하는 굵고 쉰 듯한 음성이 들려왔다.

"송선생이시군요. 저는 김마태라는 사람입니다. 은숙씨 부탁을 받고
찾아왔습니다."

"금방 나가지요. 거기가 어딥니까?"

그는 주위를 둘러보고 나서 대답했다.

"농협 앞에 있는 공중전화입니다. 장미라는 다방이 보이는데 거기서
기다리겠습니다."

"장미다방요? 알겠습니다. 지금 나가겠습니다."

그는 수화기를 귀에서 천천히 떼었다. 그리고 고개를 돌려 장미다방
이라는 간판이 붙어 있는 어둑한 지하실의 입구를 좀 두려운 듯한 시선
으로 한참 동안 바라보고 있었다.

다방은 작고 음침했다. 그는 문 안으로 들어서면서 어서 오세요, 하는 여자의 나른한 음성과 겹쳐서 들리는 "잊을 수 없는 꿈은 슬퍼요. 나를 울려요" 하는 노래의 구절을 들었다. 그러면서 그는 자신에게도 잊을 수 없기에 슬퍼할 수밖에 없는 꿈이 있는가를 생각해 보았다.

십 분쯤 후에 송이라는 사람이 서른대여섯 가량쯤 되어 보이는 여자와 함께 나타났다. 여자는 그 나이보다는 더 오랜 세월을 온갖 풍진을 겪으며 살아온 듯한 흔적을 여실히 드러내고 있는 데다가 상당히 도전적으로 보여서, 김마태는 속으로 저으기 불안을 느꼈다. 송은 모든 것이 다 큰 사내였다. 키도 크고 몸도 크고 눈도 크고 입도 컸다. 악수를 청하는 그의 손도 투박하고 컸다. 그는 주눅이 드는 기분이었다.

"저는 제임스의 대리인 자격으로 나왔습니다만, 김선생은 은숙이와 어떻게 되는 사인가요? 실례지만 혹시……"

김마태는 사내가 묻는 의도를 눈치 채고 당황해서 고개부터 흔들었다.

"아, 아닙니다. 결혼한 사이가 아니고 어렸을 적에 고향에서 같이 살아온 친…… 친구랄까…… 네 친굽니다."

"그렇다면 김선생을 은숙이의 대리인으로 알고 얘기해도 된단 말씀이지요?"

"예. 그런 셈…… 아니 그렇습니다."

"그럼 은숙이와 제임스 데버의 관계를 아시겠구먼요."

"예. 대충은 들었습니다."

"은숙이가 제임스와 결혼했는데 제임스가 없는 사이에 냉장고, 테레비, 전축 등의 가재도구를 싹 쓸어서 도망쳐가지고 그 최 무엇인가라는 남자와 결혼식까지 올렸다는 사실도 알겠군요."

"예. 은숙씨한테 들었습니다."

그때 송의 옆에 앉아 있던 여자가 씹어뱉는 듯한 목소리로 나직하게

"그 개 같은 년!"이라고 욕했다. 송은, 너는 좀 가만히 있어, 하는 눈으로 여자를 쳐다보고 나서 그를 향해 다시 입을 열었다.

"제임스와의 사이에 세 살 된 남자아이가 있다는 사실도 알고 있으신가요?"

"예."

"그 애는 지금 내가 키우고 있어요."

하고 여자가 말했다. 아마도 제임스 데버 3세쯤으로 불려질 그 꼬마 검둥이 튀기 아이 때문에, 그녀가 얼마나 애증의 갈등과 혼란에 시달리고 있는가를 그는 여자의 표정을 통해서 짐작할 수 있을 것 같았다. 그는 조금 전에 물을 한 컵 마셨는데도 혀가 타는 듯한 갈증을 느꼈다. 그는 입술을 축이고 나서 여자를 향해 말했다.

"그……그렇다면 시방 그 제임스라는 사람과 같이 살고 계시는 건가요?"

"그러니까 몸이 달아서 은숙이란 년을 찾아나선 게 아니겠어요? 제임스 자식이 삼 개월 후에는 미국으로 가게 되거든요."

송이란 사내가 눈짓을 해서 여자의 말을 막았다.

"은숙이가 목사의 주례로 최 뭣이라는 사람과 결혼식을 올렸다던데, 사실입니까?"

그는 잠시 망설이다가 그렇다고 솔직히 대답했다.

"제임스가 은숙이를 중혼죄重婚罪로 고발하고 팔아먹은 재산을 삼백만 원 쳐서 절도죄로 고발하겠다고 펄펄 뛰고 있는 중인데, 김선생 생각으로는 어떻게 하면 좋겠습니까?"

"당연히 고발하셔야지요."

"예에?"

사내와 여자의 입에서 거의 동시에 이런 말이 나왔다.

"제임스 데버 2세라는 사람이 이 땅에 온 지가 정확히 오 년 사 개월이 되는데 은숙이까지 여섯 번째 결혼을 했더군요. 그중에는 여섯 달만에 이혼당한 여자도 있는데 대개 수법이 비슷했어요. 은숙이 말로는 그 제임스라는 자가 워낙 성욕이 강해서 하루라도 여자가 없으면 못 견디는 위인인데, 임신을 해서 행위가 여의치 않아지니까 밖으로 나돌기 시작하더니 전혀 돌보지 않더라는 거예요. 그래서 그동안 깡통을 줍고 빈 병도 모아 팔면서 온갖 고생을 하다가 할 수 없이 부대에 찾아가 싸쩡을 만나 통사정을 했더니, 그날 밤에 제임스가 집에 돌아와서 죽도록 팼다고 해요. 알아보니까 전에 이혼당한 여자들도 은숙이와 사정이 비슷했어요. 송선생님, 기가 안 막힙니까? 제임스 지가 뭔데 이 땅에 와서 여자들에게 그런 나쁜 짓을 함부로 할 수 있습니까? 그래서 인권상담소에 상의했지요. 여자를 데려다가 제 할 짓 다 하고 싫증 나면 지능적으로 괴롭혀서 제풀에 떨어져 나가게 하는 그자의 행위가 한국 여성들의 인권을 유린한 것임에 틀림없는데 법적으로 제재를 가할 방법이 없겠느냐구요? 물론 있다고 그랬습니다. 굉장히 분개를 하더군요. 은숙이 경우는 법적으로 보아서 제임스와는 부부니깐 재산을 팔아치웠다고 해서 절도죄에는 해당되지 않고……."

"중혼죄는 어떻게 되구요?"

송이 그의 말을 가로채며 물었다. 그는 속으로 자신의 입에서 술술 나오는 거짓말에 스스로 감탄하고 있었다. 인권상담소를 찾아갔다는 부분부터는 순전한 거짓말이었기 때문이다.

"그걸 입증할 방법이 있습니까?"

"아까 김선생이 그렇다고 시인하지 않았습니까?"

"했지요. 그러나 법적으로 문제가 될 때는 모른다고 대답할 겁니다."

그는 뻔뻔해지기로 결심한 사람처럼 그렇게 말하고 나서 히죽 웃기까지 했다.

"주례를 했던 목사는 차마 양심상 위증을 못 하겠지요."

"약한 자의 편에 서는 것이 가장 양심적인 행위가 아니겠습니까? 더구나 미국 같은 나라에서는 성직자의 증언은 절대 효력이 있습니다."

"사진도 있을 텐데요?"

"그렇다면 어디 한번 결혼사진을 찾아보세요. 제가 증거를 철저히 인멸할 생각도 없이 이런 말을 할 것 같습니까?"

"실례지만 선생은 뭐 하시는 분입니까?"

"소설을 쓰고 있습니다만, 훈장노릇 하는 마누라 덕으로 먹고살고 있습니다."

"아하 그러시군요."

사내는 감탄인지 경멸인지 얼핏 이해하기 어려운 말을 해놓고는 새삼스럽게 김마태의 얼굴을 찬찬히 살펴보았다.

여자는 질린 표정으로 입술을 짓씹고 앉아 있더니, 입 속으로 뭐라고 중얼거렸다. 분명히 욕설 같았다.

송이 입을 열었다.

"제임스는 나로서 무시할 수 있는 사람이 아닙니다. 그자가 내 목줄을 쥐고 있는 셈이나 마찬가지니까 나는 그자를 대놓고 욕할 입장이 못 됩니다. 그래서 대리인이 된 건데……."

"재판은 물론 제임스의 주거지로 되어 있는 오클라호마의 무어시티에서 열리게 되겠지요. 결국 은숙이가 이기지 못하게 되어 이혼이 성립된다고 해도 최소한도 절도죄나 중혼죄는 면할 수 있습니다. 그렇다면 손해를 보는 쪽은 제임스도 아니고 은숙이도 아닙니다. 제임스 그자에게는 오히려 다행일지도 모르지요."

"그렇다면 피를 보는 건 나뿐이란 말예요?"

여자의 목소리는 격앙이 되어서 그런지 심하게 떨렸다.

"그럴 가능성이 충분하지요. 재판이 미국 땅에서 열리게 된다면 제임스가 제 나라로 들어갈 때 따라갈 수 없게 되겠지요."

그는 여자에게 동정하는 어조로 말했다.

"그러니까 은숙이가 선선히 이혼을 해주면 누이 좋고 매부 좋고 할텐데……"

"지금 은숙이가 어떤 처지에 있는지 아십니까? 제임스와 함께 애기를 데리고 와서 이게 은숙이가 난 아이다. 은숙이 어디 있냐, 그랬기 때문에 지금 최라는 사람이 창피하다, 양공주 퇴물하고 어떻게 얼굴 들고 사느냐, 나가거라, 그래서 쫓겨나 가지고 나한테 찾아왔던 겁니다."

"은숙이가 그런 여잔 줄 몰랐던가요?"

"은숙이와 재혼한 남자도 불행한 사람이에요. 충청도 서천 사람인데 중매로 결혼한 여자가 심한 결핵환자라는 사실을 모르고 했다가 병구완하느라고 젊은날을 다 보낸 불쌍한 남잡니다. 얘길 들어보니까 처가쪽은 돈이 좀 있는 집안인데 처녀귀신을 만들 수 없다는 시시한 생각 끝에 어릿하게 보이는 시골 청년을 구워삶았던 모양이에요. 여자는 고등학교를 졸업했는데 남자는 국민학교를 겨우 졸업한 처지여서 남자가 얼마나 황송해하면서 여자를 정성스럽게 받들었던지 인근에 그 소문이 자자할 정도였어요. 여자가 애 둘을 남기고 죽었는데 장례식날 여자의 무덤 속에 뛰어들어 같이 묻어달라고 아우성치는 바람에 아주 애를 먹은 일도 있었지요. 그런데 직업적인 중매쟁이가 나타나서 은숙이가 남편과 사별했는데 일본에 부자 오빠가 있다, 전축이랑 그런 것들은 일본에서 그 오빠가 보내준 것이다. 은숙이도 그동안 일본에 가서 있었다, 그러니 결혼해라 하고 꾀었다고 해요. 그런데 갑자기 흑인이 애를 안고 나타나서 이게 은숙이 아이다 해놨으니, 그것이 마른하늘에 날벼락이

지 뭐겠습니까? 은숙이는 여자 팔자 고쳐보기가 이렇게도 힘드냐고 찔찔 울고…… 그래서 저같은 사람이 할 수 없이 나선 것입니다."

그는 문득 아까 공중변소에 씌어 있던 낙서를 생각했다. "책상은 책상이고, 돼지는 돼지다."

그런데 책상을 책상이라고 말하는 데에는 얼마나 지혜와 용기가 필요한가를 겪어보지 않은 사람은 모른다. 그는 적어도 이 말을 하기 위해 오늘은 새벽 일찍이 일어났고 잘 말할 수 있는 지혜를 달라고 기도했고, 그러기 위해서 약간의 거짓말을 해야 할 것 같다고 미리 양해를 구했다. 그는 소설이 진실이 되기 위해서는 거기에 얼마나 진실 같은 꾸밈이 필요한가를 알고 있었으며, 그런 정도쯤을 이해 못하고 있는 신神이라면 신뢰할 가치가 없다고 생각하고 있었다. 드디어 그는 신과 함께 진실을 진실로 드러내기 위해 허위를 대비시키는 것이 신의 창조적 본질과 상통하는 것이다라는 결론을 얻게 되었고, 책상도 다리가 넷이고 돼지도 다리가 넷이니까 책상은 돼지다, 라고 억지를 부리는 자들 앞에서 무턱대고 "그게 아니다. 책상은 책상이다"라고 말했다가는 목이 남아나지 않으니까 그런 때일수록 가령 그가 털이 달리고 발톱이 있는 책상 위에 글을 쓰다가 불알을 물렸다. 그러므로 이빨이 달린 책상은 조심해서 되도록이면 책상으로 쓰지 말고 창고에 가둬둬야 한다는 식으로 말하는 지혜를 가져야 한다고 생각하게 되었다. 가령 예수를 곤경에 빠뜨리려는 사람들이 간음하다가 현장에서 잡힌 여자를 그에게 끌고 와서 "모세의 율법대로 한다면 이 여자를 돌로 쳐죽여야 하는데, 선생님 생각은 어떠시오?" 했을 때, 예수가 직설적으로 "야, 이 회칠한 무덤 같은 위선자 녀석아. 너는 그저께 푸줏간집 마누라하고 올리브 산 골짜기에서 간통을 하지 않았니? 그런 놈이 무슨 잔말이냐?" 했더라면, 그 사내가 체면 때문에라도 예수를 갈겼을 것임에 틀림없을 것이다. 그랬다면 예수는 십자가에 달리기 전에 먼저 돌에 맞아 죽었을 것이며…… 김마태는 지금 자기가 무엇 때문에 송탄 장미다방에 와서 앉아 있는지를 깜빡 잊고 소설의 본질과 기능의 문제를 생각하고 있다가 송이라는 사내가,

"지금 은숙이는 어디 있습니까?"

하고 묻는 말에 다시 긴장했다.

"김선생이 내거는 조건은 뭡니까?"

"제임스라는 자한테서 위자료를 받아낼 생각입니다."

"아니, 그게 말이나 됩니까? 제임스는 시방 제 가재도구뿐만 아니라 옷이랑 개인 서류 같은 것도 모조리 가져갔다고 펄펄 뛰고 있는 판인데?"

"그 여자가 영어를 모르니까 홧김에 다 태워버린 모양이드군요. 여하튼 제임스가 그렇게 나온다면 이쪽에서도 맞받아칠 수밖에 없게 되지요."

"그 녀석이 포커 좋아해서 실제로 빈털터리예요. 집에 돈 갖고 들어오는 줄 아세요? 나도 솔직히 말해서 그 녀석이 곧 제대한다는 사실을 알고 달라붙은 거란 말예요. 은숙이한테 가서 같은 여자끼리니까 제 사정을 봐서 도장 좀 꾹 눌러달라고 제발 부탁해 주세요. 네? 나도 이 바닥에서 청춘 다 보낸 년인데 이 땅에 남아서 뭐 볼일이 있겠어요? 세상에 이런 기회가 나한테 또 오겠어요? 오죽해야 그런 잡놈 따라갈 생각을 다 했겠는지 생각 좀 해보세요. 미국 땅을 밟기만 하면 빠이 빠이 해 갖고 내 길 찾아 나설 거예요. 한 여자 일생이 이대로 끝날 수는 없잖아요? 안 그래요?"

"그렇다면…… 그렇다면 댁에서 은숙이한테 위자료를 좀 주세요."

"아니, 내가 주라구요? 원, 세상에!"

여자는 놀라서 입을 쩍 벌리고 그를 빤히 쳐다보았다.

"미국에서 위장결혼을 해서 시민권을 얻자면 얼마나 돈이 드는지 아시죠? 그 셈치고 은숙이한테 돈 좀 주시면 될 거 아닙니까?"

"어머! 미쳤어요?"

김마태가 나는 미치지 않았다고 대답하기 전에 사내가 먼저 입을 열었다.

"돈을 얼마쯤 내란 말입니까?"

"제임스한테 자식까지 낳아주었으니 따질 게 많지만, 당사자가 아닌데 어떡헙니까? 은숙이 처지를 십분 이해할 수 있는 처지에 있으니까 성심껏 해주십시오. 그러면 내가 은숙이를 데리고 법원으로 나가서 이혼판결을 받도록 해드리겠습니다."

사내는 그를 향해 고개를 끄덕이고 나서 여자를 돌아보며 물었다.

"야, 너 얼마 낼래?"

"오빠? 내가 돈이 어디 있수?"

"야, 엄살떨지 말라야, 김선생이 하신 얘기 무슨 뜻인지 못 알아듣겠니?"

사내가 목소리에 힘을 주어 나무라자 여자는 찔끔해서 혀를 쏙 내밀었다가 입을 닫고는 그의 눈치를 살피면서 말했다.

"백…… 백만 원이면……."

"야, 너무 적어! 내가 니 사정 아니까 하는 말인데 이백 내봐. 어떠시오? 김선생. 이백이면? 짐작하시겠지만 그 돈이 어떤 돈인지……."

그는 얼른 사내의 말을 막았다.

"알겠습니다, 무슨 말씀인지, 고맙게 받겠습니다. 그 대신 제임스한테 앞으로 은숙이가 가져간 재산에 대해서 절대 시비하지 않겠다는 서약서를 받아주세요. 그렇다면 은숙이는 내가 책임지겠습니다."

"방법은요?"

여자가 물었다.

"내일은 내가 서울에서 약속이 있으니까 모레 열 시에 수원 법원청사 앞에서 만나지요. 제임스란 사람이 그 시간에 나오기 어렵다면 다시 시간을 정해서 제 집으로 연락을 해주세요. 전화번호를 적어드리겠습니다. 돈은 그때 은숙이에게 직접 주세요."

"그 참 시원시원하시구만. 제발 남북회담도 이렇게 풀렸으면 좋겠습니다. 김선생, 마음에 드는데 오늘 나하고 한잔 하십시다."

사내는 그에게 불쑥 손을 내밀어 악수를 청했다. 그는 사내의 투박한 손을 잡았다. 그때 그는 이상하게도 자신의 삶을 꽉 움켜쥐고 있는 듯한 기분이 들었다.

"술은 나중에 사주세요. 오늘은 그냥 돌아가야 할 일이 있습니다."

그가 이렇게 말할 수밖에 없었던 것은 몹시 지쳐 있었기 때문이었다. 예상보다도 더 일이 잘되었지만 조금도 성취감을 느낄 수 없었다. 그는 메모지를 얻어 거기에다 자기 전화번호를 써서 사내에게 건네주고 나서 셋이서 마신 찻값을 치르려고 카운터에까지는 먼저 갔으나, 뒤미처 따라온 사내의 완강한 손길에 떠밀리어 돈은 내지 못하고 또 한 번 사내와 악수를 나눈 뒤에 송탄 버스정류장까지 걸어왔다. 그는 다시 한 번 아까의 공중변소에 들어가 나팔꽃과 야구방망이와 책상과 돼지에 대한 낙서들을 보고 싶었지만 마음이 너무 지쳐 있었기 때문에 그만두었다. 그는 더 이상 어떤 삶의 무게도 감당해 낼 수 없을 것 같은 기분이었다.

버스는 김마태를 짐짝처럼 싣고 무서운 속도로 달리기 시작하였다. 그러나 그는 눈을 감고 있었다. 비록 눈을 크게 홉뜨고 자신의 운명을 지켜보고 있다고 할지라도 자신의 의지와 결단만으로는 생명을 지킬 수 없는 시대에 살고 있다는 사실을 그는 알고 있었던 것이다. 그러기에 그는 이 세상의 혼란과 불의에 결코 찢기지 않는 또 하나의 생명을 자신 안에 소유하고 싶었다.

감고 있는 눈의 저쪽에서 짤막한 검정 치마에 때묻은 무명 흰 옷을 입은 일곱 살가량의 소녀가 논둑길을 가로질러 이쪽으로 달려오고 있었다. 그런데 뒤미처 쫓아온 아버지가 그 아이의 머리끄덩이를 잡아채어 논바닥에 내동댕이쳤다. 그때부터 오늘까지 은숙이의 삶을 진탕 속에 처박은 여러 개의 손이 그의 눈앞에서 무수히 나타났다가 사라져갔다. 김제군 청하면에서 빈농의 딸로 굶기를 밥 먹듯 하며 자라온 한 소녀가 과년한 처녀가 되어 김제군 공덕면 회령리의 남의 집 머슴으로 잔뼈가 굵은 총각에게 시집을 갔다가 전쟁 난리통에 남편은 의용군으로 끌려가 돌아올 수 없는 몸이 되었고 뼈저린 가난과 외로움을 더 이상 견디다 못해 저보다 열다섯 살이나 더 먹은 홀아비에게 팔자를 고쳐 가서 은숙이를 낳았는데, 투전꾼에다가 술이 억배기인 그 사내는 살뜰할 때는 제 살을 베어 먹일 듯 굴다가도, 어쩌다가 수가 틀리기만 하면 아낙과 딸을 오뉴월에 개 패듯 하였다. 그러나 개인 날이 하루라면 궂은 날은 열흘도 넘었으므로 은숙이 모친은 굶주림과 사내의 모진 매질을 감당치 못하고 골골하다가 죽었다.

김마태가 은숙이를 처음 본 것은 그녀가 열한 살 때였다. 어머니가 죽자 먼 친척이 되는 김초시의 큰아들 희범씨네 집 애보기로 와서 저보다 더 커 보이는 어린애를 항상 엉덩이에 매달고 다니는 모습을 보았었다. 그러나 그때는 이름도 나이도 몰랐다. 박씨 정문旌門 옆 타작 마당에서 뛰노는 제 또래 아이들을 부러워 죽겠다는 눈으로 쳐다보며 뒤에 매달린 아이가 칭얼거릴 적마다 오금치를 구부렸다가는 팔짝팔짝 치올리던 모습을, 그로부터 이십여 년의 세월이 흐른 뒤에 은숙이를 만났을 때 용케도 눈앞에 떠올릴 수 있었던 것이다. 오른쪽 팔굽 위에 난 상처는 은숙이가 일곱 살 적에 외상으로 술 받으러 갔다가 가겟집 주인한테 밀린 술값만 해도 얼만데 또 외상술을 달라느냐는 지청구를 듣고 빈손으로 돌아갔더니, 술 심부름도 제대로 못 하는 년, 너 죽어봐라 하고 때리기에 도망쳐 나오다가 논두렁에서 아버지에게 꼭두쟁이를 당할 때 논바닥에 숨어 있던 사금파리 조각에 찢긴 흉터자국이라는 말을 들었을 뿐인데, 그때의 장면이 직접 눈으로 보았던 일처럼 선명하게 떠올랐던 것이다.

은숙이는 열다섯 살에 서울로 무작정 도망쳐서 청계천 피복공장에서 잔심부름을 하다가 시다를 거쳐 제법 제구실을 할 만한 봉제 기술자가 되었는데, 속으로 은근히 좋아하던 양시헌이라는 총각 기술자가 은숙이 맞은편에서 일하는 새침데기 이갑숙이라는 애와 창동의 어딘가에 사글세방을 얻어 동거하고 있다는 사실을 뒤늦게 알고는, 에이 죽어버릴까 보다 싶을 만큼 충격을 받아 공장을 뛰쳐나오고 말았는데, 용산에서 닥치는 대로 버스를 탄 것이 하필이면 송탄행이었다. 송탄 버스정류장 건너편에 있는 한일식당에서 비빔밥을 먹고 있는 중에 마침 그 집에 곗돈 걷으러 왔던 폴리 아줌마라는 포주를 만나게 되었고, 그것이 인연이 되어 가정부로 삼 년을 일했다. 폴리 아줌마가 이왕 이 바닥에 왔으니 체면이고 자시고 따질 것 없이 아예 본격적으로 나서라고 졸랐으나, 몸을 팔 생각은 없었다. 그동안에 번 돈을 다른 여자애들에게 꾸어주고 짭짤하게 이자를 받아 챙겨서 돈을 꽤 불렸는데, 미자라는 경상도 양산 아가씨가 토미라는 하와이 출신의 햇내기 신병과 정신없이 사랑에 빠져 방 얻고 살림도구 살 돈을 빌려달라고 해서 있는 대로 몽땅 빌려줬다가 미자가 연탄가스 중독 사고로 어이없이 죽는 바람에 그만 빈털터리가 되어버렸다. 그 뒤에 부대 안에 있는 하바나 클럽의 웨이트리스가 되었고, 거기서 별별 유혹을 다 받았으나 악착같이 돈만 벌겠다는 일념으로 버티다가 '열 번 찍어 안 넘어가는 나무 없다'는 속담대로 제임스한테 휘말려들어서 제 말마따나 신세를 꽉 조지게 되었다고 했다.

　김마태는 수원에서 내리자 택시를 타고 은숙이가 일하고 있는 원천 갈비집으로 갔다. 오후 다섯 시경이어서 식당 안에는 손님이 없었다. 은숙이가 그를 보고 쪼르르 달려왔다.
　"우선 갈비탕 하나 줘. 할 얘기가 있어."
　"여기 갈비탕 하나……."
　그녀는 오른손 둘째손가락을 치켜세우고 주방을 향해 소리지르더니, 그의 앞자리에 턱을 괴고 앉았다.
　"나 지금 송탄에 갔다 오는 길이야."
　"송탄에?"
　"어, 그 송이란 남자하고 지금 제임스란 작자하고 동거하고 있는 여자도 만났어."
　"어머! 그래서요? 그 여자 어떻게 생겼어요?"
　"은숙이보다 밉게 생겼고 나이도 마흔은 넘어 보이더군, 눈꼬리가 이렇게 양쪽으로 올라가고 앞니에 백금 테를 두르고……."
　"어머나! 그 여자 코 밑에 팥알만 한 점이 하나 있었죠? 그 새끼 길자란 년하고 어울려 댕기더니 어느새 안나란 개년하고 붙어먹었구나. 쎄고 쎈 게 여잔데 하필이면 그런 년허구…… 전번에 송씨하고 제임스랑 함께 어떤 여자가 아이를 데리고 왔다고 해서 누군가 했더니 바로 안나란 년이었구만. 원, 세상에…… 그년이 미국 가려고 환장을 하더니 기어코 제임스를 물었구만. 기가 막혀!"
　그러면서 이를 악물고 독기 어린 눈으로 창밖을 바라보고 있더니 한

참 후에 그를 향해 고개를 돌렸다.

"무슨 얘기 했어요? 저 여기 있다고 얘기한 거 아니죠? 송씨 그 사람 친절한 척해도 속에 능구렁이가 열 마리는 들어 있는 사람이에요. 안나라는 년은 얼마가 깡다구가 쎄다구요? 아마 제임스가 뼈도 못 추릴 걸…… 그래 뭐라고들 해요? 기어이 날 잡아먹겠대요?"

"안 잡아먹는다고 했어. 내가 중혼죄로 고발도 않고, 가재도구랑 그런 거 가져간 걸 시비 안 하는 조건에다가 위자료를 주면 은숙이 데리고 법원에 나가서 이혼수속을 해주겠다고 했거든."

"어림도 없어요. 제임스가 어떤 새낀데 돈을 내놔요? 순전 돈 좀 있을 듯한 한국 여자들을 골라서 등쳐먹고 사는 놈인데. 그럴라고 그 새끼가 결혼을 척척 해주는 거라구요."

"제임스 대신에 그 안나라는 여자보고 돈을 내라고 했어. 은숙이가 쉽게 이혼을 안 해주면 제임스가 돌아갈 때 못 따라가는 게 아니냐구 설득을 했더니 자기가 이백만 원을 내놓겠다고 약속을 했어. 그 송이란 사람이 책임진다고 했으니 믿어도 좋을 거야."

그때 마침 갈비탕이 나왔다. 다른 여자가 날라온 음식을 은숙이가 받아서 내 앞에 가지런히 놓아주었다.

"어머, 그래요?"

은숙이는 그 말을 여러 번 되뇌어보며 고개를 갸웃거렸다.

"제임스한테 연락이 되면 모레 오전 열 시에 법원으로 나온다고 했어. 돈은 그때 직접 은숙이한테 줄 거야."

그는 장미다방에서 셋이 했던 얘기를 자세히 들려주었다.

"정말 인권상담손가 거기 가서 알아봤어요?"

"아니!"

그는 고개를 저었다.

"그렇담 공갈로 그랬단 말예요?"

"얘길 하다가 보니까 나도 모르게 그런 말이 나왔어. 처음부터 그런 말 하겠다는 계획은 없었구 그냥 한번 만나서 얘기나 들어보자는 셈으로 갔는데 어쩌다 보니까 나도 모르게 그런 거짓말이 나오게 된 거야."

"어머, 없는 얘기를 진짜처럼 만들어 쓰는 게 소설이라더니!"

그녀는 쉽게 감탄하더니 금방 또 변덕을 부렸다.

"그 사람들 믿을 사람이 못 돼요. 나를 꼬여내서 붙잡으려는 수작일 거예요."

"저엉 그렇게 의심이 간다면 이쪽에서 방비를 하면 돼."

"어떻게요?"

"인권상담소에 있는 사람을 데리고 나가지 뭐. 그러면 못 잡아갈 거야."

"못 잡아갈 거야라는 정도로는 안 돼요."

"응. 틀림없이 못 잡아가. 걱정 말어. 내가 책임질게."

"정말 그렇게만 된다면 오늘부터는 발 쭉 뻗구 자겠네요. 손님이 들어올 때마다 혹시 날 잡으러 오는 게 아닐까 하고 얼마나 마음 졸였다구요. 소화도 안 되고 잠도 안 오고 꼭 미칠 것만 같았어요."

"이제 걱정 안 해도 돼."

"이백만 원 받으면 꼭 사례할 거예요. 징역 안 가는 것만 해도 어디에요? 그런데 생각도 못했던 돈까지 받게 된다면 가만 있을 수 없잖아요? 참 사람 죽으라는 법은 없나 봐요. 척 음식점에 들어서는데 알아볼 수 있드라니까요. 글쎄. 내가 기억력 하나는 기차거든요."

"그게 무슨 돈인데 그걸로 사례를 한다구 그래? 그런 거 생각지 마. 이 집에서 자기도 하나?"

"아녜요. 매원동 동사무소 뒤에다 월세 삼만 원짜리 방 하나 얻었어요. 짐이 있으니까요. 주인집 대문에 최병호라는 이름이 붙어 있는데 안채를 통하지 않고도 들어다닐 수 있게 되었어요. 김은숙이라면 모르고 김영란이라고 해야 알 거예요. 이름이 뭐냐고 묻길래 그냥 귀에 익은 탤런트 이름을 대줬죠 뭐. 히히히⋯⋯."

"그럼 말야, 모레 아침 아홉 시쯤 나한테 전화해 줘. 그 사람들 쪽에서 혹시 변동이 있을지도 모르니까. 내 전화번호 안 알려줬던가?"

그녀는 고개를 끄덕거렸다. 김마태는 젓가락 포장지에다 전화번호를 적어서 주었다.

"그냥 가세요. 밥값은 제가 치를게요."

은숙이가 그를 문 쪽을 향해 밀어내며 말했다.

"왜 이래?"

그는 그녀를 가볍게 밀치고 계산대 쪽으로 나갔다. 그는 돈을 치르고 나오다가 뒤꼍에서 누군가 은숙이에게 낮은 음성으로 묻는 소리가 들렸다.

언니, 저 남자 누구유?

그때 그는 이상한 충격을 느꼈다. 분명히 은숙이와 어떻게 되는 사이냐고 묻는 평범한 질문임에 틀림없을 텐데 그의 귀에는 좀 더 본질적인 물음으로 들렸던 것이다. 아까 송탄의 공중변소에서 책상은 책상이고 돼지는 돼지다라는 낙서를 보았을 때처럼 그는 갑자기 자신의 삶이 쩌누르는 막중한 무게에 짓눌린 채 발걸음을 멈추고 그 자리에 섰다. 그는 가쁜 숨을 내쉬었다.

법원에서 열 시에 만나기로 약속된 날 아침 아홉 시 십 분경에 은숙이에게서 전화가 올 때까지, 송탄에서는 아무런 연락도 없었다. 애초에 약속에 차질이 생길 경우에 전화연락을 해주기로 했음에도 김마태는 저으기 불안스러웠다.

만약의 경우를 대비하기 위해 이런저런 방법을 구상해 보다가 그냥 맞닥뜨려 보기로 결정을 내렸다. 안나라는 여자가 자기의 목적을 이루기 위해 어떻게든 제임스를 구워삶았을 것이고, 또 예상이 뒤틀려졌다면 그 송이라는 사내가 이쪽에서 미리 대처하도록 연락을 해주었을 것이라는 확신 비슷한 느낌이 있었던 것이다. 어쩐지 송이 그따위 야비한 짓에 끼어들 위인 같지 않다는 생각이 들었다.

김마태는 반시간쯤 여유를 두고 집을 나서서 매원동사무소 뒤에 있는 최병호씨의 집으로 갔다. 은숙이가 집 앞에 나와 기다리고 있었다. 눈화장을 짙게 하고 뒷머리를 치켜올려 밴드로 묶고, 귀에 귀걸이까지 달고 있어서 전혀 딴 여자처럼 보였다. 몹시 긴장이 되는 모양이었다.

"아침식사 했어?"

은숙이는 고개를 흔들었다.

"왜 안 먹었어? 걱정이 돼서?"

그가 그러면서 웃자 은숙이도 픽 웃으며,

"이혼하러 가는 년이 아침밥까지 챙겨먹게 됐어요?" 했다. 밤새 잠을 제대로 못 자고 새벽 다섯 시도 못 되어 자리에서 일어났는데, 세수를 하고 변소에 다녀온 뒤 줄창 거울 앞에 처덕처덕 발랐다가 지우고 또 처바르고 하면서 시간을 견디다 보니 화장이 점점 짙어질 수밖에 없었다.

김마태가 바로 떠나자고 했으나 은숙이가 조금 있다 가자고 우겼다. 미리 가서 기다리고 있는 모습을 보이고 싶지 않았기 때문이다.

매원동사무소 앞에서 법원까지는 걸어서 오 분 정도밖에 안 걸리는 가까운 거리였으나, 그들은 택시를 탔다. 걸어가다가 제임스 일행이 탄 차가 휙 하니 옆을 스치고 지나가게 되기라도 하면 은숙이가 낭패해할까 봐 김마태가 신경을 썼던 것이다.

그들이 열 시 삼 분에 법원에 도착해 보니 제임스 데버 2세와 송과 안나가 은숙이가 낳은 애까지 데리고 분수대 곁에서 기다리고 있었다. 아이를 안고 있는 제임스의 곁에 둘러서 있던 송과 안나의 모습은, 얼핏 나들이라도 나온 일행처럼 한가롭고 여유있게 보였다. 그들은 이쪽이 오는 것을 알고 있으면서도 일부러 모르는 척하고 즐거운 듯이 웃음을 터뜨리고 있었다.

은숙이는 아들 지미를 보자마자 밤새도록 갈고 닦았던 투지를 잃어버리고 허둥거리기 시작했다.

김마태는 은숙이를 이만큼 놔두고 그들이 있는 데로 다가갔다.

송이 먼저 그를 보고 두세 걸음 다가와 웃으며 악수를 청한 뒤에, 제임스에게 그를 소개했다. 김마태는 그와 악수하고 싶지 않아서 왼손을 잠깐 들어 올렸다가 내렸다. 제임스는 콧살을 찡그리며 그를 향해 웃고 나서, 아이를 안나에게 맡기고 성큼성큼 은숙이를 향해 걸어갔다.

"히야. 이 도둑년아!"

그가 주먹으로 한방 갈길 듯한 몸짓을 하면서 아주 정확한 발음으로 욕을 했기 때문에, 김마태는 속으로 저으기 놀랐다.

그러자 은숙이도 궁지에 몰린 쥐처럼 갑자기 독기를 뿜으려 달려들어 마주 욕을 퍼부었다.

"뭐야? 이 껌정 돼지새끼야! 니가 뭘 잘했다고 지랄이야?"

그러는 은숙이를 보고 김마태도 놀랐지만 제임스도 무척 놀란 모양이었다.

송이 후닥닥 그 두 사람 사이에 끼어들어 싸움을 말렸다. 김마태는 어디 한번 붙어봐라 하는 심정이 되어 가만히 있었다. 그러나 그들은 서로 노려보고만 있을 뿐 더 이상 싸우지 않았다. 안나는 아기가 그 광경을 보지 못하도록 하려는 듯 이쪽으로 몸을 돌린 채 잘 알아들을 수 없는 말을 열심히 지껄이고 있었다.

송은 김마태에게 잠깐 보자는 시늉을 하고 저편으로 몇 걸음 걸어나갔다. 김마태가 그 뒤를 따라갔다. 그러자 송은 분수대 쪽을 등으로 가린 채 포켓에서 봉투를 꺼내어 그에게 내주었다.

"송탄 상업은행 지점 발행 백만 원짜리 수표로 두 장입니다. 뒤에 온라인 문의번호가 있으니 확인해 보시지요."

김마태는 수표의 액수를 살펴본 후에,

"제임스가 써준 서약서는 가져오셨습니까?"

하고 물었다.

"물론 가져왔습니다. 저 녀석이 화를 내며 펄펄 뛰는 바람에 아주 애먹었읍니다. 저 녀석이 물품용달을 담당하고 있거든요. 그러니 이런 심부름도 다 하게 됩니다그려."

그는 송이 내어준 서약서를 받아들고 찬찬히 읽어보았다. 거기에는 이혼하는 조건으로, 은숙이에게 일체의 불리한 짓을 하지 않겠다고 써 있었다. 그는 은숙이를 그쪽으로 불러 돈봉투와 서약서를 전해 주었다. 은숙이는 봉투를 받아 속을 헤아려보지도 않고 손바닥만 한 손백에 집어넣었다. 그러는 걸 물끄러미 바라보고 있던 송이 은숙이를 향해,

"미스 김을 이런 일로 만나서 미안하구만."

하고 말했다.

"제가 오히려 미안해요, 매니저 아저씨."

"지난 일은 팔자소관으로 돌려버리고 앞으로 열심히 보란 듯 살아봐. 이번 일에 김선생이 애쓰셨으니까 은혜 잊지 말구."

김마태는 그 말을 듣고 있다가 어색해서 고개를 돌리고 못 들은 척했다.

이혼수속은 일사천리로 진행되었다. 그들이 모든 서류를 미리 준비해 두고 있었으므로 은숙이 쪽에서는 거기에 사인을 했고, 판사의 질문에 이혼이 자기의 자유의사에 의해 결정된 일이라고 대답하자 끝이 났다.

김마태는 이혼이 그처럼 쉽게 이루어질 수 있다는 사실에 적잖이 충격을 받았다.

지미라는 아이는 얼굴이 가무잡잡하긴 했으나 퍽 귀엽게 보였다. 그러나 은숙이를 전혀 의식하지 않고 있었다. 정작 일이 끝나 은숙이는 그 애를 한번 안아보자는 얘기도 못하고 힐끔힐끔 아이의 눈치를 보면서 눈물을 찔끔거렸다.

"김선생님 수고하셨습니다. 약속대로 술 한잔 대접하게 해주셔야죠."

김마태는 송이란 사내의 말을 들으며 이건 진정이구나 하는 느낌을 받았다.

"그쪽에 있는 책방에 가끔 들르니까 그때 찾아뵙죠. 오늘은……."

"알겠습니다. 꼭 만납시다."

송과 악수를 하고 나자 제임스도 그에게 와서 손을 내밀었다. 그는 차마 거절할 수 없어서 손을 잡았다. 크고 두꺼운 손에 덥석 잡히는 순간, 그는 송탄 버스정류장의 공중변소 벽에서 보았던 나팔꽃과 야구방망이 그림이 떠올랐다. 제임스는 이 문제에 무척 고심해 왔던 모양으로, 솔직하게 홀가분하다는 기분을 드러내고 있었다. 심지어 은숙이에게까지 다정하게 고마워했다. 그러나 은숙이와는 아까부터 아무 말도 않고 있었다. 이제는 마음놓고 지미를 사랑해 줄 수 있게 되었다는 사실을 과시하려는 것처럼, 오우 지미, 지미 마이 베이비라고 말하며 아이 볼에다 짭짭 소리가 나도록 입을 맞추곤 했다.

그들은 승리한 사람들처럼 의기양양해하며 돌아갔다. 80년형 컨티넨

탈을 타고 기세좋게 법원의 정문을 빠져나가는 그들의 뒷모습을 김마태는 낭패한 기분으로 바라보았다.

김마태와 은숙이는 아직도 미진한 일이 있는 사람들처럼 분수 곁에 머뭇거리며 서 있었다.

"자아, 우리도 가야지."

김마태가 은숙이의 어깨를 가볍게 치고 나서 먼저 걷기 시작했다. 그는 조금 전까지 있었던 일이 전혀 실제처럼 느껴지지 않았다.

"이렇게 쉽게 끝날 줄은 몰랐어요."

은숙이가 혼자 중얼거리는 듯한 어조로 말했다.

그는 아무 대답도 하지 않았다.

법원 문을 나서자 여러 대의 택시가 줄지어 기다리고 있었다. 김마태가 맨 앞에 있는 택시로 다가가서 문을 열고 안으로 들어가 앉았다. 은숙이가 옆에 와서 앉자 그는 말했다.

"향원아파트까지 가는데 매원동사무소 앞에서 잠깐 세워주세요."

그 말을 들은 운전수의 얼굴이 순간적으로 굳어졌다.

차가 달리다가 매원동사무소 근처에 이르렀을 때, 은숙이가 앞을 향해 말했다.

"그냥 가주세요."

"왜?"

"점심 대접할 거예요."

"나는 지금 밥 먹을 생각 없는데……."

은숙이는 그 말을 못 들은 척했다.

"그럼 가다가 설렁탕이나 먹을까?"

"피이! 맨날 설렁탕·갈비탕이에요?"

"설렁탕이 어때서?"

"오늘은 내가 근사하게 한턱 쓸 거예요."

김마태는 얼른 짐작으로 제 주머니에 있는 돈을 헤아려보았다. 차비를 빼놓으면 겨우 설렁탕 두 그릇 값을 치를 정도였다. 그는 은숙에게 돈을 쓰게 하고 싶지 않았다. 아니 더 솔직히 말하면 어서 은숙이로부터 벗어나 홀가분해지고 싶었다. 일은 끝났으니까. 그는 이대로 가다가는 이달 수입이 이십만 원도 못 될 것이라고 생각했다. 소설도 번역도 통히 손에 잡히지 않았다. 소설을 못 쓰고 있는데 대한 변명은 스스로 생각해 봐도 타당성이 있었지만, 일 맡은 번역조차 지지부진한 것은 게으른 타성 탓이라는 걸 부정할 길이 없었다. 자넨 아내가 직장을 갖고 있으니까 그러는 거야, 라고 어떤 친구가 말한 적이 있었다. 더구나 그는 이런 시대에 악착같이 돈을 벌고 악착같이 출세하려고 하는 행위를 부끄럽게 생각하고 있었다. 그는 독촉에 밀려 하룻밤 새 짤막한 단편을 하나 써서 십팔만 원을 받았을 때, 그것이 노동자의 한 달 봉급에 해당된다는 사실을 생각하며 속으로 무척 당황했었다. 물론 따지려 들자면 그것은 겨우 하룻밤의 일은 아니었다. 오래 생각해 왔던 얘기였다. 더구나 주인공 남자의 발 고린내까지 코로 느낄 수 있을 정도로 익숙해지지 않으면 글을 쓰지 못하는 그의 성미로서는 그것이 결코 하룻밤 동안의 작업일 수가 없었다. 그러나 그는 심지어 아내에게까지 돈 받았다는 얘기를 하지 못했다.

두 사람은 차 안에서 실랑이를 했다. 은숙이는 북문 근처에 있는 사천이라는 중국요리집으로 가자고 했고, 그는 남문 근처에 있는 남창옥이라는 설렁탕 전문점으로 가자고 우겼다. 그러다가 드디어 남창옥으로 결정되었다. 은숙이는 뾰루퉁해서 뒤따라오다가 그 한식집에 들어서면서 주인에게 조용한 방을 달라고 요구했다. 김마태는 그제야 단순한 점심식사만이 아닌 일이 있을 것을 예감하였다.

방으로 들어가자 은숙이는 음식을 주문하러 온 여자에게 우선 수육 한 접시하고 소주 한 병을 달라고 주문했다.

"대낮인데 술은 왜? 나 요즘 술 못 마셔."

"한 잔쯤이야 어때요? 뭐. 건강이 안 좋으세요?"

그는 은숙이가 주문한 음식값이 자기 주머니의 한계를 넘어섰기 때문에 외상을 부탁하기로 마음을 정했다.

"위장이 아주 나빠졌어. 내 주위에는 온통 위장 나쁜 사람들만 있으니 웬일인지 모르겠어."

"세상 탓일 거예요."

"세상이 어때서?"

그는 짐짓 물었다.

"누굴 바보로 아시나 봐."

그러면서 은숙이가 쿡쿡 웃었다.

"이 세상 때문에 위장에 탈이 생긴다는 사실을 아는 사람은 결코 바보일 수 없어."

"저 말예요, 부탁이 있어요."

"뭔데?"

"송탄에서 가지고 나온 짐을 대충 팔았거든요. 전축이 곤뽕도 풀지 않은 새거라 돈을 꽤 받았어요. 제임스 그 자식이 장사해 먹으라고 일본에 가서 면세로 들여다 논 거걸랑요. 냉장고도 새거고, 세탁기랑, 하여튼 대리미까지 싸그리 팔았더니 삼백육십만 원이 손에 잡혔어요. 거기다 이백만 원이니까 일 년 남짓 몸 바치고 애도 낳아주었지만 그렇게 손해본 거 없다는 생각도 들어요. 그쪽 사정을 모르니까들 그렇지 이만하면 나쁜 거 아니에요. 제임스 그 새끼가 속으로는 날 패죽이고 싶을 거예요. 그게 다아 김선생님 덕이니까 은혜 좀 갚아야겠어요. 뭐 필요한 거 없으세요? 미제 타이프라이터 같은 거, 지금도 손이 닿으니까 피엑스에서 빼낼 수 있어요. 전동電動으로 사도 거기서 사면 얼마 안 비싸요."

"걱정 마. 나한테 타이프라이터 있어."

그에게는 늘 손을 봐서 써야만 제대로 움직여주는 국산 타자기가 한 대 있었다. 그것도 요즘은 쓸 일이 없어 거의 쓰지 않고 있었다.

은숙이는 잠자코 생각에 젖어 있더니 다시 입을 열었다.

"그러면 말예요. 제가 옷을 한 벌 해드릴게요. 구두도요. 돈도 돈이지만 징역 살게 될까 봐 속으로 얼마나 간 졸이고 있었다구요."

"나 양복도 있고 구두도 여러 켤레 있어. 우리 마누라가 학교 선생인 거 알지? 간간이 학부형이 내 자식한테 성의를 보여주서서 감사합니다. 그런 표시로다가 구두 티켓 정도를 보내주나 봐. 그 덕분에 나도 얻어 신게 되는 거지. 옷은 정장을 할 일이 별로 없으니까 성한 게 두세 벌은 되구 말야. 전축도 있고 텔레비전도 있고 냉장고 세탁기 녹음기 카메라까지 다아 있어. 나 그런대로 부자인 셈이야. 그러니까 걱정 말구 은숙이나 그 돈을 잘 써요. 그게 어디 가게 전세 얻을 돈이나 돼?"

"누군 있다고 해서 물건 안 사나요? 더 좋은 거 갖고 싶어서 그러는 거죠."

"하여튼 나는 은숙이 돈을 받을 수 없어."

"저 때문에 수고하셨잖아요. 골치 쓰고 시간 허비하고…… 나는 지금까지 남에게 속고 살아왔지만 내가 할 건 해야 직성이 풀리는 여자예요. 그런 거 안 받는다면 내가 드릴 거는 아무것도 없잖아요?"

그때 마침 수육과 소주가 들어왔다.

은숙이는 내 잔에 술을 따랐다.

"딱 한 잔만 하세요. 나머지는 내가 치울 거예요."

김마태가 겨우 한 잔을 비우는 동안에 은숙이는 벌써 석 잔째를 입으로 가져가고 있었다.

　"어이, 천천히 마셔."

　"나 같은 년은 고상한 김선생, 아니 김마태씨 같은 양반에게 뭘 드려야 하죠? 세상에 선물 사준다는데 싫탈 사람이 어디 있겠어요? 이 은숙이란 년의 선물은 꺼림칙하고 개운치 않아서 받을 마음이 없다는 거죠? 누가 모를 줄 아세요? 여기서 어서 빠져나가고 싶은 생각밖에 없으시죠?"

　김마태를 속으로 찔끔해서 창황히 고개부터 흔들었다.

　"겨우 쐬주 두 잔에 취했어? 꺼림칙하니 개운찮으니 그딴 말은 왜 해? 나중에 해줘. 나중에 돈 벌어서 선물 듬뿍 사줘. 그땐 감사합니다 하고 받을게."

　"흠, 그러면 드려도 축 안 나는 거로 드릴까요? 내 몸 어때요? 나이는 먹었지만 이래도 몸 하나는 잘 빠졌다구요."

　"은숙이. 시방 무슨 말을 하고 있어? 술주정하고 있는 거야?"

　"나 같은 년은 억울해서 어떻게 살겠어요. 돈도 있고, 몸도 있는 데 내 건 더럽고 불쌍해서 싫다고 하니……."

　은숙이는 그러면서 단숨에 술잔을 비우고 금방 술로 잔을 채웠다.

　"누가 불쌍하고 더러워서 싫다고 그랬어?"

　"그럼 뭐예요?"

　"이런! 내가 아직 그런 걸 생각할 단계가 아니잖아. 내 말 좀 들어봐. 우리가 처음 만난 게 언제지? 한 열흘 전쯤 되는구만. 그날 나는 아침 겸 점심 겸 해서 갈비탕이나 한 그릇 해야겠다고 찾아간 식당에서 은숙이를 만났었어. 이십여 년 전의 모습을 통해서 오늘의 나를 알아본다는 사실이 무척이나 신기하고 또 감격스럽기까지 했어. 두 번째 만나니까 은숙이가 긴히 의논할 얘기가 있다고 했어. 그런데 정작 은숙의 사정을 듣고 나니까 아주 막연해지더라구. 왜냐하면 나는 결코 능력이 있는 사람이 못 되니까 말야. 헌데 자꾸 부담스러워지는 거야. 오죽했으면 나 같은 사람한테, 옛날 한고향에서 살았다는 인연만으로 그런 걱정을 했을까 싶으니까 마음이 답답하고 무서워서 오랜만에 송탄 서점에도 들를 겸 송이란 사람을 만나서 얘기나 한번 들어보자고 간 일이 어쩌다가 이렇게 된 거야. 그런 마치 소 발에 쥐 잡는 식으로 된 일인데, 내가 뭘 했다고 양복을 받고 또 은숙이를 어쩌고 하겠느냔 말야. 처음부터 구전이나 뭘 바라고 한 거라면 모르겠지만서두."

"나는 미안하잖아요? 그냥 신세지는 거 싫단 말예요."

"지금은 어리벙벙해서 뭐가 뭔지 모르겠어. 나중에 생각이 있을 때 내가 청할게."

"나중에요?"

은숙이는 이렇게 묻더니 키들거리며 한참이나 웃었다. 그 웃음소리가 그에게는 "웃기지 말어. 내가 네 속을 모를 줄 아니?" 하는 말처럼 들려서, 그는 얼굴을 붉히며 암말도 못했다.

"당메〔楮山里〕, 박씨네 정문간 타작마당에서 문병호라는 애한테 얻어맞은 일이 있었죠? 기억 안 나요?"

은숙이는 웃고 있다가 엉뚱한 얘기를 꺼냈다.

"어? 타작마당은 기억나는데 문병호라는 애한테 얻어터진 기억은 안 나는데?"

"정말 기억 안 나요? 남자들은 그런 걸 잊어버리나부죠? 여자들은 잘 안 잊는데……."

"그때 내가 맞았어? 문병호가 누구지?"

"부면장집 아들도 몰라요? 그 사람한테 맨날 얻어터지구선? 지금 그 사람 형사노릇하다가 그만두고 송탄에서 가방 장사해요. 돈 많이 벌었어요. 그 사람은 나를 못 알아보지만, 보니까 척 알겠든데요 뭐. 아마 그 사람 때문에 내가 김마태를 기억할 수 있었는지도 몰라요. 그 사람 돈깨나 벌었어요. 소문은 나쁘게 났지만요."

그러나 김마태는 전혀 문병호의 인상을 기억해 낼 수 없었다.

"하여튼 내가 왜 맞았는지 말해 봐."

"공차기를 하다가 김마태씨가 자꾸 실수를 하니까 나중에 너 때문에 우리가 졌다고 발로 막 차고 때렸어요. 그때뿐인가요? 맨날 얻어터졌어요. 내가 봐도 속상할 정도로 행동이 굼뜨고 하는 것이 어색했거든요."

"그래, 맞았어. 난 운동에 소질이 없었어. 그래서 애들이 나를 저희 편에 안 끼어주려고 했었지. 나와 한편이 되는 팀이 늘 진다는 강박관념 때문에 항상 긴장을 하고 있어서 그런지 공이 내 쪽으로 날아오는 것조차 두려워했었어."

김마태는 그 말을 하고 저 혼자 싱겁게 웃었다.

"나는 속으로 말했어요. 아이구 저 바보, 저 등신, 나 같으면 이렇게 탁 차버릴 텐데 하면서 속으로 동동 발을 굴렀어요."

"그때부터 우리는 한편이었었군."

김마태는 그의 소년시절의 고통을 가슴 아파했던 여자의 얼굴을 처음으로 찬찬히 바라보았다. 술기운으로 발그레 달아오른 그녀의 얼굴은 아름다웠고 여자다웠다. 은숙이의 모습이 너무도 신선해 보였으므로 김마태는 그녀가 자기보다 두 배가 넘는 흑인 남자와 함께 살았던 여자라고 상상할 수 없었다.

그러나 은숙이가 아무리 사랑스럽다고 할지라도 그 행위 뒤에 있을 부담감에 대한 두려움이 아직은 더 컸다.

그로부터 닷새가 지났다. 그동안 김마태는 지지부진하던 번역 일을 끝내려고 집에만 틀어박혀서 지냈다. 이대로만 나가준다면 앞으로 닷새 후면 매듭이 지어질 듯하였다.

낮 두 시경에 전화벨이 울려서 무심코 송수화기를 들었더니 상대가 뜻밖에도 은숙이였다.

"김마태씨 계세요?"

하고 묻는 그녀의 음성에는 날카로운 느낌이 있었다.

"난데, 왜?"

"만나서 할 얘기가 있는데요."

"나 지금 바빠. 며칠 안으로 꼭 마쳐줘야 할 일이 있어서 별로 중한 얘기가 아니라면 나중에 만났으면 좋겠는데……."

"흥. 또 나중에군요."

"미안해. 지금 형편이 그러니까 이해해 줘."

김마태는 다시 은숙이와 만나고 싶지 않았다.

"안 돼요. 꼭 만나서 할 얘기가 있어요."

은숙이의 말투가 하도 당돌해서 그는 은근히 부아가 치밀었다.

"왜 그래? 바쁘다는데. 내가 아무리 바빠도 꼭 나가야 할 만큼 중대한 일이야?"

"그래요. 꼭 만나야겠어요. 여기 버스터미널 앞에 있는 양지라는 다방이에요. 지금부터 기다리고 있겠어요."

그녀의 어조는 사정하는 투가 아니었다.

그는 불쾌하고 불안했다.

"그래, 나갈게. 기다려!"

김마태는 송수화기를 탁 소리가 나도록 내려놓고 수염도 깎지 않은 채 점퍼를 걸치고 아파트를 나섰다. 택시를 타고 가는 동안에 그는 은숙이에게 화를 내고 나무라줘야겠다는 생각을 바꾸었다. 그러나 더이상 이런 식으로 불러내는 따위의 짓을 못하게 하겠다는 결심은 버리지 않았다.

양지는 어둡고 음산한 느낌이 드는 지하다방이었다.

은숙이는 구석에 앉아 있었다. 그녀는 그를 보고 웃지도 않았다. 순간적으로 김마태는 지난번에 안나에게서 받은 이백만 원짜리 수표가 잘못된 것이 아닐까 생각했다.

"무슨 일이 있었어?"

그는 그녀 앞자리에 마주 앉으면서 물었다.

은숙이는 얼른 대답을 않고 그의 얼굴을 힐끗 쳐다보더니 아랫입술을 잘근잘근 깨물고만 있었다.

"말해 봐. 무슨 일이야!"

그러자 은숙이는 침을 꼴깍 삼키고 나서 입을 열었다.

"김마태씨. 양심이 걸리는 일 없어요?"

너무도 돌연한 질문이어서 그는 속으로 깜짝 놀랐으나 은숙이가 제 깐에 수작을 부린답시고 하는 서투른 장난이리라 짐작하고 일부러 놓치듯 대답했다.

"나? 양심에 걸리는 일이야 많지."

"그런 식으로 얼버무리지 말고 똑똑히 대답하세요. 정말 양심에 걸리는 일 없어요?"

김마태는 그제야 일이 심상치 않게 되어가고 있음을 알았다.

"무슨 말야? 도대체?"

"나는 김마태씨는 신사라고 생각했어요."

"나는 신사가 아직 못 되는 사람이야."

그는 몹시 불쾌했으나 흥분하지 않으려고 애쓰며 말했다.

"체! 얼렁뚱땅하시네요. 하기야 내가 따질 성질이 아니겠죠. 그렇지만 참 섭섭하드라구요. 나는 김마태씨는 그런 사람이 아니라고 철석같이 믿고 있었거든요."

은숙이는 비아냥대는 투로 말했다. 얼굴에는 그에 대한 노골적인 적의가 드러나 있었다.

"도대체 무슨 말인지 비잉빙 돌려서 말하지 말고 똑부러지게 해봐. 내가 뭘 어쨌다는 거야?"

"똑부러지게 말할까요? 말 안 해도 다아 아실 텐데?"

"도대체 이게 무슨 짓이야? 은숙이가 나한테 이럴 수 있는 거야? 은숙이가 나한테 뭐야?"

그는 하마터면 탁자를 주먹으로 내리칠 뻔했다.

그제야 그녀는 김마태가 염치없으니까 도둑이 오히려 매 들고 나선다는 식으로 설치고 있는 것이 아니구나 하고 생각하게 되었다.

은숙이는 법원에서 이혼수속을 마친 다음 날 송탄에 갔었다. 이제는 송탄 시내를 활보하고 다녀도 아무 거리낄 것이 없다는 기분으로 갔었는데, 간 길에 아는 사람들을 만났고, 그 자리에서 제임스와 이혼한 내력을 소상히 털어놓았다. 안나가 제임스 대신 돈 이백만 원을 내놓았다는 말까지 했다. 그랬더니 잘했다고 할 줄 알았던 사람들이, 이 바보야 그래 겨우 이백만 원을 받고 물러났어? 너 참 바보천치로구나. 글쎄 그 안나라는 년도 그렇지, 빈대도 낯짝이 있는데 인두겁을 썼다는 년이 고작 이백만 원을 내놓니? 그년이 얼마나 미국으로 이민을 못 가서 환장하고 있었는데? 돈이 없는 년이라면 또 모를까 몇십만 불을 꿍쳐뒀다고 소문이 난 년인데 겨우 그걸 위자료랍시고 내놔? 썩어죽을년 같으니라구.

그 김마태라는 사람 소설 쓴다고? 그 사람 이름 KBS TV문학관이나

MBC 베스트셀러 극장에서 한 번도 못 봤는데? 여하튼 세상물정께나 알 만한 사람이 이백만 원 주겠소 하니까, 예 감사합니다, 하고 받을 수 있어? 그게 말이나 되니? 반드시 그 속에 무슨 꿍꿍이가 있었을 거야. 안나라는 년보고 천만 원을 내노라고 해도 내놀 년이야. 그게 어떤 여운데 그래? 아마 비행기에서 내려 미국 땅에 발이 닿자마자 이혼수속을 하러 갈걸? 제임스도 안나가 돈이 있다는 소문을 듣고 꽉 물은 거지 젊고 팔팔한 것들이 지천으로 깔려 있는데 왜 그런 퇴물하고 살겠어? 상식적으로 생각해 봐. 안 그래? 송씨가 그 김마태라는 사람보고 고맙습니다, 그러더라며? 그리고 언제 술 한잔 하자고도 했다면서? 그봐. 거기에는 반드시 무슨 꿍꿍이속이 있을 거야. 내가 알아볼게. 그러면서 쇼리 아줌마가 말했다. 내가 안나를 만나서 얘기 좀 해야겠어. 야 이년아, 너도 이 바닥에서 온갖 고생을 겪기는 했다만 성공했다면 성공했다고 할 수 있는 년인데 불쌍한 은숙이한테 차마 그럴 수 있는 거니? 하고 물으면 그년이 사실대로 쫠쫠 불게 돼 있어. 정말 이백만 원만 준 게 사실이라면 내가 돈 좀 더 내노라고 할 거야. 하여튼 이삼 일 새로 한번 들러봐. 은숙이 너도 이 바닥을 손쉽게 떠날 수 있을 줄 알았니? 이 바닥 물 먹은 년은 다른 데 가서 못 살아. 심지어 미국까지 갔다가도 다시 돌아오는 년도 있는데 뭘. 그러니까 너도 여기 와서 살 생각을 해. 내가 있을 곳도 좀 알아볼 테니까.

그 쇼리 아줌마는 나이가 쉰하나고 체중이 69킬로로 부대 안에서 청소부를 하고 있는 여자였다. 퇴근할 때마다 옛날 돈전대처럼 만든 배두리 안에다 미제물품을 감춰 갖고 나오는데, 정문을 지키고 있는 가드들이 못 본 척하고 건드리지 않을 정도로 관록과 깡다구가 센 여자였다.

은숙이는 사흘 후에 쇼리 아줌마한테 갔다.

그년 처음에는 이백만 원 줬다고 하더라구. 그래서 내가 말했지. 야

너두 인두겁을 쓴 년이냐? 네가 가리쟁일 벌리고 번 돈인 줄은 알겠다만, 이백만 원을 위자료랍시고 줄 수 있니? 너 그러다간 천벌 받는다. 지금 송탄에서 네가 한 짓을 알고 모두 야단들 났어. 은숙이하고 친했던 애들이 흥분해서 어느 날 밤에 길에 숨었다가 네 얼굴에 염산을 확 끼얹어 버리겠다고들 그런다더라. 만약에라도 그런 불상사라도 생긴다면 너 어쩔 거니? 그러니까 돈 좀 더 줘라. 옛말에 적선을 하는 집안에는 경사가 따른다는 말이 있지 않더냐? 그랬더니 맨 처음에는 눈알을 오꼼하게 뜨고 언니가 뭔데 남의 일에 참관하세요? 별일이야, 하던 년이 나중에는 눈물을 쫄쫄 짜면서 사실을 털어놓는데 사실인즉슨 김마태가 요구한 돈은 오백이었다는 거야. 그걸 받고 은숙이가 이혼서류에 도장을 찍도록 해주겠다고 장담을 하더래. 그래서 송씨를 통해 건네준 돈도 오백이구…… 그러니 더 말 안해도 빤히 알조가 아니냐? 야 세상에 믿을 놈 없다. 겉으로 얌전한 척하는 놈일수록 속은 더 엉큼하다는 것을 너 아직도 몰랐니? 너도 삼십 평생 헛살았다. 인생공부 다시 해라. 너 말야, 그 김마태라는 놈 만나서 따져봐. 괜히 징역 안 간 것만 해도 다행이란 그딴 맘은 먹지 말구. 그 새끼가 그래도 속까지 몽땅 썩지는 않은 놈인 모양이구만. 양복 해준다고 해도 안 받겠다고 했다는 걸 보니까.

은숙이는 김마태에게 다른 것도 주겠노라고 했었다는 말은 안 하기를 잘했다고 생각했다.

그녀는 처음에는 그 말이 믿어지지 않았으나 두 번째 쇼리 아줌마를 만났을 때는 김마태에 대한 의심이 굳어졌다. 당장 김마태를 불러 따지고 싶었으나 그래도 혹시 하는 맘으로 오늘은 일부러 송씨를 만나보려고 갔었다. 송씨는 부대 정문까지 나와서 은숙이를 반갑게 맞이하고 안으로 데려가 전에 은숙이가 근무했던 식당에서 점심을 잘 대접해 주었다. 일자리를 마련해 볼 테니 다시 와서 일하라는 말까지 했다. 하도 친절하게 해주니까 물어보려던 말이 입 밖으로 나오지 않았다. 은숙이는 말을 꺼낼 기회를 노리기만 하다가 끝내는 못하고 말았는데, 버스를 타고 돌아오는 중에 안나가 자기에게 주라고 송씨한테 준 돈 오백만 원을 중간에서 삼백만 원은 가로채어 송씨가 김마태와 나눠 먹은 것이 분명하다는 확신을 갖게 되었다. 오늘 아침부터 아랫배가 살살 아프고 그 아래쪽이 이상해서 혹시 본의 아닌 실수가 있을까 하여 패드를 차고 나섰는데, 그때 마악 그 예상이 실제로 일어나고 있었다. 그 영향 때문인지는 모르겠으나 그녀의 김마태에 대한 의심은 수원에 가까워질수록 점점 굳어졌고, 그만큼 미움도 커졌다.

김마태는 은숙이의 애기를 듣는 동안에는 화가 치밀어 올라 자신을 주체하기 힘들었는데, 다아 듣고 나니까 맥이 쭉 빠졌다.

그가 해쓱해진 얼굴로 한동안 멍하니 앉아 있었기 때문에, 은숙이는 자기 심중에 자신이 생겼다. 그래서 한마디 해주려는 판인데 김마태가 혼자 고개를 주억거리고 나서 입을 열었다.

"안나라는 여자가 그렇게 말했다면 내가 당연한 의심을 받게 됐구만. 참말 기가 막히군. 지금 내가 뭐라고 말해도 은숙이는 믿어지지 않을 테니까 나중에 송씨를 만나서 사실을 확인해 보라구. 난 피곤해서 이만 들어가 봐야겠어."

"그럼 그게 사실이 아니란 말예요?"

"나는 별거 아닌 사람이지만, 그런 일에 끼어들어 돈을 울궈먹지는 않아. 나는 적어도……."

김마태는 목구멍으로 뜨거운 기운이 솟구쳐 올라와서 더 이상 말을 못하고 가쁜 숨만 내쉬었다. 당장 송탄으로 달려가 그 안나라는 여자의 멱살을 움켜쥐고 너도 사람이야? 너 같은 년도 인간이야? 하면서 한바탕 주먹질을 하고 싶은 생각도, 송씨를 만나 이게 어떻게 된 얘기요 하고 따지고 싶은 충동도 차츰 사라져갔다. 그는 갑자기 자신의 몸뚱이가 주체할 수 없을 만큼 무겁게 느껴졌다. 그는 일어서려다가 그 막중한 무게에 짓눌려 다시 의자에 주저앉았다.

은숙이는 차갑고 날카로운 시선으로 그러고 있는 그의 모습을 바라보고 있었다.

"왜 가만히 있어요? 그 개 같은 것이 거짓말을 했다면 왜 가만히 있죠?"

"몰라서 물어? 그 쇼리라는 여자의 말대로 그 개, 아니 그 여자가 그런 거짓말을 했다면 내가 가서 따진다고 해봤자 헛일이야."

"왜요? 송씨랑 삼자대면해서 무릎맞춤을 하면 될 거 아네요?"

김마태는 은숙이의 말이 왜 그따위 씨도 안 먹힐 거짓말을 하세요 하는 뜻으로 들렸다.

"안나라는 여자가 미국으로 떠난 뒤에나 송씨가 그 여자가 한 말은 거짓말이라고 할 수 있어도 지금은 안 돼. 내가 그 여자를 다그치면 송은 별수 없이 그편이 되어가지고 나한테 삼백만 원을 다 먹었다는 식으로 덮어씌울 수밖에 없게 될 거야. 그 사람은 제임스한테 불리한 짓은 할 수 없을 테니까."

그러자 은숙이가 피익 하고 웃었다.

"나같이 무식한 년은 어려워서 못 알아듣겠는데요?"

"세상에는 책상은 책상이고 돼지는 돼지다라고 말해도 안 통하는 때가 많아."

"그러니까 끝까지 결백하다는 말 같네요?"

"이 정도로 해서 못 알아듣는다면 백번 만번 말해 봤자 소용없는 거야. 은숙이 쪽에서 내가 돈을 떼먹었다는 사실을 입증할 수 있으면 그

걸 갖고 나를 사기죄로 고발하는 거야. 자아 나는 고만 가겠어. 내 주소
랑 전화번호도 알지?"

그는 어어? 하는 시늉을 하면서 올려다보고 있는 그녀를 무시하고
그냥 밖으로 나와버렸다.

그날 밤 그는 꿈을 꾸었다.

그는 얼굴이 희고 키가 조그마한 소년이었다. 그의 앞으로 수없이 공
이 날아오는데 그는 번번이 헛발질을 하고 있었다.

그는 꿈에서 깨어났다. 시계를 보니 경우 두 시가 약간 지난 시각이
었다.

다시 그는 잠이 들었다. 그러자 꿈이 기다리고 있었다는 듯이 그를
찾아왔다. 그는 이제 열세 살의 소년이 아니었다. 서른아홉 살이나 된
어른이었다. 그는 지금 어디론가 가려고 하는 중이었다. 그런데 그는
번번이 기차를 놓치고 버스를 놓쳤다. 언제나 차는 빠르게 떠났다. 그
는 뒤에 남아 있었다. 그래서 그는 공중전화를 찾아서 전화를 걸기 시
작했다. 전화는 통화중이었거나 아니면 상대자가 자리에 없었다. 그는
삐이삐 하는 단절음과 자리에 안 계신데요 하는 음성을 수없이 들었다.

그리고 그는 높은 언덕 위에 있었다. 그는 내려오려고 하는데 계단은
언덕의 중간까지밖에 없었고, 아래는 보이지도 않았다.

그가 흠뻑 땀에 젖어 신음을 하고 있을 때 아내가 그를 깨웠다. 눈을
뜨고 사방을 돌아본 후 낯익은 방과 아내의 얼굴을 보았을 때, 그는 구
원받은 느낌을 가졌다.

"여보, 웬일이세요? 무슨 꿈을 꾸셨어요?"

아내가 걱정스럽게 물었다.

"아무것도 아냐. 당신이 깨워주지 않았더라면 계란 놈에게 불알 물리
는 꿈을 꾸었을 거야."

그는 이마에 흥건히 배인 땀을 손바닥으로 씻어내며 말했다. 웃으려고 했는데 웃어지지 않았다.

"당신이 책상이라는 말과 돼지란 말을 하는 것 같았어요."

"그랬을지도 모르지. 책상도 다리가 넷이고 돼지도 다리가 넷이니까."

"여보. 당신 지금 무슨 말씀을 하시는 거예요?"

그는 자기를 세상에서 가장 사랑하고 있는 여자의 얼굴을 빤히 들여다보고 있다가 손을 내밀어 그녀의 손을 잡았다. 아내도 손에 힘을 넣어 그의 손을 마주 쥐었다.

"여보, 말해 줘요. 무슨 일이 있었어요?"

"아무 일도 없어."

"여보, 나이가 들수록 더 강인해질 줄 알았는데 오히려 약해지나 봐요. 전처럼 당신에게 어려운 일이 닥친다면 저는 견딜 자신이 없어요."

그는 지금 아내가 조심스럽게 하고 있는 말의 뜻이 무엇인지 알고 있었다.

"알고 있어."

그가 한 말대로 그는 사랑하는 여자 앞에서는 결코 신음이나 비명을 질러서는 안 된다는 사실과, 세상에는 아무리 고통스러워도 자신의 고통을 드러내서는 안 되는 사람이 있다는 것을 그는 알고 있었다.

김마태는 아내를 껴안고 누웠다. 아직도 새벽은 머언 시간 뒤에 있었다. 그는 아내의 몸을 열었다. 그녀의 몸은 깊숙이 열렸고 그 깊음 속에서 솟아나오는 열기가 두 사람의 모든 부분을 남김없이 가득 채웠다.

그는 다시 꿈을 꾸었다. 그러나 이번의 꿈속에서는 떠나야 할 여행이 없었다. 그래서 그는 기차나 버스를 타야 할 필요도 없었고 차를 놓칠까 봐 허둥대지도 않았으며, 이미 떠나버린 차 뒤에 남아서 초조와 불안에 허덕이지도 않았다. 그는 높은 언덕 위에서 빠르고 안전하게 내려올 수 있었으며 전화를 걸 때마다 저편에서 신호가 울리고 찾는 사람과 기쁜 얘기를 나눌 수 있었다.

그로부터 한 주일이 지났다. 김마태는 예정대로 번역을 모두 끝냈다. 출판사에 갖다줬더니 즉석에서 고료를 전부 내주었다. 전철을 타고 수원으로 돌아오면서 수고로운 일을 끝낸 자들이 느끼는 기쁨과 평안을 맛보았다. 신문 파는 남자들이 수없이 그의 앞으로 지나가면서 "금방 나온 석간이요. 한 장에 백 원이오"하고 외쳤지만, 그는 신문을 사지 않았다. 어느 시대에나 마찬가지였겠지만, 특히 요즈음의 신문에는 시방 그가 모처럼 누리고 있는 기쁨과 평안을 깨뜨릴 수 있는 얘기들이 얼마든지 있음을 그는 알고 있었던 것이다. 또 어차피 집으로 배달된 석간신문을 보게 될 것이었다.

그런데 집으로 돌아오자 아내가 근심스러운 얼굴로 그를 맞이하였다.

"무슨 일이 있었소?"

한 주일쯤 전 한밤중에 아내가 묻던 그 말을 이번에는 그가 아내에게 했다. 아내는 금방 대답하지 않았다. 여자는 말을 할까 말까 망설이고 있다가 이윽고 결심을 굳힌 듯 입을 열었다.

"오늘 은숙이라는 여자가 학교로 찾아왔었어요, 당신에게 전화를 했더니 안 계시다고 해서 나를 찾아온 거라고 했어요."

"은숙이가, 그 여자가 당신에게 무슨 말을 했어?"

"백만 원을 내놓으래요. 만약 안 주면 당신을 사기죄로 고발하겠다고 했어요. 학교 운동장에서 잠깐 만났는데 큰소리로 마구 지껄여대는 바람에 난처해서 혼났어요. 도대체 어떻게 된 거예요?"

"그 개 같은!"

그는 주먹을 움켜쥐고 이를 부드득 갈았다. 그는 몸을 떨면서 한참 동안 그렇게 서 있었다. 이윽고 그 일의 전말을 자세히 듣고 난 아내는 물끄러미 그의 얼굴을 바라보고 있다가 말했다.

"여보. 차라리 백만 원을 주고 말아요. 불쌍한 여자한테 동정하는 셈 치고 주어버리면 되잖아요."

그는 맹렬하게 머리를 가로 흔들었다. 그런 자세를 아내는 지금까지 한 번도 본 적이 없었다.

"우리가 돈을 준다면 내가 돈을 중간에서 가로챘다고 자인하는 것과 같단 말야. 남들이 그렇게 생각할 거야."

은숙이는 김마태가 송씨와 둘이서 백오십만 원씩 나눠 썼다고 치고 그중 오십만 원은 수고비조로 제해 줄 테니 나머지 백만 원을 내놓으라는 얘기였다.

"그 여자는 악밖에 안 남은 것 같았어요. 눈에 불을 켜고 있다는 얘기를 들었지만 그 여자 눈을 보니까 그 말이 생각날 정도였어요. 아마 학교로 찾아와 나를 망신시키려 들 거예요."

"만약 그런다면 내가 죽여버리겠어. 그러니 걱정 마. 당신은."

"무슨 소리를 그렇게 흉하게 하세요? 당신은 백번 죽었다가 다시 깨어나도 남을 죽이는 따위의 일은 못하실 분이에요."

"당신은 약골이 살인 낸다는 말 못 들었어. 정말 가만 안 둘 거야. 물에 빠진 놈 건져주니까 보따리 내놓으란다더니 적반하장도 분수가 있어야지. 그런 건 버릇을 단단히 가르쳐놔야 해."

김마태는 너무 흥분하고 있었기 때문에 자기 입에서 무슨 말이 나오는지도 잘 모르고 있었다.

"흥분을 거두시고 찬찬히 생각해 보세요. 안나라는 그 여자는 일단 거짓말을 벌여놨으니까 내친 김에 계속 버틸 게 뻔하고, 송씨란 사람도 제임스란 흑인이 용달을 맡고 있으니까 양심이야 어떻든 결국 그쪽 편을 들 거 아녜요. 만약 자기 손으로 오백만 원을 당신에게 건네줬다고 하는 날에는 돈을 준 증거를 확실히 제시하지 못한다고 해도 당신은 상처를 입게 되잖아요? 그러니까 조용히 해결하는 게 백번 나아요. 당신 오늘 번역료 받아왔죠? 얼마 받으셨어요?"

"백이십만 원이야. 그게 어떻게 해서 번 돈인데 그래? 거의 두 달 동안 눈 빠지게 일한 대가야. 그걸 주란 말야? 말도 안 돼."

"왜 백이십만 원이죠?"

"계약금으로 이십만 원 먼저 받았으니까 그렇지."

"여보, 그 돈 당신의 사랑하는 아내에게 주세요. 제가 쓸게요."

"당신에게 줄 거야. 그러나 절대로 그 여자에게 줘서는 안 돼."

"그럼 이리 주세요." 아내가 그에게 손을 내밀었다. 그는 점퍼 안주머니를 열고 손을 넣어 수표가 든 봉투를 꺼냈다.

"맹세해, 그 여자에게 주지 않겠다고, 그담에 주겠어."

"안 주겠어요. 맹세해요."

그는 돈봉투를 아내의 손바닥 위에 놓았다.

"당신은 맹세를 함부로 하는군."

"제 하나님은 까다로운 분이 아니에요."

그는 하고 싶은 말이 있었으나 참았다. 만일의 경우를 생각해서였다.

그날 밤 잠자리에 나란히 누웠을 때 아내가 김마태에게 말했다.

"여보. 저번 때 당신이 꿈을 꾸다가 한밤중에 깨셨을 때 말예요. 그 여자를 낮에 만났었죠?"

"그래. 그랬을 거야."

"그날 밤 참 좋았어요. 그처럼 은근하게 끈질기게 깊이 좋아보긴 처음이었어요."

"오늘도 그렇게 해줄 수 있어."

"알아요, 여보. 그런데 생각해 보니까 그 여자 때문에 좋은 일도 있긴 했네요."

"그러니까 그 감사의 표시로 돈을 주자는 얘기야?"

"오늘 밤에 거기까지 비약시킬 생각은 안 했었어요."

"당신 참 좋은 여자야. 이런 좋은 여자가 왜 나 같은 바보한테 걸려들었지?"

"저도 바보기 때문이에요."

"돈을 준다면 내가 직접 주겠어."

"좋으실 대로 하세요."

"내가 좋으실 대로 하는 일은 돈을 주기는커녕 그 여자 따귀를 실컷 갈겨주는 거야."

"여보. 이젠 그 여자의 일을 잊게 해주세요."

그녀는 뜨거운 손으로 그의 가슴을 열었다.

사흘 뒤에 은숙이한테서 전화가 왔다. 김마태는 그녀가 기다리고 있는 다방으로 나갔다. 은숙이는 어둑한 다방 한구석에 굳은 표정을 한 채 앉아 있었다.

"학교로 우리 집사람을 찾아왔었다는 얘기 들었어."

"부인을 고생시키셨나 부죠? 생각보다 나이 들어 보이네요."

그 순간 그는 여자의 목을 조르고 싶은 충동을 느꼈다.

"너 같은 여자의 입으로 우리 집사람의 얘기를 듣는 건 못 참겠으니까 다시 말하지 마. 내가 무슨 일을 저지를지 나도 자신이 없으니까."

그는 주머니를 뒤져 종이와 볼펜을 꺼내서 탁자 위에 놓았다.

"내가 부르는 대로 써주면 돈을 주겠어."

"내 돈을 내가 받는데 왜 그딴 걸 써야 해요?"

"나는 당연히 줘야 할 돈을 주는 것이 아니니까 그러는 거야. 이 돈 백만 원은 내가 한 달 반 동안 눈이 빠지게 번역을 해준 대가로 받은 거야. 그렇지만 니가 계속해서 우리 집사람을 괴롭힐까 봐 주려는 거야. 다시는 그런 짓 안 하겠다는 보장을 받아야겠어."

"돈 받고 나서 다시 그런 짓을 하면 어떤 벌이라도 달게 받겠습니다. 이렇게 쓰란 말이죠? 그런 거라면 얼마든지 써주죠. 그렇지만 학력이 겨우 국졸이라 잘 쓸 수 있을지 모르겠네요?"

"본래 은숙이가 이런 여자였나? 아니면 내가 돈을 가로챘다고 해서 악착을 떠는 거야?"

"그건 판단에 맡기겠어요. 자아 어서 부르기나 하세요."

"먼저 주민등록증을 꺼내서 그대로 여기다가 이름과 주민등록번호를 써."

은숙이는 시키는 대로 썼다. 제법 솜씨가 있는 글씨였다.

"그 아랫줄에다 이렇게 써. 나 김은숙은 김마태가 본인이 제임스 데버 2세와의 이혼조건으로 현재 그의 부인이 된 안나라는 별명을 가진 성명미상의 여자로부터 받은 오백만 원 중 그 일부를 송헌식과 함께 가로챘다고 믿고 이의 반환을 요구하였던 바 돈 백만 원을 받았으므로 이에 영수함. 앞으로 위의 사실을 미끼로 하여 더 이상 금품을 요구하거나 정신적 신체적 손해를 끼치는 경우에 어떤 처벌이라도 달게 받겠습니다. 그리고 한 줄 더 써줘. 또 만약 김마태씨가 이혼위자료 중의 일부를 횡령한 사실이 없음을 밝혀질 때에는 다섯 배에 해당하는 현금으로 갚겠으며, 이를 위반할 시는 어떤 처벌이라도 달게 받겠습니다."

"이건 너무 심하잖아요? 다섯 배라니?"

은숙이는 쓰다 말고 볼펜을 놓은 채 따졌다.

"뭐가 심해? 생자로 돈을 빼앗기는 남자가 이 정도의 보상조건을 넣었다고 해서 그게 심하단 말야? 열 배가 아니라 백 배라도 내가 입은 정신적인 타격을 보상할 수는 없어."

"그럼 차라리 백 배로 하지 그래요?"

"그렇게 하면 실제로 배상을 받기가 불가능해. 백 배라면 일억 원인 데 니가 그 돈이 있어? 그러나 어떤 경우에도 오백만 원은 되겠지. 전 세값이랑 가재도구 같은 걸 다아 팔면 말야."

김마태는 어처구니없다는 표정으로 그를 바라보고 있는 은숙이를 보면서 온몸에 쾌감 비슷한 것이 스멀스멀 피어오름을 느꼈다. 그것은 전혀 예상하지 않았던 기분이었다. 그는 은숙이가 씩씩거리고 분해하면서 돈 오백만 원을 가져다 바치는 모습을 상상해 보기까지 했다.

"다시 한 번 불러줄 테니까 어서 쓰라구. 뭘 주저하고 있어? 김은숙이는 시방 김마태라는 이혼 알선 브로커한테 사기꾼한테 돈을 받아내려고 하는 참이야. 자신 있을 거 아냐? 그런데 왜 주저하지? 나도 무슨 일이 있어도 악착같이 돈을 받아낼 거야. 피도 눈물도 없이 해낼 거야, 자아 망설이지 말고 어서 볼펜을 집어들어. 오옳지."

김마태는 속으로 신이 났다. 이 여자가 떨고 있구나. 떨고 있어. 홍. 이를 악물고 써라. 나중에 배상할 경우를 눈앞에 그려보면서 말야. 비참하고 비장한 기분으로 쓰란 말이야.

그는 다시 한 번 마지막 구절을 불러주면서 일부러 여러 번 그 말을 되풀이했다. 은숙이는 아까보다 쓰기가 더 힘든 듯했다.

"다아 썼으면 그 밑줄에다 오늘 날짜를 쓰고 김마태 귀하, 아니 내 주소부터 써야지. 수원시 인계동 862의 1 향원아파트 11동 508호 김마태 귀하…… 그담에 은숙이 이름을 쓰고 그 옆에 지장을 찍으면 돼."

그는 카운터에 가서 인주함을 빌려왔다. 이런 다방에서는 이런 식의 문건들이 흔히 적성되는지, 인주함에는 손때가 더덕더덕 끼어 있었다.

"자아 여기다가 지장을 찍어. 오른손 엄지를 갖고, 이렇게 손가락을 돌리면서 힘을 주지 말고……."

그는 언젠가 통금이 있던 시절, 친구와 함께 통금위반으로 끌려갔을 때 파출소에서 순경이 그에게 했던 말을 그대로 흉내 냈다.

"이제 됐어."

그는 은숙이의 각서를 받아 들고 한 번 더 읽은 뒤에 착착 접어 준비 했던 봉투에 넣었다. 그리고 주머니에서 십만 원짜리 수표 열 장을 넣 어둔 봉투를 꺼냈다.

"잠깐. 은숙이 지난번에 내가 받아준 그 수표 그대로 갖고 있지?"

"왜요?"

"내가 지금 주는 돈이 같은 은행의 수표인가 확인시켜 주려는 거야. 이거 엊그제 출판사에서 받은 돈이니까."

"홍! 그게 무슨 소용이 있어요? 수표는 은행에 가면 얼마든지 바꿀 수 있는데. 나 지금 그 수표 안 갖고 있어요. 미쳤다고 쓰리꾼들이 득실 거리는데 수표를 들고 다녀요? 바로 그 다음 날 여기 상업은행에 가서 내 통장에 입금시켰어요."

"그 다음 날이라? 그러면 18일이겠군. 상업은행이랬지? 거기 내 친 구가 대리로 있으니까 김은숙 통장에 넣은 수표번호를 알아낼 수 있어. 자아, 이 돈 받아. 속을 열어 확인해서 받아. 나도 이담에 확인해서 받 을 테니까. 수표 뒤에다 다 내 이름을 써놨어."

은숙이는 그의 말대로 봉투를 열어 액수와 숫자와 배서된 그의 이름 까지 확인하고 나서 그 돈을 핸드백에 넣었다.

그렇게 하는 걸 지켜보고 있던 김마태가 입을 열었다.

"오늘부터 본격적으로 그 안나라는 여자가 어느 은행에서 오백만 원 을 인출해서 수표를 만들었는지 조사하겠어. 이백만 원은 수표로 주고 나머지 삼백만 원은 현금으로 주었다는 말은 못하겠지? 현금이라면 그만큼의 뭉치가 적어도 요전 정도는 될 테니까 쉽게 얼른 은숙이 모르게 내 포켓에 집어넣을 수는 없잖겠어? 나는 공갈을 당해 돈을 뺏기고 빼앗겼다는 증거를 갖고 있으니까 이걸 갖고 너, 안나, 송씨를 걸어 사기·명예훼손으로 고발할 테야. 내가 이걸 안 갖고 있다면 법정에서 사기친 일 없다고 오리발을 내밀 수 있겠지만 이제 그렇게는 안 되게 돼 있어. 가서 안나랑 송씨에게 내가 한 말을 그대로 전해 줘. 각오 단단히 하고 있으라고 말야. 일어나기 전에 한마디만 더 해두지. 나는 이제 어린 시절 당메 타작마당에서 공차기를 하다가 문병호라는 애한테 얻어터지기나 하던 창백한 얼굴을 가진 열몇 살의 소년이 아니야. 나도 내 나름으로는 산전수전 다아 겪은 몸이야. 나도 얼마든지 악착스러워질 수 있어. 다만 그렇게 사는 건 좋지 않다고 생각해서 안 그러려고 애써왔었을 뿐이야. 니가 나한테 한 짓은 너무 지나쳤어. 너는 분명히 후회하게 될 거야." 김마태는 그 말을 하는 동안 이상한 열기에 사로잡혀 있었다. 그는 파랗게 질려 있는 은숙이를 무섭게 노려보고 나서 찻값을 치르고 밖으로 나왔다.

은숙이가 뒤따라 일어서는 눈치를 챘으나 모르는 척했다. 그는 일부러 천천히 걸었다. 은숙이는 주저주저하면서 뒤따라오고 있었다.

그는 버스정류장에 와서 섰다. 은숙이가 다가와 그의 곁에 섰다. 마침 버스가 왔다. 그는 행선지도 살펴보지 않은 채 무턱대고 그 버스를 타려고 했다. 그 순간 은숙이가 그의 팔을 잡았다.

"김마태씨!"

"왜 이래?"

그녀의 손에는 그가 주었던 돈봉투가 들려져 있었다. 그는 순간적으로 그걸 못 본 척 고개를 돌렸다.

"잘못했어요. 이거 도루 갖고 가세요."

"나중에 또 무슨 수작을 부리려고 이래?"

그가 자기도 모르게 언성을 높였으므로 주위에 있던 사람들이 모두 그들을 바라보았다. 개중에는 염치없이 그들 옆으로 슬슬 다가오는 자들도 있었다.

"잠깐만, 잠깐만 얘기 좀 더 해요."

"니 얼굴이나 목소리를 듣는 건 구역질이 나서 안 되겠어."

"그렇더라도 잠깐만요. 죽은 사람 소원도 풀어준다는데 산 사람 애원을 안 들어주시기예요? 잠깐만 저리루 가요. 조용한 데루요."

은숙이가 그의 팔을 잡아 끌었다.

"말은 떠나자고 우는데 님은 가지 말라고 소맷자락을 부여잡고 우네."

고등학교 학생인 듯한 여드름투성이의 애가 들으라는 듯 청승맞은 소리로 말하자, 같이 있던 애들이 낄낄거리며 웃어댔다.

"어이할 거나, 어이할 거나. 장부의 한 마음 천 갈래 만 갈래 찢어지는 듯하도다." 또 한 녀석이 능청스런 목소리로 그 말을 받았다.

김마태는 화가 울컥 치밀었으나 참았다. 녀석들한테 따져봤자 이쪽만 창피를 톡톡히 당할 것 같았기 때문이다. 은숙이가 옆에 찰싹 붙어 따라왔다.

"오늘은 더 얘기하고 싶지 않아."

"싫어요. 안 돼요."

"뭐가 안 돼? 그 돈 갖고 달아나면 될 거 아냐?"

그는 일부러 은숙이의 아픈 곳을 찔렀다.

"싫어요. 얼마나 지긋지긋했다구요. 저는 김마태씨가 미웠어요. 내가 준다는 건 다 요리조리 핑계를 대면서 거절하니까 죽고 싶을 정도로 자존심이 상했던 거예요. 나를 사람 취급 안 하고 똥걸레처럼 여기고 있구나 하고 생각하니 미워죽겠는데 쇼리 아줌마가 아주 그럴듯하게 얘기를 하고 안나 그년이…… 밉고 미워서 어떻게든지 괴롭히고 싶었어요. 뭐라고 설명하긴 어렵지만 나는……."

김마태는 순간적으로 이 여자를 어디로 데리고 가서 실컷 짓이겨줘 버릴까 싶은 충동에 휩싸였다. 그러자 금방 눈앞에 송탄의 공중변소에서 본 나팔꽃과 야구방망이가 떠올랐다. 그는 그 충동을 떨쳐버리려고 맹렬하게 머리를 흔들었다.

"내일 얘기해. 이 기분으로는 얘기 못하겠어."

"내일요? 꼭 나와주실 거죠? 그럼 지금 시간을 약속해 주세요."

"전화해. 약속은 지킬 테니까 걱정 말고, 그 대신 오늘 송씨랑 안나를 만나서 의논이나 단단히 해둬."

김마태는 은숙이가 그들과 그런 얘기를 했다가는 어떻게 될지 짐작하고 있었기 때문에 일부러 그 말을 했다.

그날 밤 그는 꿈을 꾸었다. 그는 책상 위에서 글을 쓰고 있었다. 그런데 책상이 자꾸만 흔들려서 글이 제대로 써지지 않았다. 그는 이상해서 머리를 숙여 책상 밑을 굽어보았다. 그 순간 그는 자기의 눈을 의심했다. 책상다리는 지금까지 그 자리에 붙어 있던 네모지고 퉁퉁한 나무가 아니었다. 털과 무릎과 발톱이 달려 있는 돼지였다. 그뿐이 아니었다. 두 개의 다리 가운데 있는 돼지의 주둥이가 그의 얼굴을 향해서 입을 맞출 듯 달려들었다. 그는 아이구 소리를 내며 후닥닥 머리를 밖으로 빼냈다.

아내가 그를 흔들어 깨웠다. 그는 온몸이 흥건히 땀에 젖은 채로 일어나 앉았다.

"여보. 왜 그래요? 꿈을 꾸셨어요?"

아내가 근심스럽게 물었다. 그는 어린애들처럼 자주 꿈을 꾼다는 사실이 부끄러웠으므로 얼른 대답을 안 했다.

"당신, 아까도 책상이란 말과 돼지라는 말을 하는 것 같았어요."

"내가 그런 말을 했었어? 정말이야?"

"제가 당신한테는 거짓말 안 한다는 거 아시잖아요. 때때로 학생들에게는 선생님은 여러분만 할 때 참 공부 열심히 하는 착한 학생이었어요, 하는 식의 거짓말은 하지만요."

"내가 글을 쓰고 있는데 책상이 자꾸만 흔들리지 않겠어. 그래서 아래를 굽어보니까 책상 밑에 돼지다리가 붙어 있더라구."

"지난번에 꿈을 꾸시고선 책상도 돼지도 다리가 넷이라고 그러시더니, 그게 무슨 말예요?"

그는 그가 송탄에서 본 낙서의 이야기를 했다.

"당신도 싱거운 분이에요. 그만 주무세요. 새벽은 아직 멀었고 저는 기대가 자꾸만 커지고 있어요."

"여보. 그게 무슨 꿈일까? 꿈에는 반드시 무슨 뜻이 있을 텐데? 꿈을 통해서 우리 자신이 채 의식하지 못하고 있는 기본적인 욕구나 불안 같은 것이 드러난다던데 말야."

"당신 혹시 돼지불갈비나 족발 같은 거 잡수시고 싶었던 거 아녜요?"

아내는 그의 마음을 가볍게 해주려고 일부러 그런 농담을 해봤다.

"이봐. 농담 말어. 나는 지금 심각하단 말야. 꿈에 반드시 욕구나 불안만 나타난다고 보는 건 극히 초보적인 해석방법일지도 몰라. 신은 꿈을 통해 그 시대에 대한 어떤 계시를 주기도 했다는 얘기 당신은 못 들었어? 깨달음을 주기 위해서 말야. 그런 땐 족발이 먹고 싶어서 돼지다리 꿈을 꾸었다는 식으로 직설적인 해석을 안 해야 할 거야. 거기에 상

징성과 은유가 있다고 생각하면서 꿈을 해석하지 않는다면 아무 의미
도 없어질 테니까. 그러니까 내가 꾼 꿈은 뭘까? 여보. 당신 생각 좀 해
봐. 그것 무슨 뜻일까?"

　김마태의 태도가 하도 진지했으므로, 그의 아내는 어느덧 졸음과 기
대를 밀어 던지고 열심히 책상에 붙어 있는 돼지다리에 대해서 생각하
기 시작하였다.

각 심사위원들의 중점적 심사평

하자 없는 세련된 단편소설

김동리(소설가)

　나는 처음 〈흐르는 북〉(최일남), 〈잠든 도시와 산하〉(이동하), 그리고 〈원미동 시인〉(양귀자), 이 세 편을 들었다.

　〈흐르는 북〉은 두드러진 특징도, 동시에 하자瑕疵도 별로 없는 세련된 단편소설이다. 소설이라는 것이 인생과 사회의 모든 부면을 직접 간접으로 다 다룰 수 있는 종합적 성격의 산문예술이기 때문에 그 가치의 척도는 복잡하고도 미묘하다고나 할까, 같은 '세련된 단편'이라 해도, 거슬리는 데 없이 무난하게 빠진 평범한 작품일 수도 있고, 어떤 수준에서 이것 저것 여과시킨 비교적 수준 높은 작품일 수도 있다. 이 작품이 그 후자에 속하는 경우다. 여기서 만약 '성규'의 나중 행동을, 지나가는 사회풍경의 한 조각이 아니고, 할아버지의 북의 리듬에 연결시키려 했다면 그것은 그만큼 조작적인 속된 작품이 되고 말았을 것이다.

　〈잠든 도시와 산하〉, 뛰어나게 아름다운 문장이 우선 읽는 이를 사로잡는다. 어둠 속에 잠든 도시와, 그것을 느끼는 주인공의 심정, 그 고독의 심층深層이 거의 완벽에 가깝도록 그려져 있다. 내가 만약 좀 더 예술주의자라면 이 작품 이외의 다른 작품은 눈에 보이지도 않았을 것이다. 그러나 나의 소설미학에서 본다면 어둠 속을 달리는 열차, 그것도 화물차, 상대라고는 짐짝들과 정체 모를 개 한 마리란 상황 조건이 지나치게 주관시적主觀詩的인 설정이란 불만을 어찌할 수 없다. 좀 더 사건과 행동의 가능성이 곁들여져야 하지 않을까.

〈원미동 시인〉, 이 작품 역시 문장이 좋은 편이었다. 문학이란 일단 문장이 좋고 봐야 한다는 생각에서 호감을 가지고 읽었다. 읽고 나니 허전해졌다. 그 허전함의 연유를 밝히려면 많은 지면이 소요될 것이다. 내용이 너무 빈약하다고 할까. 원미동 시인과 정체 모를 폭력의 대비에다 어떤 현실적 가치관을 간접적으로나마 결부시키려 한 것 같은데, 한 작품의 의의가 고작 이런 테두리라면 문제는 원점原點으로 돌아가서 창조란 무엇인가 하는 데 부닥치게 된다. 이하는 지면관계로 생략한다.

탁 트인 목소리

김윤식(문학평론가)

〈잠든 도시와 산하〉(이동하). 이른바 '나'는 무엇인가를 문제 삼는 '기억의 형식'인 만큼 문체가 높은 수준에 이를 수가 있었던 것이 아닌가. 다시 말해 우리 소설계는 김승옥씨 이래 이 문체가 상당한 수준에 이르지 않았던가. 물론 문체만으로 소설이 이루어지는 것은 아닐 테지요. 이 작품에서도 이해하기 곤란한 점, 보통 부자연스럽다고 말해지는 것은 화물차에 뛰어든 잡종개의 생리에 관한 것입니다. 과연 개란 짐승이 그러한 성질(본능)을 갖고 있는 것일까. 고수의 솜씨임을 인정하면서도 이 대목이 걸리는군요. 말을 바꾸면 주인공이 지식인이어야 했을 것입니다.

〈흐르는 북〉(최일남) 역시 고수의 솜씨임엔 이론의 여지가 없습니다. 또랑광대의 목소리에서 벗어난 탁 트인 목소리가 여기에 들리고 있군요. 이 목소리 역시 저 기억의 형식의 수준모양 우리 소설 문체의 높은 수준에 해당된다고 생각합니다. 선배 채만식이 공들여 개척한 분야 아닙니까. 그렇지만 이 작품에서도 조금 이해하기 힘든, 또는 받아들이기에 거북한 마음의 그루터기가 있어 불편하군요. 어째서 할아버지와 손자만 마음의 결이 곱고 아비의 마음은 범속해야 하는 것일까. 아비 세대에서 보면 이 점을 받아들이기에 거북합니다. 아비는 일제 강점기,

미 군정기, 6·25, 그리고 험한 벼랑들을 거쳐왔지 않았던가. 아비에 대한 정치적 감각이 여기서는 너무 불투명하지 않은가. 〈책상과 돼지〉(백도기)의 강점은 소설의 육체, 그러니까 사건이 있다는 점 아니겠습니까. 그러기에 행동의 동기화가 중요한 점이지요. 이 관점에서 보면, 주인공 김마태의 행동엔 납득하기 어려운 점이 많습니다.

〈누에는 왜 고치를 떠나지 않는가〉(윤정모)에서 돋보이는 것은 작중 화자의 매개체화이지만, 바로 그 매개체 속에 난점이 깃들고 있는 것처럼 보였으며 〈원미동 시인〉(양귀자)은 깔끔하긴 하나 표정이 모자라는 것처럼 느껴졌습니다. 탈서울의 소설적인 포석, 다시 말해 주변부의 중심부화中心部化의 시각에서 보면 원미동 시리즈는 의의가 크지만, 이 한 편만을 보면 소품적 범주에 멈추는 것. 〈볼록거울〉(임철우)의 강점은 가치중립성에 있습니다. 언어의 순결성의 잃음에 대한 비판은 이청준 씨가 일찍이 유려하게 극복한 것이어서 새로울 것 없지만 유리벽에 부딪쳐 떨어지는 언어는 임씨의 자질이 아니겠는가. 자질이란 당대사회가 안고 있는 형이상학적 질병에의 그리움이 아니겠는가. 그러나 자질만으로 작품이 평가될 수 없음도 사실이 아니겠는가. 안과 바깥의 단순한 이분법(유리벽)이 위의 사실을 잘 말해 주는 것이 아니겠는가. 그래도 자질 쪽을 기리고 싶은 독자는 있는 법이지요. 그쪽이 일층 생산적일지도 모르기 때문입니다.

섬뜩한 생生의 단면 드러내

이병주(소설가)

백도기씨의 〈책상과 돼지〉는 소설다운 소설이었다. 일상적인 풍경 속에 이색적인 주인공이 부각되어 있다는 점은 충분히 소설적인 것이다. 게다가 노여움도 있었고 페이소스도 있었다. 지난번 심사 때 아슬아슬하게 선選에서 탈락된 사정이 회상되기도 해서 나는 이 작품을 밀었던 것인데 다른 심사위원들의 호응을 얻지 못했다. 나로선 유감스러웠다.

그렇게 되고 보니 최일남씨의 〈흐르는 북〉으로 갈 수밖에 없었다. 이 상문학상을 이분에게 수여한다는 것은 새삼스러운 느낌이었지만 이 상의 관록을 위해선 나쁘지 않다는 생각도 든다. 짤막한 작품 속에 삼대三代가 등장하는데 가장 고생스러운 '아버지'가 추물로 되어 있다는 것이 섬뜩한 생의 단면斷面이다.

임철우의 〈볼록거울〉엔 혼란기 대학의 고민이 있었고, 윤정모의 〈누에는 왜 고치를 떠나지 않는가〉엔 아물지 않은 내란의 상처를 보는 느낌이었지만 임씨의 고민과 윤씨의 상처엔 거기 따른 메시지가 없었다. 양귀자씨와 이동하씨는 유창한 문장력을 가지고 있는 작가들이지만 테마가 그 유창한 문장력으로 해서 흘러가버린 느낌이 없지 않았다. 이제하씨의 〈강설〉, 박완서씨의 〈꽃을 찾아서〉는 이미 상을 받은 사람들의 작품이었기 때문에 거론할 필요가 없다.

내밀한 소리를 간직한 작품

이어령(문학평론가)

　금년의 우수작품 추천작들을 보면 예년에 없이 신인들의 것이 많아 흐뭇했다. 사람들은 총체적인 기관器官을 가지고 살아가면서도 손가락 하나가 아프게 되면 전 신경은 그곳으로만 쏠리게 된다. 6·25 동란의 상처가 다시 도지고 운동권 학생의 현실문제가 아프게 대두되고 있는 것들이 오늘의 젊은 작가들이 앓고 있는 생인손인 것 같았다. 윤정모의 〈누에는 왜 고치를 떠나지 않는가〉 역시 요즈음 젊은 작가들에 의해 시도되어 온 6·25의 이데올로기적 추체험담追體驗談의 하나였지만 한 노파의 일생에 초점을 둔 그 인간 해석이 새 맛을 풍겨주었고, 임철우의 〈볼록거울〉 또한 운동권 학생을 다룬 소설이면서도 인간을 관찰하는 작가의 냉철한 시선이 빛을 발하고 있었다. 하지만 이 두 작품은 아직도 소설을 자아내는 장인적인 솜씨에서 중견들의 힘에 눌릴 수밖에 없었다. 예술은 이데올로기를 다루든, 그 형식을 다루든 마지막에 남는 것은 그것이 우리 삶에 어떤 창조적인 상상력을 불러일으키는가의 호소이다. 그런 점에서 결국 결선투표에 붙여진 작품은 중견인 최일남과 이동하의 두 작품이었다. 이동하의 〈잠든 도시와 산하〉는 뛰어난 문장력과 구성력으로 소설이 무엇인가의 참 맛을 보여준다. 어두운 밤, 기찻간의 좁은 공간과 '개' 사이에 일어난 작은 사건 속에 크고 깊고 넓은 세계를 담고 있다. 그렇다고 상징의 진공眞空 속에 갇힌 언어들이 아니다. 그것이 일상적인 생동성을 그대로 담고 있는 전통과 산문으로 묘사되어 있다.

　이러한 말은 최일남씨에게도 그대로 적용될 수 있을 것이다. 그냥 적용되는 것이 아니라 그 이상이다. 겉으로 보면 앞의 것보다 덤덤하게 느껴질지 모르나 북 치는 노인과 젊은 세대인 아들 사이에서 벌어지는 그 이야기는 북소리처럼 내밀한 소리를 간직하고 있다. 칼은 칼집에 들어 있을 때 더욱 무서운 법이다. 많은 논란 끝에 그 영광이 최일남씨에게로 돌아가게 된 것도 그런 이유 때문이라고 생각한다. 전통적인 리얼리즘이 바로 가장 전위적인 문학일 수도 있다는 것을 이 작품은 우리에게 깨우쳐주고 있는 것이다.

제시와 공감

이청준(소설가)

　작품의 완결도나 우열을 따질 자리가 아니라고 생각된다. 나로서는
그저 개인적 선호에 따른 공감과 동의의 순서를 정해 볼 수 있을 뿐이
다. 소설은, 작가가 인식한 세계의 제시 속에 그 작품의 의미가 함축된
다. 그 세계를 어떻게 인식하고 어떻게 내보이느냐는 방법적 제시에 나
의 선호와 공감의 기준을 둔 셈이다.

　〈누에는 왜 고치를 떠나지 않는가〉는 절절한 비극미에 가슴 벅차오
지만, 노인의 피해받고 버려진 삶의 원인을 굳이 명시적으로 드러내 보
이려는 대목에서 작가의 거친 숨결이 느껴진다.

　〈원미동 시인〉, 단단한 문장과 작품 구조 그리고 버려진 아이의 버려
서는 안 될 영롱한 눈길의 소중스러움에도 불구하고 가해자와 피해자
혹은 허위와 진실의 이분법적 세계 인식이 어쩌면 '시인'에게 자기 생
성을 정지시키고 있지 않는가, 하는 의구심이 남는다.

　〈볼록거울〉, 이 우화시대의 정곡을 찌른 작품. 말과 삶의 진실을 파
괴하는 허위와 편갈라 가둠의 유리벽의 의미는 문학이 작가의 태도의
문제이기에 앞서 아픈 반성과 바른 인식의 문제라는 것을 일깨워준다.

　〈잠든 도시와 산하〉, 이 작가 특유의 정제된 수사법과 따스한 인간애
가 한데 녹아 얽힌 작품으로 읽었다. 그의 소설은 원망과 증오보다 인

간의 삶에 대한 울림 깊은 사랑과 기원을 낳는다.

〈흐르는 북〉, 속물적 삶과 본원적 삶 사이의 갈등 드라마. 개인적 취향으로는 아들의 세대에도 그 나름대로 불가피했을 어떤 생존양식에 대한 이해를 할애하여, 이야기의 진행을 공동피해자로서의 내적 갈등 구조로 이끌어 갔더라면 어쨌을까, 하는 부질없는 가정을 해보게 된다. 하지만 그것은 한 독자로서의 어줍잖은 감상담일 뿐이고 할아버지의 본원적 삶이 아들대를 건너 손자대에서 다시 빛을 얻게 되는 이 작품의 감동은 우리 시대와 소설 문학이 이 상의 이름으로 오래도록 소중히 기억하여야 할 힘찬 승리로 기록되어 마땅할 줄 믿는다.

'이상문학상'의 취지와 선정 방법
―알기 쉽게 풀이한 이상문학상 제도

1. 취지와 목적 : 1. 취지와 목적 : 〈문학사상〉(이하 주관사라고 한다)이 1972년에 제정한 '이상문학상(李箱文學賞)' (이하 '본상' 이라고 한다)은 요절한 천재 작가 이상(李箱)이 남긴 문학적 유산과 업적을 기리며, 매년 가장 탁월한 소설 작품을 발표한 작가들을 표창하고,《이상문학상 작품집》(이하 '작품집' 이라고 한다)을 발행하여 널리 보급함으로써, 한국문학의 발전에 기여할 것을 목적으로 한다.

2. 수상 대상 작품 : 전년도 〈본상〉 심사 대상(對象) 작품의 마감 이후인 발행일자를 기준으로 하여, 당해년도 1월부터 12월 말 사이에 발표된 작품을 모두 심사와 수상의 대상에 포함한다. 문예지(월간지의 경우 당해년도 1월 초부터 12월 말일 이전 일자에 발행된 것으로 하고 계간지도 포함한다)를 중심으로 해서, 각종 정기간행물 등에 발표된 작품성이 뛰어난 중·단편소설을 망라하여 본심에 회부한다. 예비심사 과정에서는 심사 대상에 오른 작품이 대상 또는 우수작상으로 선정될 경우, 본상의 규정에 따른 수락 의사 유무를 직접 또는 간접적으로 확인한다. 중·단편소설을 시상 대상으로 하는 까닭은, 문학의 중심이 장편소설에서 점차 중·단편소설로 이행하는 추세를 감안하고, 작품 구성과 표현에 있어서의 치밀성과 농축성으로, 짙고 강렬한 소설 미학의 향기와 감동을 자아내게 한다고 믿기 때문이다.

3. 상의 종류 : 본상은 가장 뛰어난 작품에 대한 대상(大賞) 1명과, 10명 이내의 대상(大賞)에 버금하는 작품에 대한 우수상을 선정하여 시상한다.

4. 예심 방법 : 예심은 월간 〈문학사상〉 편집진이 매 연도에 각 매체에 발표된 작품을 선별하여, 주관사의 편집위원과 편집주간 및 편집임원으로 구성된 이상문학상 운영위원회에서, 저명한 대학교수 · 문학평론가 · 작가 · 각 문예지 편집장 · 일간지 문학담당 기자 등 약 200명에게 추천을 의뢰하여 비밀리에 예비심사를 진행한다. 3회 이상 우수상을 받은 작가는 추천을 거치지 않고도 당해년도에 발표된 작품 중 뛰어난 작품을 선정하여 본심에 회부할 수 있다.

이와 같은 독특한 예심 방법은 소수의 예심 및 본심의 심사위원이, 짧은 시일 내에 수많은 작품 속에서 본심에 회부할 작품을 선정하고 본심 심사위원이 단시간에 여러 작품을 심사하고 수상 작품을 선정하는 일반적인 문학상 심사제도의 단점을 보완하고, 되도록 문학 발전에 관심이 깊고, 전문 지식을 지닌 다수의 전문가에 의해 장기간에 걸쳐 많은 작품을 수시로 검토하여 심사 대상에 망라함으로써, 신중하고 세심한 예심 과정을 밟기 위한 것이다.

5. 본심 방법 : 예심을 거쳐 본심에 회부된 작품은, 권위 있는 탁월한 평론가와 작가로 구성된 5인 이상 7인 이내의 심사위원회에 넘겨져, 수일간 개별적인 검토를 거친 후 본심위원 회의에서 최종 결정을 한다. 본심 회의는 대체토론을 통해 본심에 회부된 작품 가운데 10편 내외의 작품을 먼저 선정한다. 이 작품 속에서 1편의 대상(大賞) 작품을 선정하고, 나머지 작품 중에서 우수상 작품을 선정한다. 수상 작품 결정에 있어 심사위원의 의견이 일치하지 않을 경우에는, 3인의 연기명 비밀 투표로써 다수결 원칙에 따라 최종 결정을 한다.

6. 저작권 : 대상(大賞) 수상 작품(이하 '대상 작품'이라고 한다)의 저작권은 본상의 규정에 따라 주관사가 갖는다. 단, 주관사의 작품집 발행 후 3년이 경과한 이후부터, 동 대상 작품을 대상을 받은 작가의 작품집에 한해서 수록할 수 있다. 다만, 어떤 경우에도 본 작품집의 표제(대상 작품명)와 중복되거나, 혼동의 우려가 없도록 하기 위하여 대상 수상작가가 발행하는 작품집의 서명(書名, 표제작)으로는 쓰지 않기로 한다.

7. 이상문학상 작품집 발행 : 이 작품집은 본상의 공정성과 권위를 광범위한 독자에

게 널리 알리고, 수록된 작품과 그 작가들에 대한 표창과 영예의 뜻을 담고 있다.

8. 이상문학상 운영위원회 : 주관사의 발행인을 위원장으로 하고 월간 〈문학사상〉의 편집주간 및 이사회가 선임한 위원으로 구성되며, 본상의 운영에 관한 모든 업무를 관장한다.

9. 이상문학상 심사위원회 : 이상문학상 운영위원회는 매 연도마다 5~7인의 본상 심사위원을 위촉하여 심사위원회를 구성한다. 동 심사위원회는 본상의 대상(大賞)과 우수상을 수여할 작품을 심의 결정한다.

제10회 이상문학상 작품집

1판 1쇄 1986년 10월 7일
1판 38쇄 2001년 12월 16일
2판 1쇄 2004년 12월 15일
2판 12쇄 2020년 10월 19일

지은이   최일남, 백도기, 양귀자, 윤정모, 이동하, 임철우
펴낸이   임지현
펴낸곳   (주)문학사상
주소   경기도 파주시 회동길 363-8, 201호(10881)
등록   1973년 3월 21일 제1-137호
전화   031)946-8503
팩스   031)955-9912
홈페이지 www.munsa.co.kr
이메일 munsa@munsa.co.kr

ISBN   978-89-7012-658-6 (03810)